奇·怪

奇夢錄

——夢枕獏奇幻傑作選——

夢枕獏——著

茂呂美耶——編譯

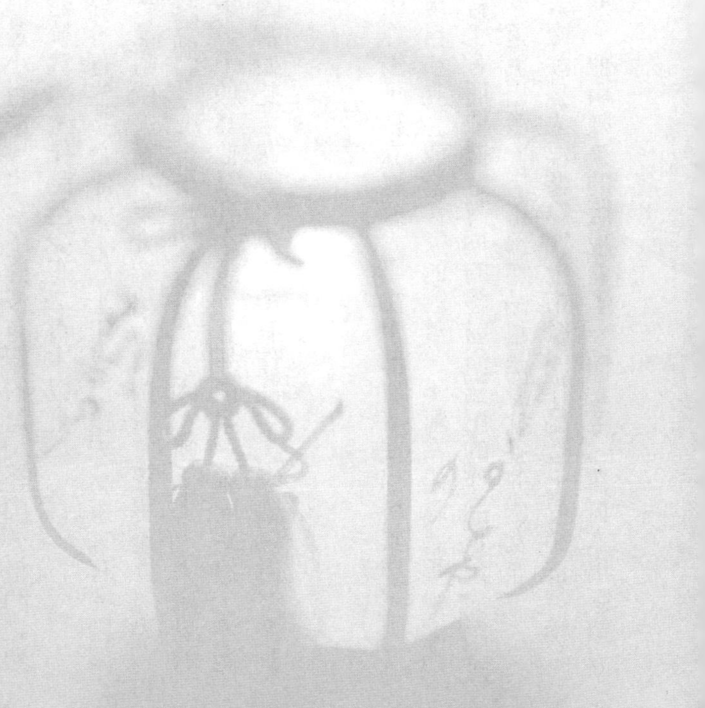

【前言】
奇夢錄——夢枕獏奇幻傑作選集緣由

生於一九五一年一月一日的夢枕獏，不但是小說家，也寫了許多有關釣魚、登山、格鬥之類的隨筆，更出版了不少自己拍攝的寫真集，籠統算來，作品至少有二百本以上。

就小說類來說，大部分是長期性系列小說，有些甚至連載了二十年以上還未結束，有些則因各種因素而中途停止連載，因此想要找他的一氣呵成完結小說介紹給台灣讀者，確實是件難事。

目前在台灣擁有一大票固定讀者的《陰陽師》，也是長期性系列小說，除了上、下兩卷的《瀧夜叉姬》和《生成姬》以外，都是短篇集，不像其他系列小說，必須從第一卷開始追，才能理解小說中的人物形象與人際關係。或許正因為如此，在夢枕獏的所有作品中，《陰陽師》系列算是最易受外國讀者接納的作品。

夢枕獏是神奈川縣小田原市人，本名米山峰夫，私立東海大學文學部日本文學科畢業。大學畢業後原本打算就職於出版社，邊工作邊實現自小立志成為作家的願望，不料在求職過程中節節失利，最終只得在山小屋（山中簡易旅館）打工。而依據這時期的經驗所寫出的作品正是浪漫奇幻療癒短篇小說集《彈貓老人歐魯歐拉內》（遠流出版），這部作品也是夢枕獏的處女作。

一九八四年，《魔獸獵人》系列第一卷《魔獸獵人淫樂篇》上市後，作品登上暢銷排行榜，夢枕獏也躍身為流行作家之一。也是在這時期，他用賺來的版稅蓋了一棟豪宅，在日本出版業界通稱「淫樂御殿」，據說有三間浴室、四間廁所、五間客房……這是夢枕本人在自己的作品中暴露出的內幕，應該不是小道消息。

八〇年代的日本出版業界，盛行統合暴力、色情、神秘學的小說，夢枕獏在這方面算是旗手。不過他不干安坐在「暴力色情小說家」頭銜下，另外又寫了不少跟暴力色情無關的作品，例如《陰陽師》系列、榮獲一九八九年第十回「日本SF大賞」以及一九九〇年第二十一回「星雲賞」長篇小說《吃食上弦月的獅子》、一九九八年第十一回「柴田鍊三郎賞」的《眾神的山嶺》等等，而且還涉及歌舞伎劇、落語劇本。

二〇〇六年夏季，夢枕約我在東京車站前某餐廳吃飯聊天。那時，我跟他口頭約好要為他編譯一本《夢枕獏奇幻傑作選》。我的構想是從六本短篇小說集（幾乎都已絕版）中挑出我中意的作品，再分類整合為「恐怖篇」、「奇幻篇」、「山岳篇」等。

之所以會萌生這種構想，是因為目前由日本出版社編選的幾本夢枕短篇小說選集，在我眼裡看來全是玉石混淆，無法讓台灣讀者充分見識夢枕這位作家的寫作範圍。無奈我的工作排得很滿，一直抽不出時間實現這個口頭約定。

但還是忙裡偷閒從他的早期作品中，選出十六篇我認為值得介紹的短篇小說彙集成一本。由於這種出版企劃在台灣或日本都是首創之舉，我希望讀者能理解這本《夢枕獏奇幻傑作選》是台灣僅有的編譯作品，並非透過版權公司從日本現存的作品中買來版權，請人翻譯後再上市而已。

本書所選十六篇小說，均為夢枕早期作品，亦即在他還未轉向暴力色情小說家之前的作品。光從這些早期作品看來，我們彷彿可以望見一位腦中塞滿各種奇幻故事，卻一直無法獲得讀者喝采的苦惱青年作家形象。

這些夢幻色彩濃重的小說，在八〇、九〇年代那種凡事向錢看的日本泡沫經濟時代下，確實會被擠壓得不見天日。然而，如今時代不同了，讀者的口味也會隨時代而變，二十一世紀的新生代讀者正需要這種口味。否則，日本每年的「本屋大賞」排行榜中不會出現那麼多奇幻小說。

在這十六篇小說中，我最喜歡〈蛇淫〉、〈桂花人〉、〈古董店〉這三篇。尤其〈古董店〉可以寫成系列小說，可惜夢枕只寫了兩篇便中斷，結集成書時又將這兩篇以古董店為題材的小說拆散，導致我無法將另一篇也一併收錄在此書，實為憾事。

總之，我深信，這本我花費時間精心挑選翻譯的《奇夢錄——夢枕獏奇幻傑作選》，應該不會讓讀者失望。畢竟我是站在台灣讀者的立場挑選出這些作品，而非以日本市場為標準。

茂呂美耶

二〇〇九年三月

於日本埼玉縣所澤市

目錄

蛇淫

1

我可以聽到那個嬌甜聲。

那聲音自黑暗深處傳來，斷斷續續，時低時高，有時還蜿蜒起伏。聲音放低時，聽起來類似貓咪在撒嬌；抬高時，又頓時銳利得如發出金屬光的細針。

也彷彿有人在黑暗中竊竊私語，卻聽不清到底在說些什麼。只是傳來那種感覺而已。

聲音宛如淫蕩的貓舌，以若即若離的距離觸及我的寒毛般地在舔我的皮膚。

是女人聲——

聽起來像是有人在對她搔癢，卻又不是。

輕微地發出呻吟，再低微地吐出氣息。

更像發高燒的人，在黑暗中忍受著某種痛苦。

起初拚命忍受著痛苦，最後耐不住，終於情不自禁自嘴唇發出呻吟那般。

我知道，人——不，是女人，在什麼樣的場合才會發出那種聲音。

當男人的手指、嘴唇、舌頭在撫摩女人皮膚和非皮膚部位時，而且非手指、嘴唇、舌頭的某部位潛入女人那非皮膚部位之處並蠕動時，女人就會發出那種聲音。

我仰躺在黑暗籠罩的床上，那聲音正自我的背部底下傳來。

每當那聲音撫摩我的背部時，我的背脊便會貫穿一陣濕潤妖魅的顫慄。

熱燙肉瘤般的一條堅硬小蛇正在我的雙足間孕育。那條蛇，往上頂著睡衣布料，頂得很痛。

太陽穴傳出心臟跳動聲。

我想，我的雙眼在緊閉的眼簾下，肯定已經充血得通紅，腫得像膿包。

音。

隱約可以聽到床搖晃的嘎吱聲。

可是，那聲音也許並非清晰地傳至我耳內。可能是我的想像令我在黑暗中錯以為聽到那聲音。

緊閉雙眼仰躺在床上的我，全身僅有知覺是與肉體相反地趴在床上，透過我的背部窺視著床下彼方的黑暗。

明明很興奮，但在我的知覺某處卻另外有個清醒的我。

斷斷續續地細微吐出積存在體內的愉悅的那聲音——是我母親的聲音。

正是有個不是我父親的男人的手令她發出那種聲音。

我腦中浮出被人用力折疊起的母親的白皙肢體。

我想，無論被人弄成什麼姿勢，都不會減弱母親肢體的美。

我張大鼻孔，渴求空氣地氣喘吁吁。自鼻孔吸入的黑暗彷彿溶化著不可思議的春藥成分，能激起人的性慾。肺部毫無空隙地填滿著黑暗，令我的喉嚨發出輕微叫聲。

我像個悄悄偷聽地底秘密儀式的孩子，心臟喘不過氣地發出咯吱聲。

2

我母親是個膚色白皙的美女。

升上小學後，我便察覺到我母親很美。

每逢家長觀摩課時，我的心情總是很複雜。

在我看來，同班同學的每個母親都像自鄉間戲台溜出來的濃妝豔抹的女戲子。雖然我很高興同學們說我母親最漂亮，但是一想到眾人的眼光都被母親所吸引，便會覺得痛苦勝於高興。

我想，自孩提時代起，我總是把我母親看成是個女人而非母親。說真的，連牽手時，我也只敢戰戰兢兢地握住母親那白皙的指尖。

有時甚至會臉紅，如果那時母親探看我的臉，我會不知如何是好。

當母親把頭髮盤在頭頂上時，她那白皙後頸的線條不但纖細又性感，會令我受不了。那膚色彷彿從未曬過陽光。一雙鳳眼也飽含令人心悸的漆黑亮光，嘴唇更是紅得像是透明得可以看見鮮血。母親說話時，光看她那雙蠕動的紅唇，我想就算讓我看一整天也不會看膩吧。我曾經認真想過，希望讓那嘴唇吃掉我。真的很想讓那白皙牙齒嘎吱嘎吱地啃咬我的全身。

母親遺傳給我白皙的膚色和紅唇。膚色白得異乎尋常。說是雪白，不如說是半透明的白蠟。反之，我全身毫無遺傳自父親的任何特徵。倒是我的長相酷似我父親的弟弟白川宇太郎，也就是我的叔父。高挺的鼻梁以及自顴骨到下巴的線條，酷似得令人吃驚。接近褐色的眼眸也是我叔父的特徵。

我曾經認真想過，我可能不是我父親的孩子，而是宇太郎叔父的孩子，現在也沒放棄這種想法。

父親是養子。

因此我不姓白川，而是跟母親姓鳥隅。

我的名字叫鳥隅涼一。

雖然已經高中畢業，卻因沒考上大學而在家無所事事，今年十九歲。

母親的名字是鳥隅朱緒，「朱」色的「緒」。我很喜歡母親的名字。

母親今年四十二歲。

不過光看外表的話，看上去只有三十五、六歲。有時看她在笑時，動作甚至跟一些與我同齡的女孩子差不多。

父親於一年半前四十八歲時過世，在這棟稍嫌大的房子只住著我跟母親兩人。老實說，對我而言，能跟母親兩人生活在這棟房子的欣喜，似乎勝過我父親過世時的悲傷。

白川宇太郎叔父在一年半前父親過世守夜的那晚，穿著看似向別人借來的不合身的黑色喪服突然出現。

當我還在讀小學時，叔父無緣無故地離家出走，過了九年，我才在守夜那天晚上與他重逢。叔父比以前胖了一些，下巴和鼻子下長出邋遢鬍子。黏人般的眼神中有某種可怕感情。叔父看到我時，雖然對我微笑，但那時，我卻感到潛藏在叔父眼中的稠糊精氣有一部分黏到我的雙頰。

我還記得，當時白川宇太郎叔父穿著領子高得有點異常的襯衫。

雖然當年沒有人告訴我真相，不過叔父白川在九年前其實是跟一位女子私奔而離家出走。日後我才知道，那女子的父親是刺青師，由於雙方家庭都反對，兩人才決定私奔。

在我父親守夜那晚出現之前，沒人知道白川到底住在哪裡又做些什麼事。叔父白川說是風聞自己的哥哥過世才出現在守夜席上，不過我不相信他說的話。

我認為一定是母親把父親過世的消息通知了白川，母親一定是很久以前就知道白川住在哪裡。

父親過世後不到半年，白川開始來我家探望我們母子，大約兩個月前，他第一次在我家過夜。

正是在那晚以後，我成為傾聽母親那聲音的禽獸。

叔父總是把襯衫釦子扣到最上面一個。

每當白川來我家過夜時，我想，當天晚上我一定因期待與嫉妒而以濕熱眼神觀看坐在一起用餐的母親和叔父。

母親應該察覺我的視線，態度卻一如往常。宛如我是母親跟白川之間的兒子，表情舉止都很自然，並且深信我也知道我是白川的兒子這件事。

白川第一次在我家過夜那晚便睡在母親的寢室。

以世間一般常識來說，這事應該很異常。

每當叔父在我家過夜時，當晚深夜——我有時會自淺睡中突然醒來。

在黑暗中睜開雙眼時，我會聽到低沉呻吟。正是那聲音令我醒來。那不是我在睡前聽到的母親的那種甜美聲。

而是男人的粗氣聲——

是白川叔父的呻吟。

或許用天鵝絨緞帶緩緩勒緊人的脖子時，人便會發出那種聲音。當動物在黑暗中被緩緩壓死時，也很可能會發出那種聲音。

叔父似乎是在作惡夢。

到底是什麼樣的往事令一個比我大的成年男子發出那種聲音呢？

跟白川私奔的那位女性現在又怎麼樣了呢？

我覺得我所不知道的白川的過往，像個陰森森的生物黑影，自樓下悄悄地挨近我背部。

那呻吟有時持續至天亮，有時因母親說了什麼而突然停止。母親阻止叔父呻吟時的聲音充滿懼怕與憎恨，完全不像平日那個美貌母親可能發出的聲音，是我從未聽過的聲音。

3

「今天有空嗎？」

早餐時，白川叔父問我。

我把還未喝完的咖啡杯擱在桌上，不置可否地對他微笑。

「你有空的話，中午過後我想帶你到一個地方。」

白川的雙眼在餐桌對面望著我。看到那雙眼睛時，我立即明白他不是心血來潮才說這句話。

我移開視線對他點頭。

「好。」白川也點了頭。

他的臉色看上去極為疲憊。面如土色，雙頰凹陷。

我想起今天早上天快亮時，聽到白川發出比至今為止更大聲的呻吟。

看來好像有什麼事在侵噬叔父的精神與肉體。

中午過後很久，我跟叔父一起出門。

我們無言地走在路上。大約走了十分鐘抵達車站，再搭上電車。在電車內的半個小時中，我們交談不到幾句。

白川問我有沒有在用功讀書，我回說有，就這樣而已。

其實我在說謊。

這一年來，我幾乎從未用功讀書過，只是假裝在讀書。去年報考了三家大學，我有把握可以考上其中兩家。

但是考試時，我交出近乎白紙的答案紙。我是故意的。我對外說，由於父親過世而受到打擊，所以無法專心用功讀書，但事實上不是這樣。

老實說，我是怕考上大學後必須離開我跟母親兩人生活的那個家。我家附近沒有可以通勤的大學。我擔心我一離開家，白川會代替我的位置進入那個家而自我身邊奪走我母親。

下車後，我們再度走在路上。

穿過車站前商店街，我們走進一條並排著類似大雜院古老建築的巷子。

那條巷子兩側排滿了盆栽和小孩子的自行車。

房屋窗口探出肥胖的主婦或老人的臉龐，臉上掛著到底是誰闖進這種巷子的表情望著我們。白川似乎已經習慣這種視線，滿不在乎地帶頭往前走。

之後，叔父在一家微微傾斜的住屋玄關前止步。

玄關沒掛名牌也沒有其他標示，是那種從玄關跨出一步便是巷子的房子。

「津村先生……」白川在緊閉的玄關門口前呼喚。

沒有回應。

白川又呼喚一次。還是沒有回應。

白川握住門把往旁拉開。

門發出夾雜砂石般的咯吱聲被拉開。白川擅自跨進玄關內。

玄關很小，地面是粗糙水泥地。地板前沿是一扇敞開的格子紙窗門，可以直接望見昏暗的屋內。

格子紙窗門內是三蓆榻榻米房，正面與右側是泛黃的牆壁。大概因漏雨或其他原因，牆壁浮出褐色斑痕。左側是一扇緊閉的紙門。

我在外面隔著白川肩膀只能看到這些。

白川拉開玄關門時便有一股怪味衝鼻而來。

白川再度呼喚，屋內總算有動靜。

屋內裡邊傳出踏著榻榻米挨近的聲音，之後突然有人打開紙門。

是個矮小老人。

那老人肌膚乾癟，眼眸發黃，乾巴巴的皮膚浮出歪扭皺紋。

彷彿一具安置在家中的木乃伊起身出來迎客。

老人身高比我矮十公分。就算用力伸直微駝的背脊，大概也不到一百六十公分。

身上穿著黑色T恤，下半身是長及膝蓋的襯褲，再披著一件茶色棉襖外褂。陳舊外褂只披在肩上，前面寬鬆敞開，可以一眼看清T恤和襯褲裹著的瘦弱肢體線條。

雙耳上只留下類似碎線的白髮，額頭至頭頂沒有一根頭髮。並非禿得光溜溜，而是看似頭髮零零碎碎地掉落，頭部的皮膚彷彿一張乾紙。

老人以發黃混濁的眼睛望著白川和我。兩端嘴角下垂。

老人默默無言。

不問我們是誰，也不問我們來做什麼。

他只是站著凝望白川和白川身後的我。

「你是津村玄造先生嗎？……」白川問。

老人沒有點頭。

「我是白川宇太郎。」

白川說了這句話後，老人那雙混濁眼睛才總算動了一下，黃色眼睛炯炯有神地發亮。

可是，嘴唇仍文風不動。

「工作方面怎樣了……」

「我已經不做那工作。」老人總算開口。

他打開本是半開的紙門，背轉過身說：「進來……」

4

紙門內是昏暗的八蓆榻榻米房。

雖然有壁龕，但壁龕上擱著喝剩的一升清酒瓶、啤酒空瓶和堆積如山的舊報紙。

那房間恐怕連榻榻米內側都滲入煙、酒、食物味以及老人的體臭。

房內鋪著一床被褥，頭部對著壁龕。

那床被褥似乎從未疊起過，以薄餅般的被褥為中心，四周散落著紙屑和煙灰缸。令人吃驚的是榻榻米上滾落著只剩下煙頭的香煙，煙頭前兩公分左右的榻榻米上有條棒狀燒焦痕跡。看來是將還未抽完的香煙擱在上面就那樣地燒完。

老人讓客人進入這種房間，自己卻泰然自若。

面對壁龕右側有個窗子，但窗子緊閉，房內空氣沉滯不通。

有一股發霉的餿味。

老人用右足掀起被褥移至房間角落。

房內空氣流動了，剛才聞到的那股濃厚怪味像個固體撲向我的鼻尖。

再怎麼忍耐不住，我大概也缺乏勇氣進這家裡的廁所。

移動被褥後，總算騰出可以讓人坐下的空間。

「坐吧。」老人說。

白川沒坐下。
他望著壁龕。
我馬上明白白川在凝望什麼。
壁龕上堆積如山的垃圾中立著一座靈牌，靈牌前擱著一個小香爐。
香灰中露出幾根燒盡的線香頭。
靈牌上只簡短寫著「龍信女」三個字。
仔細一看，靈牌台下有個白色小東西。
——人骨？
我直覺地這樣認為。
「是龍子。」老人簡潔說：「向她打個招呼吧。」
聽老人這樣說，白川站在靈牌前合掌。
「津村先生，那是你寫的？」白川問。
老人望也不望壁龕地盤坐下來。
「我根本不知道該怎麼寫戒名，只憑印象認為大概是那樣寫就寫成那樣了。是你寄龍子的骨灰罐給我，我只留下那塊骨灰，其餘的全丟了……」老人若無其事地說。
白川和我仍站在原地。
「說起來，我只見過你一次。」老人說。
「你不願意跟我見面，那時是我硬跟你……」
「是嗎？」
「你也沒有來參加龍子的葬禮。」

老人沒回答，仰望白川問：「你不坐下嗎？」

「不用了，就這樣……」

「……」

「我想請你看一樣東西。」

「什麼東西？」

「不但請你看，也給這孩子涼一看。」

老人望向我。

「鳥隅涼一……是我兒子。」白川簡短地說。

雖然這句話很唐突，但奇怪的是，我並沒有受到至今為止所想像的那種打擊。只是覺得至今為止彼此在默契中已認知的事，白川在此刻說出口而已。

「不是跟龍子之間生下的孩子。是認識龍子之前就有的孩子……」

老人望著我，只說：「是嗎？」

之後什麼都沒問。

「你說要給我看一樣東西？」

「是的。」

白川依舊站著，伸手至自己的襯衫鈕釦。

他解開第一個釦子。

裡面出現青黑色東西。

那青黑色東西纏在白川脖子上。當然不是領帶。

接著，我總算理解白川為何老是扣緊襯衫第一個釦子的理由。

5

「真是一幅傑作……」津村玄造老人說。

他那雙混濁的黃眼再度發出炯炯有神的亮光。

白川胸部爬著一條巨大青黑色東西。

我感覺似乎看到白川體內那稠糊精氣的真面目。

那是條駭人的蛇。

蛇尾纏住白川脖子兩圈，蛇身蜿蜒自右胸部爬至下腹部，在此處猛然高舉蛇首，對著白川的心臟張開大口。

蛇眼紅得像炭火。

是刺青。

那條蛇栩栩如生，在白川皮膚上蜿蜒蠕動，看似即將跳躍出來。粗大蛇身以及結實細長的脖子都極為逼真。我覺得那條蛇跟一般形象強烈的圖案化刺青不同，是具有某種目的的「畫」。看上去格外可怕。

「這是龍子雕的？……」

「是的。」白川答：「兩人身上都雕了。」

「兩人？」

「是。我在龍子身上雕了老虎。」

「老虎？你學會雕了？」

「我按照龍子吩咐雕的。我雕的老虎不怎麼樣，但龍子雕的就如你看到的這樣。」

「嗯。」

玄造抱著手腕凝望白川胸部的蛇。

「可是，為什麼要這樣做？」

「是龍子先提議這樣做。」

「龍子？」

「她說，為了不讓我回到這孩子的母親身邊。又說，她身邊只要有我在，而我身邊也只要有她在就好。她說為了達成這目的才離的。」

「……」

「她說要貫注這種執念而離的……」

「果然是龍子的作風……」玄造低語。

「其實不離這種東西，我也無意再回到這孩子的母親身邊。這孩子的母親是我大嫂。當時我哥哥還活在這人世。」

「原來……」

「我當時認為，如果因為離了這東西而可以切斷我對這孩子的母親的眷戀，那也可以。可是……」

「可是？」

「一年半前，這孩子的父親，也就是我哥哥過世了。」

「……」

「我在三年前也失去了龍子，所以我跟這孩子的母親之間已沒有任何阻礙，我們可以自由見面。除了涼一和這條刺青。」

白川的口吻很堅決。

我總算理解白川宇太郎叔父今天為何帶我到這兒來的目的。

我父親白川雖然對著津村玄造這樣說明，其實他那些話也是在說給我聽。

「刺青為什麼是阻礙？」玄造問。

白川的臉龐在昏暗房內瞬間浮出痛苦神色。

他臉龐浮出深濃的疲憊和憔悴。

我記得在一年半之前，我從小稱他為父親的那個人好像也時常浮出這種神色，但我現在怎麼也想不起那人的五官。想不起那人說話時是什麼表情和怎麼樣的口吻。

我覺得很對不起那個人。

我自己明明是母親和白川的被害者，卻總覺得對至今為止我稱他為父親的那人來說，我是加害者。

「這刺青每晚會責備我。每天晚上，纏在這脖子的蛇會哭著勒緊我的脖子。」

「……」

「請你看看。」

白川指著自己胸部高舉蛇首的那條蛇下顎下方。

下方的皮膚有一道長約七、八公分、類似燙傷的疤痕。

「你可以看清這道疤痕嗎？」

玄造點頭。

「你也許不相信，但是這道疤痕正是這條刺青蛇爬過的痕跡。」

「……」

「這條蛇，正在對著我的心臟慢慢爬上胸部……」白川臉色蒼白。

「怎麼可能……」玄造說完，沉下臉來。

他似乎想說，那蛇首一開始應該就在那個位置，卻只說了一半而頓口。

他那雙混濁的黃眼深處發出強烈的亮光凝望著那條蛇。

「有方法可以除去這條蛇嗎？」

「沒有。」玄造立即答道：「雕刺青這種事本來就不能一時心血來潮而隨便亂雕。要先理解雕了以後絕對無法除去這點後，在踏進不能回頭之路時才雕的……」

玄造以黑道人口氣說完後，唇角首次浮出自嘲的笑容。

「……黑道人為黑道人雕刺青時說這種話不算什麼，但是淪落成把這種話用來教訓別人時，大概也就不能自稱是黑道人了。」

「你不再雕刺青了？」

「不雕。」

「你的刺青技術在黑道世界被稱為『玄造針』，是個相當著名的刺青師，你竟然不雕了？」

「那是往昔的事。」

「可是……」

「你到底想對我說什麼？」

「我在世間雖然是個廢物，但在跟涼一的母親發生不倫戀情那時和雕這條刺青時，就算是個廢物也都付出了真心。雖然給我大哥添了很大的麻煩。但現在也是出於真心在求你……」

「真心？」

「請你幫我雕刺青。」

「什麼？」

「請你在我左胸部雕一隻孔雀。我想求你用你的『玄造針』在這兒雕一隻孔雀。」白川說。

「孔雀？」

「孔雀在印度是靈鳥。據說孔雀吃食毒蟲或毒蛇，是印度教的眾神之一。」

「孔雀明王的話，我也雕過。」

「不必是孔雀明王。我想請你親手在我這兒雕一隻鳥，雕一隻紅孔雀來對抗毒蛇以保護我的心臟……」

白川還未說完，玄造眼中已發出兇暴光芒。

「好小子，你竟敢說我女兒龍子是毒蛇？」

那低沉嗓音足以讓自稱是流氓的人縮成一團。

「出於真心？你不要自命不凡地說些廢話。龍子確實是個潑婦，在你之前也跟過好幾個男人，但她畢竟是被稱為『玄造針』的我的女兒。十二歲起就開始幫我忙，懂得刺青技術了，刺青技術也相當好。要不是你帶她走掉，現在她已經繼承了『玄造針』地位，而且青出於藍。可是，就算這樣，你……」

玄造說到此，頓口。

埋在皺紋裡的眼睛發出亮光。

「用雕鳥刺青來雕孔雀……」玄造低語。

白川依舊垂著頭默不作聲。

「按理說我應該拒絕，不過現在改變主意了……」

「……」

「看到龍子的這種針法……」玄造喃喃自語地站起。

他仔細端詳白川胸部。

瞇起雙眼，表情複雜。

「不愧是龍子。沒想到她竟然能雕出這種傑作。果然陰氣逼人，看上去彷彿龍子的深濃執念在眼前翻騰。這種刺青技術的話，確實很可能隨時都會啖噬你的心臟、勒緊你的脖子……」

「……」

「好吧，我就在你的肌膚上雕下我跟龍子這對父女畢生的傑作。」

玄造舉起枯枝般的瘦削右食指，指尖貼在白川胸部。

「這邊這樣，這邊就這樣展開翅膀，脖子這樣……」

玄造喃喃自語地用指尖在白川的肌膚上描繪。

看來他的大腦中已浮出繪畫構圖了。

「這地方，不是很像龍子為我騰出來的嗎？」

我覺得這個矮小老人眼中似乎寄生了小小的狂念。

6

即便白川自稱是我生父，對我來說，生活上並沒有什麼特別的變化。

那天以來，他每晚都在我家過夜，但他依舊是我的一種奇妙情敵。

「白川先生……」我仍這樣叫他。

母親則一如往昔，去拜訪那個老人以後，我們的生活模式幾乎毫無變化。

要說變化，只有一件事，就是每隔三天，白川會帶我到那個老人家。

母親似乎知道白川正在雕刺青，而且也知道是請誰幫他雕。說「似乎」，是因為我並非聽母親親口提起這件事。

我、白川、母親三人在一起時，也從未提起刺青的事，我稱呼他為「白川先生」，母親好像也完全不在意。

大家都表現得很自然。

我們的狀態或許可以這樣說，明明知道有某些事不正常，但到底哪裡不正常，該如何才能恢復正常，卻沒有人知道答案。

我們的生活似乎在極為危險的玻璃薄片工藝品骨架中，奇蹟般地維持著平衡。

白川雕完刺青回來時的當天夜晚，母親的聲音變得特別高。

對於刺青幾乎毫無知識的我，也逐漸懂了一些。

就算缺乏刺青知識，我也知道在刺針後當天夜晚，最好不要跟女人同床。

所謂雕刺青，簡單說來就是刺傷人的皮膚，再於傷口塗上顏料。

那種過程很痛。

而且痛得足以讓一個大男人情不自禁發出呻吟。比痛楚更令人難受的似乎是針刺進自己皮膚時的聲音。

而那聲音又沒完沒了。

因此「刺青」又稱為「忍耐」，也因此讓別人看到自己身上的刺青時，可以增強自己的威勢。

往昔刺青始於宗教性意義，不知何時竟成為黑道人士的代名詞，現今有些年輕人更將刺青當作是裝飾之一，在自己的皮膚上雕刺青。

不過，白川雕刺青的目的似乎異於上述兩種理由。

白川宛如為了能得到跟我母親同床的權利而雕刺青。他似乎認為自己忍耐了多少痛楚，就可以在我母親的肉體上加以多少摧殘。

而我的體內毫無疑問地流著白川的血和母親的血。

白川刺青完回家那晚，我自己也非常興奮。

為了盡快給他們上床的機會，我總是在吃完飯後趕忙回二樓的自己房間。

因為在我體內那令人全身發冷的興奮，會催促我趕快關燈再仰躺在床上，傾耳靜聽何時會傳來母親的那聲音。

那種興奮甚至會令我全身微微發抖，心臟怦怦亂跳，雞皮疙瘩陣陣起。這時，我胯下那條蛇也早已昂首了。

之後，就在我屏氣凝神中，樓下會傳來那聲音。聽到那聲音，我好幾次都會情不自禁地射精。

光是刺青便能這樣讓彼此熱情燃燒的話，我不禁想像著白川和那個叫龍子的女人，每夜彼此在對方身上刺針，邊雕刺青邊做愛的行為到底會燃燒到什麼程度。

我眼前浮出蛇與虎在朦朧黑暗中妖嬈起伏，彼此纏住對方肉體的光景。痛苦與快感，會令他們達到什麼程度的高潮呢？

光是想像，就會讓我暈眩。

此刻我在樓上這樣傾聽他們的聲音，這樣參與他們的行為，樓下那兩人一定心知肚明。也一定明白我為何會盡快回二樓的理由。

我已經分不清此刻在樓下發出聲音的人，到底是我母親還是那個叫龍子的女人。一切都合而為一，連我自己也糾結在母親、龍子和白川的行為中，彼此的手臂雙足腹部手指眼睛嘴巴牙齒心臟胃部指甲頭髮耳朵骨頭鼻子鮮血筋肉大腦腸子等等的所有一切都融合重疊而成為一體。

——啊。

我叫出聲。

——啊。

7

母親和白川的行為越是激烈，其後傳來的呻吟總是越大聲。起初只是白川的呻吟，最近則夾雜著母親的聲音。

那種被天鵝絨緞帶緩緩勒緊脖子的聲音——

那種在睡夢中被駭人的蛇恣意啃咬內臟的聲音——

有時那聲音比做愛時的聲音更令我興奮。

8

刺青過程逐漸接近完成。

每次白川叫我時，我都跟他一起出門。

由於目睹刺青在白川肌膚上逐漸形成，我才可以參與每夜進行的那種行為。

玄造在白川肌膚上先用墨水畫底樣，再於其上刺針。

針——是把幾根縫衣針束成一捆，再像毛筆般地綁在棒子尖端。那針含有色素溶液，刺進皮膚時達至皮下組織，再於傷口染上色素。

會有激烈痛楚。

也會發燒。

有時甚至因傷口化膿而腫脹。

玄造把雙頰貼在白川的皮膚上一針一針地刺，精心得猶如在愛得要死的女人肌膚上刺進自己的感情。

不，也可以說是一種執拗。

玄造身上只穿一條及膝襯褲。

季節明明是冬天，玄造身上甚至會冒汗。

房內空氣也稠糊得像要黏在人身上。

白川的呻吟聲。

閉著眼睛聽時，那聲音跟他在夜晚情不自禁發出的呻吟很類似。

或許，白川——我父親在承受刺青痛楚的同時也嘗到快感。

在等待玄造逐漸雕成孔雀的那段長久時間，對我來說並不痛苦。

我想，母親和白川、玄造、我，四人大概都處於瘋狂世界。

玄造的黃眼和浮現皺紋的肌膚，看上去都似乎不屬於這人世的東西。

「我聞得出來……」某天，玄造這樣說。

是男人與女人的那種味道——

玄造抬起深處含有細針般的雙眼望著我和白川。

白川的雙頰比以前更瘦削，我的臉也沒有什麼變化。而望著我們說「聞得出」的玄造也一樣。

玄造憔悴得令人以為他將自己的鮮血染進刺青畫中。

畫的全貌已清晰可見，等到好不容易即將完成時，他看上去像縮小了一圈。彷彿刺青的畫吸取了他的生命。

代之的是以白川左胸為中心，肌膚上逐漸形成一隻令人嘆為觀止的孔雀畫。那隻孔雀雄偉地展開雙翅，像要阻止蛇前進般，歪著脖子自上方瞪視著蛇。

然而，到了那個時期，連我也明顯看得出玄造持針的右手已無法隨心所欲地動了。

「快了。」那時，玄造這樣低語。

「快了？」白川仰躺著問。

「我的手快要不聽話了。好像有什麼東西纏住我的手腕，手會麻痺……」

「……」

「我啊，在雕這幅畫時，龍子的眼睛在那邊瞪著我。」

玄造指著白川的胸膛。

胸膛上那雙紅色蛇眼正在那兒同時瞪著我們。

「你看，」玄造說：「這兒的疤痕比以前伸長一寸半。」

玄造的聲音令人悚然。

蛇首看上去的確在朝白川的心臟方向前進。

我重新仔細看著那條蛇，嚇了一跳。我知道隨著刺青畫逐漸完成，白川每夜的呻吟聲也逐漸大起來。有時那聲音聽起來像個臨死的人在瘋狂掙扎的聲音。

「幫我割掉這個。幫我剝開我身上這個東西。」

有時白川在夜晚這樣說。

簡直像龍子雕的刺青蛇打算在孔雀畫完成之前對白川做出某事。

那天，正在刺針的玄造突然大叫一聲，起身取起粗毛筆。
他額頭密密麻麻地冒著細微汗珠。呼吸急促。
他將手中的毛筆蘸滿了墨，罵了一句：「媽的……」
再把毛筆擱在龍子雕的蛇上，把整條蛇塗黑。
之後玄造發出野獸叫聲，再度雕刺青。
我想，所謂「陰氣逼人」指的正是這時的玄造。
猶如全身滴落著陰魂液汁。
那天，玄造的工作速度非常快，加上白川懇求，花了平日的三倍時間雕刺青。
當玄造停止雕刺青的手時，玄造內部的東西也似乎整個啪啦地掉落。
那天分手時，玄造難得地在玄關對白川說：「你啊，是不是已經一腳跨入黑道了？」
白川點頭。
「我就知道一定是這樣。要不然不會每隔三天來我這兒。不過，既然你身上有這玩意兒，反正也不能做正當工作吧……」
「……」
「再來一次，這工作便可以結束。到時候我將不再持針了。你也及早考慮洗手不幹吧……」
白川沒回答，只是行個禮，推著我的背部走出玄關。
「我那幅畫，可是『玄造針』的畢生傑作啊。」
玄造的聲音傳自我們背後。
這是我最後一次聽到玄造的聲音。

9

那天晚上，我們三人分別在一樓與二樓同時化為一頭野獸。

——拂曉時分。

睡得跟泥巴一樣的我在夢中聽到聲音。

是男聲與女聲。

「幫我割掉。」男人說：「幫我割掉這個。」

男人聲音夾雜痛苦的喘氣。

是即將窒息的聲音。

「不行啊，我沒法動手。」

女人聲音幾乎快要大叫出來。

「拜託妳。」

男人的聲音已經嘶啞了。

因為通過男人喉嚨的空氣量已經極端地減少。

那沉重的會話在我半睡半醒的大腦中持續了一陣子。

白川的聲音聽起來像隻忍耐痛苦的野獸，隨時都會大喊大叫起來。

我當然沒聽過接受拷問的罪人聲音，但是我想，身在那種罪人房間天花板上的昏暗處的人，聽到的一定是這種聲音。

我腦中浮出——用燒得通紅的鐵貼在白川身上的光景。在半睡半醒的狀態中，我實際在夢中看到那光景。

夢中，有條粗大青蛇緊緊勒住白川全身。而白川臉上則浮出既非痛苦也非喜悅的表情。

之後，一切都靜寂下來。

是駭人的沉默。

在那沉默中，有時會傳來低沉模糊的「唔」或「咿」聲。

到底過了多久？

接著——

突然有個尖叫聲傳進我耳裡。

是母親的悲鳴。

這時我已醒過來。

我在鴉雀無聲的黑暗中傾耳靜聽，聽到漆黑樓下傳出野獸的低吼聲。

我覺得很不安。

於是沒有換下睡衣就下床走到房外。

光腳腳板觸及冰涼的走廊地板。

我不出聲地緩緩下樓。

黑暗中，我站在母親寢室前把耳朵貼在木門上。

剛才聽到的那低吼聲，此刻已消失。

「媽……」我在門上貼著耳朵低聲呼喚。

沒有回應。

門內傳出細微聲。

是濕潤聲。

是桌上的濕抹布掉落地面在地面爬動的聲音。

「媽……」我稍微提高聲音再度呼喚。

濕潤聲。

沒有回應。

「媽！」我大聲叫。

我等不及回應地打開門。

衝鼻而來的臭味擊向我的臉。

房內充滿男人與女人的那個味道，以及令人作嘔的血腥味。

我最初看到的是自床上跌落，上半身仰躺在地板，自下方仰望我的白川——我父親的臉。

他雙眼混濁，半張著嘴，像說話說到中途而頓口那般。跟電視上常見的扮演死人角色的演員表情一樣。我覺得好像看到一場極為冷場的笑話。

全裸的父親胸部淌出大量鮮血，沾濕了床與地板。

我跨進房內。

赤裸腳板下發出踏在淺水窪時的聲音。可是，這水窪，仍溫溫的。

那幅蛇畫已自父親胸部連肉被挖掉了。

只剩下纏在脖子的蛇尾。

而那幅即將完成的孔雀頭也自父親胸部整個消失無蹤。

床中央，掉落一把沾滿鮮血的菜刀。

母親的屍體躺在床的另一邊。

她也是全裸，脖子上纏著一圈血痕。

臉龐腫脹得呈紫色，但即便在這種時候，母親的屍體仍可說是很美。
我以為母親只是佯裝死了，胸部應該仍在微微上下起伏。
我凝望著母親的乳房一會兒，她的胸部卻文風不動。
我不知道到底是母親還是父親自己挖掉父親胸部上的那條蛇。
只是，母親為何也死了？
這時，我聽到腳邊傳來細微的濕潤聲。
在我低頭俯視腳邊之前，有個稠糊溫熱的東西已纏住我赤裸的腳板。
我發出輕微叫聲，望向腳邊。
原來有條蛇纏住我的右足，正抬起蛇首。
正是我父親右胸上的那條蛇。
刺青蛇身上帶著一起被挖下的肉塊，正在滑溜蠕動。
蛇口啣著那個孔雀頭。
之後，我似乎來不及發出有生以來首次的尖叫。
尖叫在即將迸出我的喉嚨之前便完全頓住了。
因為那肉色的蛇已緊緊勒住我的脖子。
我大概會跟母親以同樣方式死去吧——我這樣想。
纏在我脖子上的那個東西，正在溫柔地加強力量——

古董店

1

果然醉了。

本來以為不會喝醉而一杯接一杯地喝，看來下肚的酒比預料的更多。

剛走出酒店，織田便發現自己的身體已不聽指揮。

他踏穩差點絆倒的雙足，深深吐出一口帶著酒味的氣息。

站在附近林蔭樹前，拉下長褲拉鍊。

雖然是夜晚，畢竟還有行人。

自左方走來的年輕情侶慌忙改變方向。

織田微微皺著眉頭，取出完全鬆軟的那話兒。

尿多得令人驚訝。

熱氣爽快地上升。是不冷不熱帶著酒味的熱氣。

拉上拉鍊，織田找尋應該在附近的另外兩個酒友。

卻找不到他們的影子。

織田搖搖晃晃地打算去找酒友，又停止腳步。

他想，其他兩個酒友——井澤和山室或許是故意消失。

「他們甩開我了……」織田喃喃自語。

他心裡有數。

因為直至剛才為止，他對兩人發酒瘋發得相當煩人。

井澤和山室都是大學時代的朋友。

是往昔曾立志當畫家的夥伴。

三人久違地聚在一起，久違地一起喝酒。

井澤和山室都是中堅企業員工。

兩人處於底下已有幾個可以稱之為部下的立場。既然已是逾三望四的年齡，這當然不足為奇。

只有織田一人仍在畫畫。

但他不是畫油畫，而是插圖。雖然很想畫油畫，只是若要把油畫當飯吃並非易事。雜誌的小插圖工作比較多，只要勤快一點，插圖的賺頭不少。於是拖拖拉拉地直至現在。如今他已明白自己缺乏才華。

五年前，當時跟他同居的同齡女子懷孕了，織田只得同她結婚。目前是兩個孩子的爸爸。都已經將近四十歲的人了，多少可以看清自己的人生射程距離。看清往後自己到底能做些什麼，又不能做些什麼——

他一直以為還可以做些什麼事，豈知不知不覺中竟到了這個年齡。學生時代凡事都比織田傲睨一切的井澤和山室，也在不知不覺中成為可親的中年男人，捧著與年齡相稱的大腹便便的肚子跟織田一起喝酒。而且兩人看上去風度翩翩。

織田感覺好像只有自己被甩在後頭。

有點上當的感覺。是苦澀的感覺。

那種感覺在今天的酒席上暴露無遺。

「你們怎麼了？不再畫了？」織田問兩人。

兩人臉上只是露出苦笑。

「沒心再畫了。」井澤這樣說。

山室嘴邊微微浮出自嘲笑容，邊喝酒邊說：「偶爾還在畫。」

「還在畫？」

「是那種把畫當興趣的業餘畫家……」

山室微笑著，講述最近在自家附近租了個小畫廊舉辦個展的事。

井澤的表情顯然已知道此事。

一股火辣感覺湧至織田喉嚨。那感覺令心情逐漸起了毛刺，彷彿有種陰暗黏液性質的東西纏住了感情。

「為什麼不通知我？」

「不配給專家看啊。」

山室避開織田的視線，在杯子倒滿威士忌。

「你這樣不是太見外了？」織田邊說邊灌下酒。

他對自己還無法放棄油畫這事感到慚愧。

之後一個多鐘頭幾乎都是織田在講話。講的全是因工作性質而認識的名人或工作八卦，乍聽之下內容很浮華。

井澤聽得不耐煩，起身說要換個地方喝。

結果走出那家酒店後，織田在撒尿時，井澤和山室竟消失蹤影。

——果然故意避開我。

織田以帶著醉意的大腦反芻剛才的事。

兩人肯定是事先串通好而消失的。

織田搖晃著通紅的臉跨開腳步。

他雙眼充血。

獨自一人走著走著，醉意急速發作起來。

霓虹燈和燈光在眼角閃爍明滅。他毫無目的地往前走，似乎穿過幾次紅綠燈。

「大叔，要不要緊啊？」

也聽到好幾次年輕男子的取笑。

——多管閒事。

他全身充滿著沉重的醉意和難受。

待他回過神來時，發現自己正在大廈與大廈間的巷弄內吐得很厲害。

好久沒嘔吐了。

彷佛是個剛學會喝酒的學生。織田想，或許自己果真老了。

痙攣的胃往上推，溫溫酸酸的東西自喉嚨往外掉落。痛苦壓榨著織田的肉體，令他眼角滲出眼淚。

那種痛苦伴隨著奇妙的陶醉感。

織田想——最好在別人眼裡看起來很落魄的樣子。

他把頭貼在大廈牆壁上吐了好幾次。沒東西可吐時，就用指頭伸進喉嚨繼續催吐。

巷子盡頭的馬路斷斷續續橫穿過汽車車頭燈和紅色尾燈以及行人。卻沒人關心織田。這令織田更加氣憤。

他搖晃著頭。

心想，眼下的自己簡直跟個打算躺在床上盡情哭得慘兮兮，直至母親來哄他的孩子似地。

——看來我似乎有點神志不清了。

他真希望至此為止的事都是夢境，希望有人來抱起他，然後發現自己仍是個躺在母親懷中的孩子。

已經沒東西可吐了。總算感覺稍微舒服一點。

織田用手帕擦擦嘴，再抬起臉。

他看到一樣東西。

是塊招牌。

只有那塊招牌在朦朧醉眼中顯得格外清晰。

那塊招牌垂掛在織田左方頭上突出的鐵棒上，是木板招牌。一旁牆壁有個映照招牌的燈光，橘紅色亮光中浮出文字。看得出文字是「緣綺堂」三個字。

陳舊木板上用毛筆橫寫的黑色文字上，另外寫著字體稍小的「古董」二字。字體很美。

似乎是塊古董店招牌。

左側大廈牆壁有個剛才沒注意到的入口。

織田探看了一下，樓梯往地下延伸。

鐵門沒關，燈光也亮著，似乎還在營業。

這麼晚的時間還在營業的古董店很罕見。

織田對古董並不特別感興趣。但曾經逛過幾次青山那一帶的古董店。

只是逛過的那幾家，說是古董店，不如說是比較接近古美術品店。有次在某家發現個非常中意的罈子，看了價格嚇了一跳。因為比他預料的多了一位數。

再看到擱在一旁顏色不怎麼合口味的盤子價格時，更是目瞪口呆。那價格比罈子又多了一位數。

那時織田想，雖然自己不討厭觀賞罈子或盤子，但自己跟這世界無緣。

他比較喜歡更接近舊貨店，蘸著生活味的古玩店。

不過，也僅是喜歡而已，他不是很清楚古董店到底營業到幾點。但在這時刻還在營業的古董店確實有點怪。

織田被吸引地站在樓梯上。

內心有種痛楚的感覺。

因為他看到那塊招牌時，突然湧起一股喘不過氣來的懷舊感和好奇。

沉澱在樓梯下的昏暗具有一股誘人的溫暖。

織田的呼吸有點粗重，並非完全基於醉意。

不知不覺中，他在樓梯上跨出踉蹌的一步。

2

眼前有扇厚重木門。

織田開門進去。

是個小房間。照明也昏昏暗暗。四周牆壁並排著高達天花板的木製陳列櫥，盡頭擱著一張辦公桌。

桌子裡邊坐著一個男人。

房內不見其他任何人，想必那男人是店鋪老闆。

男人察覺織田進來，抬起臉。

瞬間，他眨眨眼，彷彿在確認織田的臉龐，之後浮出柔和微笑，再以低沉悅耳的聲音說：

「歡迎光臨。」

眼角鏤刻著文雅皺紋。

是個半老男人——大約還沒超過六十歲。頭髮雖夾雜著白髮，肌膚卻光滑潤澤。

米色襯衫上穿著一件暖色系毛織背心。

織田微微頷首，避開老闆視線地望向店內。

他並非懷有什麼目的才進來。要是老闆對他說東說西反倒會令人覺得不耐煩。

再說，雖然吐了後感覺舒服很多，卻仍有醉意。

他只是被莫名其妙的懷舊感所吸引，基於好奇和醉意而進來。

剛才感覺到的那股懷舊感仍未消失。不，似乎反而加深了。

織田想確認那股懷舊感地緩緩吸著昏暗潮濕的空氣。

「想找什麼東西嗎？」

「不，不是特地想找什麼東西。我看看櫥子就好……」

織田望向離門扉最近的陳列櫥，想集中精神。

他看到櫥子內並排的東西。

櫥子內並排著各式各樣的東西。

當織田看清那些東西個別是什麼時，覺得有點困惑。

他的視線停在一個物品上。

「這是……」情不自禁脫口而出。

「是風箏。」老闆聲音響起。

原來老闆已不知何時站在織田身後。

「我知道是風箏……」織田吞下語尾。

他只是不明白這風箏為何並排在這裡。

那是用細竹籤和紙製成的四方形風箏。表面畫著戰士，是織田小時候時常見的那種普通風箏。緊閉雙唇瞪著上方的戰士大概是源義經。

表面已經破破爛爛，有兩條用報紙剪成後黏貼在一起的細長尾巴。那尾巴也斷了半截，完全泛黃的尾巴一旁有個纏成一團約數公尺長的小小風箏線團。

看似不知自何處撿來的斷線風箏擱在櫥內。

如果不是破爛風箏而是嶄新的風箏，倒還說得過去，但織田不明白這種風箏為何並排在這裡。

這跟伊萬里藍色瓷器或其他什麼古董破片不同。

這種東西到底有什麼古董性價值？

而且不只風箏。

風箏一旁有個裝玻璃珠的木盒，木盒旁是小小的黑色帆布運動鞋，而且只有單隻。也有用蠟燭和木筷製成線軸的橡皮動力玩具，織田他們小時候稱之為「坦克」，線軸上有用來防滑的幼稚拙劣的小刀刻紋。

此外，櫥子內還亂七八糟地並排著用舊的紙牌、陀螺、樹枝、竹棒、橡皮動力模型飛機等等，幾乎全是一些比破爛物更不值錢的東西。

商品也沒標明商品名和價格。

因櫥子不是玻璃櫥窗，可以直接觸摸每樣東西。

眼前彷彿即將冒出一股小孩子身上的骯髒汗味。

「這些東西有什麼意義嗎？」

織田對自己那接近清醒狀態的口吻有點吃驚，問著身旁的老闆。

他不清楚自己到底還在醉或是已經即將清醒。感覺好像不是自己的身體。

「意義嗎？……」老闆歪著頭，像個站在文康活動舞台上的孩子。

老闆與織田四目交接。

那雙眼眸探看般地望著織田的雙眼，眼眸發出莫名討人喜歡的亮光。

「我也不知道。」老闆說。

織田不答腔，老闆說完後再望向櫥子內的各種東西。

「是跟什麼名人有關的東西嗎？」

「名人嗎？」老闆再度有所示意地望著織田，「這點我也不大清楚……」

「你是這店舖的老闆吧？」

「當然是。」

「可是你不知道並排在這裡的東西到底是什麼東西，這不是很奇怪？這些東西要是沒有特別的意義，每樣都跟垃圾差不多吧？」

「垃圾？這……這……」老闆誇張地點頭，「這些東西大概正是垃圾吧。不過，對往昔持有這些東西的人來說，至少當時沒把這些東西看成是垃圾吧？」

老闆雙眼試探般地望著織田的眼睛。

「那當然。」

織田內心湧起一份小小焦躁。

「哎，哎，」老闆似乎看出織田的焦躁，「這些東西並排在這裡當然有其意義。可是，有關那意義，你應該比我更清楚。」

「……」

「你最好拿起這些東西慢慢觀看，那邊的櫥子還有很多有趣的東西……」

織田按照老闆所說，拿起眼前的木製陀螺。

那是個細長木軸的圓錐形陀螺。邊緣雖然染成淡綠色，不過顏色已褪，而且都摸髒了。

織田像個盲人為了確認手中的東西而摸索般地用指尖撫摸著陀螺表面。

手中重新浮現一種令人懷念的重量和觸覺。

是什麼？

這感覺，到底是什麼——

明明知道那感覺是什麼，卻怎麼也想不起來的焦躁感。答案鯁在喉嚨。

那是種極為溫暖、伴隨悲哀的感覺。

與剛才不同性質的焦躁在織田內心微微翻滾。

織田將陀螺放回櫥子，走到另一個櫥子。

那櫥子也並排著類似東西。

視線移至夾雜在那些破爛東西中的一本筆記本時，織田在喉嚨深處發出小小叫聲。

「這是……」織田呻吟般地抓起那本筆記本。

那是往昔小學生用的筆記本，在當時很常見。上面印著紅色墨水的「國語」兩字，已經褪色的顏色看起來格外鮮豔。

然而，令織田吃驚的不是那顏色。

他凝望的是「國語」二字的下方，眼神專注得幾乎可以因視線而燒焦那地方。

那地方印著黑色墨水：

年級

名字

其下用鉛筆東倒西歪寫著既幼稚又醜的文字：

一年級三班

織田浩一郎

織田浩一郎——這是織田的全名。

「是的。」老闆點頭，以柔和低沉地聲音說：「這的確是你用過的東西。」

不用老闆說明，織田也知道。

甚至還留有把織田的「田」寫錯了，用橡皮擦擦過後再重寫一次的痕跡。

「為什麼……」

織田說完，吸了一口氣，再重複問一次。

「為什麼這兒有這種東西？」

「為什麼呢？」老闆微微聳聳肩，「你說到底為什麼呢？」

如果眼眸沒有發出充滿熱情的亮光，織田大概會以為老闆在愚弄他。

「怎樣？你也還記得這東西吧？」

老闆自櫥子取起一個青色橡皮帶的玩具手錶。是賽璐珞製的，有小小紅針。

那是織田小學時，母親買給他的。

「是我丟失的……」

織田腦中鮮明浮出因買回來不到十天便丟失，狠狠挨了父母一頓罵的記憶。

他向以前就很想要手錶的弟弟逼問，「是不是你偷了？」結果兩人大吵一頓。弟弟哭出來，害織田第一次遭到父親毆打。

父親生氣的不是丟失手錶的事，而是織田說弟弟偷竊的這件事。

冷不防，織田內部湧起一股潮流般地感情。

織田想起來了。

剛才那風箏和陀螺都是織田往昔玩過的東西。竹棒和樹枝、線軸車和玻璃珠，並排在櫥子的每樣東西都是織田往昔曾經觸摸過的。他記得每樣東西的破損處。

「想起來了嗎？」

老闆眼角聚集了柔和的皺紋，以清澈聲音徐徐地問。

織田點頭。

「這兒的東西，每樣都是你往昔曾心愛地摸過又失去的東西。」

織田再度微微點頭。

3

「這兒啊……」老闆聲音溫和得像個老人在說明事情給孫子聽，「是每個人終生都會來一次的店舖。每個人都可以在這兒再度買回往昔失去的東西，但只限一樣東西。」

織田以作夢般的表情觀看櫥子內的各種東西，聽著老闆的聲音。

他蹣跚的踏著地面，每次看到一種新東西時，全身都會被油然而生的感情所籠罩。

靠近裡邊的櫥子上有一捆重疊的紙張。

那是織田二十歲那年在焦躁火焰中翻滾般所畫出的畫稿。有完成的，也有未完成的，以及胡亂塗鴉的草稿——都是當時畫的，卻不知何時遺失的東西。

圖畫紙、筆記本紙、傳單紙，甚至有寫著「筷子」的某家酒店衛生筷包裝紙，各式各樣的紙上都畫著畫。

織田拿起畫稿觀看。

運筆很幼稚。是可恥的內容。都是些不值得給別人看的東西。

可是，畫面充滿熾熱且陰暗的火焰，充滿織田目前已失去的刺骨感情。

畫這些畫時，織田正跟某女人同居。

不是現在的妻子。

是個年齡比織田大的女人。

名叫敬子。

為了跟她同居，織田在升大三前退學了。

他不留戀大學。他甚至認為要當畫家，學歷反而礙事。當時他認為這樣做等於佈下了背水陣。

連井澤和山室也以羡慕的眼光，看著捨棄大學選擇與女人同居的織田。

那女人很好強，也很愛哭，心腸很好。

跟那女人同居時，織田隨心所欲地畫了很多畫。雖然過著時常更換打工的日子，但仔細想想，對織田來說，或許那時正是最充實的時光。

那時還不知道自己將來會成為什麼樣的人物，每天過著發高燒般地日子——

松節油味——

那已是將近二十年前的事了。

織田揣測著那些失去的東西與現在之間所堆砌起來的遙遠時間的距離。如果時光可以倒回，他很想自那時再度重來一次。

眼前浮出現在的妻子和兩個孩子。小女兒剛學會走路。

他內心湧起一股熱水般地灼熱感情。

織田不知道那股感情是對無法挽回的一切而難過還是其他感情。

「你選那個嗎？」老闆問。

織田回過神來。眼前是老闆的笑臉。

「那東西應該不錯吧？」

「嗯。」織田斬斷苦澀回憶地說。

「你決定要那個？」老闆歪著頭，可親的雙眸望著織田。

織田握著畫稿綑，默不作聲。

「你不滿意？」老闆說。

織田以快哭出的眼神望著老闆。

「怎麼了？」老闆以碰觸易碎東西般地聲音問。

「我……」織田這樣說後，一時頓口，再閉眼地說：「我想要時間。」

睜開眼後，他以求救眼神盯住老闆。眼神像個孩子。老闆打算開口，織田又制止地說：「如果可能，我想再度回到畫這些畫時的日子……」

老闆閉上微張的嘴唇，垂下眼簾，再抬眼望著織田。老闆那對乍看之下毫無表情的雙眸充滿極為心疼又寂寞的亮光。

神。

那是類似一個做父親的，無法對一個耍賴要求某種東西的孩子說明那東西不可能得到時的眼神。

眼神發出類似亮光的兩人，無言地對望了一陣子。

「不行啊。」老闆先開口：「這兒只賣有形狀的東西……不賣沒有形狀的東西。」

「……」

老闆難過地望著不說話的織田，緩緩地，一句一句地，諄諄教誨地說出織田也明白的道理。

「這世上有無論如何也無法挽回的東西。而且，正因為這樣，才有所謂的世路冷暖俗情，或者說是滑稽……」

織田仍默不作聲。

「真是傷腦筋。」老闆欲哭無淚。

又是一陣沉默。

當織田死心地打算嘆氣時，老闆說：「不過，也許可以讓你看看。」

是無可奈何的口調。

「讓我看看？」織田總算開口。

「是的。雖然無法重來，但可以讓你看看當時的事……或者應該說是體驗，我想，我可以幫你這個忙。」

「什麼意思？」

「就是說，你可以再度體驗當時的事。但不能改變過去。不是說不能改變，而是無法改變。要是你願意的話……」

「真的？」

「我特地幫你這個忙好了。」

「拜託。」織田說。

老闆背對著織田，伸手至裡邊櫥子上方。

「有了，就用這個吧。」

老闆自上方取出某物，再面對著織田。

他右手擱著個乾巴巴的褐色東西。

「這是？」

「這是可以讓你觀看當時的東西。」

老闆把那東西擱在織田的左手，讓織田輕輕握住。

感覺像握住一把小枯葉。那東西比枯葉硬，類似舊木片，但比木片輕。

「準備好了嗎？不管發生什麼事，你都不能張開這隻左手。張開的話，你的夢便會結束……只要不張開，這夢會一直持續到夢的終點，也就是說，會一直持續到你跨進這家『緣綺堂』後，再度握住這東西那時刻。到時候，如果你仍握著這東西的話，可以永遠持續作著同樣的夢。倘若你不想再作夢了，可以隨時張開左手。」

「這是什麼？」

「現在不能說。張開左手時，你自然就會知道。」

四周的光景突然開始淡薄起來。

起初消失顏色，接著徐徐失去立體感。

「慢著。」織田說。

「什麼事？」

「我還沒問這東西的價格。」

「對了，你確實沒問。」

「多少錢？」

「我不向客人要錢。通常只向客人要求他跨進這家『緣綺堂』時身上持有的東西，什麼東西都可以，要求一樣東西當價格，但這回是例外。」

「什麼都不要？」

「當你帶著你左手那東西回去後，請你珍惜它，這樣可以嗎？」

「好。」織田答。

老闆表情似乎微微一笑。

那微笑也似乎是對織田的憐憫。

4

淡薄色黑暗裹住織田。

織田右手有一種柔軟觸覺。

女人的輕微喘氣聲，以及耳邊溫暖的女人呼氣。

橫躺的織田右肩擱著女人的頭。

織田右手插進女人與自己的身體之間，正在揉搓著女人的乳房。

兩人都是全裸。

手中的女人乳頭已成尖銳硬塊。

四周並非真正的黑暗。

隔著窗簾布料隱約射進外面的亮光。

女人轉動頭，臉龐映入織田眼簾。

長髮自額頭纏繞在臉頰，是張令人懷念的鵝蛋臉。

是敬子。

而織田目前身在退學後和敬子開始同居的某廉價公寓房內。

織田情不自禁呼喚著女人名字，想要起身，身體卻不聽指揮。

敬子挨近臉龐，擋住視界，突然什麼也看不見。織田明白是自己閉上眼。溫濕的東西壓住嘴唇，牙齒間伸進個柔軟生物。

是敬子的舌頭。

織田舌尖觸到敬子的舌尖，兩個舌尖碰觸一起，彼此緩緩地在對方舌尖描畫。

其間，織田的右手始終沒有停止動作。從胸部到腹部，腰部到臀部，撫摸著敬子肢體上的所有曲線。那動作彷彿想絲毫不剩地得知還未熟悉的女人肢體。

穿過脖子下的左手摟著敬子左肩。

不過，除了敬子的肩膀觸覺，織田左手還有另一個觸覺。彷彿另外有隻隱形左手。

那隻隱形左手握著某物。感覺是個既乾燥又堅硬的小東西。當織田情不自禁想張開那隻手時，總算想起一件事。

（要是張開這隻手，夢就會結束。）

腦裡重新響起緣綺堂老闆的聲音。

織田暗忖——這就是老闆說的？

原來老闆說讓織田再度體驗當時，指的正是這件事。

此刻的織田與往昔二十出頭的自己重疊在一起。

他完全感覺不出往昔年輕時的織田的自身意識。

他只是按照年輕時的自身的肢體行動而行動，看著年輕織田所看的一切，聽著年輕織田所聽的一切而已。

然而，織田的觸覺卻栩栩如生得跟現實完全一樣。只是身體不聽指揮而已。

「敬子……」

冷不防，織田聽到自己的聲音。

原來是年輕織田鬆開嘴唇呼喚著女人。

敬子抓住觸摸自己胸部的織田的手，舉到嘴邊咬了一下小指。

「今天有畫畫嗎？」

難以忘懷的敬子的聲音甜美地擊打著織田的耳朵。

「當然畫了。」

「你好像很用功。」

「嗯。」

房內充滿油畫顏料的甜味——

「很辛苦吧？」

敬子邊說邊將織田的手放回自己胸上。

織田仔細地想起敬子在這種時候的每個細微動作。

當時，敬子可以整個晚上不厭其煩地聽織田講述有關繪畫的無聊話。

織田的手再度動了。慢條斯理地往下撫摸著敬子的肌膚。

他集中精神，想盡情享受往昔自己的年輕肢體所碰觸過的敬子的肌膚。

織田手指剝開敬子的繁茂處，滑進熾熱的肉花瓣深處。

敬子喉嚨深處發出含糊叫聲。

她已經大量溢出。織田指尖在黏液中觸及肉芽時，敬子一瞬縮回腰部，接著發出細微呻吟，再猛然挨近揉搓。

織田抽出繞在敬子脖子下的左手，壓在女人身上。口裡含著乳尖，用舌尖轉動，敬子用力仰著下巴，雙手摟住織田的頭。

織田鬆開含著乳頭的嘴唇，貪婪地壓在敬子唇上。兩人的舌頭粗魯地互相纏在一起。

織田剝開敬子的雙足進入。

年輕時的自己，動作笨拙得令人不耐煩，那過程令織田異常興奮。

他很想盡情狼吞虎嚥久違的敬子的白皙肢體。盡情地讓她彎曲，讓她張開，再貫穿。

織田貼上後，敬子抬起腰部迎入。敬子顯然已熟悉男女之事。

織田渾然忘我。

全身沾濕汗水的女人肌膚在織田肢體下翻騰。女人雙足繞到織田腰上，打算把男人拉進自己內部更深處。

敬子喉嚨發出微弱喘氣聲。看似耐不住地吐出因男人的動作而在體內萌生的愉悅固體。而且看似再怎麼吐出又吐出，體內依舊溢出愉悅。敬子不停地發出叫聲。

她像在催促織田做出更激烈的動作，後腳跟擱在床單上，主動抬起腰部用力搖晃。

敬子呼喚著織田的名字。

織田也激烈地邊蠕動邊呼喚女人的名字。

5

甘美的日子一天天過去。
而且那也是像發高燒時夢見的可怕惡夢的日子。
此刻的織田正在重新體驗十八年前曾經度過的日子。
只是，織田明白最後仍然必須迎接那天的到來。
當年，敬子二十八歲，織田二十三歲。
在這兩年多的日子中，敬子已看穿織田的才華。
敬子想讓織田任職一般工作，夢想跟織田結婚。
為了結婚一事，兩人曾幾度吵得很厲害。
隨著逐漸接近悲慘結局，織田那隻隱形手所握的東西也逐漸產生變化。那東西似乎變得有點濕潤，也更柔軟。
那天……
上空佈滿低垂烏雲。
中午時分，織田醒來，在床上看報紙。
敬子在廚房準備時刻有點晚的早餐。
那聲音也傳至現實中的織田耳裡。
織田知道接下來將會發生什麼事。
但此刻的織田沒法避開那事實。唯一的方法是張開左手。只是，織田沒那樣做。
那件事，從摔碎咖啡杯的聲音起始。

廚房響起那聲音時，織田依舊在看報紙，沒有抬臉地問敬子。

「又摔碎了？」

沒回應。

織田不在乎地繼續看報紙。

然而，過一會兒，廚房傳來似乎是敬子的嗚咽聲時，織田才抬起臉。

「怎麼了？」

沒回應。

織田起身，穿著睡衣走到廚房，看到蹲在流理台前的敬子背影。

「怎麼了？」

手擱在敬子肩膀時，他看到流理台不鏽鋼上沾著黯淡粉紅色的黏液。是敬子的吐瀉物。

腳邊有摔碎的敬子的咖啡杯，杯子上是兔子圖案。

「妳吐了？」

敬子點頭。

「沒事。你不用擔心。」

敬子扭開水龍頭，洗去吐瀉物後用水漱口。

織田腦裡閃過一個念頭。

「妳懷孕了？」

敬子默不作聲。

織田再度問。可是，敬子仍垂著頭不開口。

織田吐出沉重氣息。

對織田的發問，敬子的沉默正是明確的回答。

「之前妳就知道了吧？」

敬子點頭。

「為什麼不說？」

「我怕。」

「怕？」

「不知道你會怎麼說……」

敬子抬臉，兩人互望。敬子先避開視線。

織田還未理解「懷孕」這詞的事實。事情太突然了。

他又暗忖。不。仔細想想，最近敬子的態度很怪。看似身體不舒服，有時更心不在焉地聽著織田說話。

只是，織田一直以為那是敬子太疲累之因。

「多久了？」

「三個月。給醫生診察過了。」

織田腦中只縈繞著「不能這樣下去」這句話。

「打掉……」

織田聽到自己口中發出極為乾涸的聲音。

敬子全身抖了一下。

「打掉？」敬子臉色大變。

「妳應該明白，目前我們沒法養孩子。我們甚至還沒正式結婚……」

明明在事前並沒準備好這些話，織田卻流利地脫口而出。

「那我們結婚不就好了？」敬子說。眼神很認真。

織田第一次看到她那種眼神。

現實中的織田那隻隱形左手握著的東西似乎變得溫暖起來。

「我們結婚吧。這樣最好。結婚後，你不是也可以邊工作邊畫畫？」

聽到敬子說「結婚」時，織田突然想起一件事。

前些日子不知是哪天，織田認為是危險期的夜晚，但敬子說今天是安全期，所以沒有使用保險套而做愛。

「妳騙了我？」

「怎麼可能？太過分了……」

宛如正確地在臨摹自己的記憶，織田聽著兩人輪流說著的固定台詞。

手中那東西已變成沾滿汗水般的濕淋淋的東西。

如果要張開手的話，正是此刻。

他不想再度看見那光景。

兩人激烈地爭吵。

手中那東西溫溫的，感覺有點可怕。彷彿握住某種生物的心臟，那東西在搏動。

「讓我生下來好不好？這是我們的孩子。」

敬子打算摟住織田。

「混蛋！」

織田推開敬子。敬子腹部湊巧狠狠地撞上擱在廚房的飯桌角。

敬子按著腹部呻吟地蹲下。
之後蹲坐在地板發出悲痛叫聲。
「孩、孩子，我的……」
敬子那掀開的裙子裡邊，蒼白大腿流下一道鮮血。
織田手中那東西也毛骨悚然地蠕動起來。
他發出無聲的叫聲，狠心張開手。

6

燈彩在視界角落明滅閃爍。
遠方傳來街上的喧鬧。
織田站在那棟大廈巷子入口，張開左手，目瞪口呆地望著手中的東西。
有人在背後拍著織田的肩膀。
「喂，我們找了你半天了。」
是井澤的聲音。
「你怎麼跑到反方向這邊來了？」
接著是山室的聲音。
織田沒回應。
「你在看什麼？」
兩人繞到織田面前探看織田手中的東西，之後表情僵住。
織田不理兩人的驚訝，像剛看到他們般地抬起臉。

「原來你們不是故意避開我……」

他面無表情地喃喃自語。接著，勉強浮出微笑。

但在其他兩人看來，織田臉上的筋肉只是動了一下，做出微笑的形狀而已。

兩人瞬間以為織田將要哭出。

可是，織田沒哭。

他自兩人臉上移開視線，慢條斯理地環視四周，再走投無路般地眨了兩、三次眼，視線又回到手中。

「敬子……」織田低語。

織田左手上的東西是個沾滿鮮血、受孕三個月大的胎兒。

自己妖精

1

呀！

我來講個奇妙的故事。

既然一開始便說明是「奇妙的故事」，當然也就是不可信的故事。就是那種口中明明說「很不可思議，卻是事實」，而其實是胡說八道的那類故事，我哥哥形容那是「卑鄙的做法」。說清楚一點就是「偷窺精靈」的故事。

所以如果你們不相信，我也無所謂。只是你們完全不相信的話，我還是會覺得難過。因為故事跟我喜歡的那個溫和哥哥有關。坦白說，我希望你們盡量相信我將要說的故事。

不過，我自己也有點矛盾，雖然不希望大家聽了覺得掃興，但如果你們百分之百相信了，就跟規規矩矩跪坐時那樣，我也會覺得全身不舒服。

舉例來說，明明只是對某個女孩子開個玩笑而已，卻被對方深深愛上時的那種悲劇性，或者說是喜劇性的感覺，到時候我也只能把手貼在頭上苦笑說「哎呀」。

當然故事通常會添油加醋，例如光聽別人口中的有關我的風聲，我似乎已經娶了兩次老婆，也死過五、六次。

所以在此我有個要求，請你們最好盤著腿邊喝茶邊聽故事，那麼我講起來也比較輕鬆。也就是說，最好是半信半疑地聽，能讓聽故事時喝的咖啡或茶增添一點美味就好。

我有個朋友在咖啡廳不知為何竟把咖啡倒進糖罐內，他自己也嚇了一跳，卻仍吃下那黏糊糊的砂糖，這是事實。不過這事和我要說的故事沒什麼關係。

至於我自己，小時候就喜歡聽稀奇古怪的故事，每次聽這種故事時總是興奮得很，喘得跟苦夏的狗一樣。

你會怎樣呢？雖然我不知道你是誰，但請你跟我一樣先準備一面鏡子擱在手邊。然後在聽完這故事時，麻煩你告訴我，你怎麼處理了那面鏡子。

接下來，我打算邊講邊用匙子玩弄咖啡杯邊緣，或在抽煙時故意讓打火機按了兩、三次仍點不上火，盡量故弄玄虛地講這個故事。

我在開頭就說過「偷窺精靈」這個詞，你聽過嗎？當然這不是食物。是外國著名學者取的名字，用日語來說的話應該譯成「偷窺精靈」吧。

借用我哥哥的說法便是「偷窺童」，我現在要講的故事就是這個。

有一次，哥哥帶我去爬山，那時是我第一次聽到「偷窺童」這個詞。

我們兩人夜晚在帳篷中，我以為哥哥早已睡了，沒想到他突然起身。

「果然在。」

我聽到有人摸索枕邊背包的窸窣聲，接著帳篷內瞬間亮起橘紅色亮光。原來是哥哥擦了火柴點燃香煙。

「哥，怎麼了？難道是蜘蛛爬進來了？」

「不是蜘蛛。」

「是蛇？」

討厭蛇的我被自己的話嚇一跳，跟哥哥一樣坐起身。

「豬頭，我怎麼會為了蛇而醒來？」

哥哥說得沒錯。就算蝮蛇爬進哥哥的睡袋內，他也不會醒來。那麼，難道是令人更討厭的傢伙？

我望向哥哥，他似乎剛好吸了一口煙，紅色香煙頭在黑暗中增強亮光，朦朧地浮出哥哥的鬍子臉。

「喂，你沒感覺嗎？」

「感覺什麼……」

「算了，你先不要講話。」

哥哥叫我不要講話，我聽不懂是什麼意思。

我按照吩咐安靜了一陣子，對哥哥說：「安全沒感覺——完全。」

「真的？」

「嗯。」

「原來這傢伙果然是我的。」

香煙火光往上移，再上下晃動。

哥哥似乎用夾著香煙的手在抓自己的頭。

「有偷窺童。」

「是什麼？」

「看來是我的偷窺童。」

哥哥在空罐上捻熄香煙，點上蠟燭。帳篷內部好像變成深海魚的胃部。

哥哥在我倆中央擱著蠟燭，使得哥哥身後的黑影膨脹起來，隨著閃爍的火焰而搖來晃去。因為兩人動了身子，狹窄帳篷內的空氣也跟著晃動。黃色亮光在哥哥的臉頰和額上飛舞，令他的臉龐也跟著變形，成為快哭出的表情。

我身後的影子一定也在晃動，黃色的臉也跟哥哥一樣看起來好像即將哭出吧。

「喂。」

哥哥抱起胳膊。

「你知道我在山中走路時經常回頭看吧？」

「嗯。」我點頭。

聽哥哥這樣說，我想起他好像幾次把手貼在脖子回頭看時，剛好跟我的視線相交。

「那個就是偷窺童。」

「哪個是偷窺童？」

不說清楚我怎麼聽得懂。說一件驕傲事，我直到高二為止，無論別人怎麼向我說明，我一直不明白男女那件事。因為我堅信在某本書中讀到的其他知識，認為朋友說的都是玩笑話。如今我已成長了，自己都認為對別人說出這事的話，一定沒有人會相信，無奈悟性還是很遲鈍。

「你聽過座敷童嗎？」

「這個聽過。」

有些地方稱「座敷童」為「座敷孩」或「養蚤神」，是類似小精靈的傢伙。在民間傳說中經常出現。

例如幾個小朋友在一起玩耍時，要是有人數起在場的玩伴有幾個，數到最後總是會多出一個。但是一個個仔細觀看的話，大家都是熟識的臉，只是其中有個不知何時多出來的不存在的小朋友，卻沒人知道那個小朋友到底是誰。這就是座敷童。

「偷窺童是我從座敷童這個名詞中擅自延伸出來的詞，有些外國學者稱為偷窺精靈。」

之後哥哥向我說明的正是以下的事。

2

你也有過這種經驗吧？

就是有時會感覺背後突然好像有視線。並非背後有人，只是感覺有視線而已。

這傢伙似乎是個「捉迷藏」天才，當你回頭看的話，他就會消失。好像有個隱形東西在戲弄你那般。

一般人通常都會認為是自己多心，不承認對方的存在，頂多為對方取個「偷窺精靈」這種浪漫名字。

但哥哥跟別人不一樣，他竟相信了這種精靈的存在。

「會感覺有視線，就表示有某種東西存在。」哥哥這樣說。

這理由真是直截了當又有道理，講白一點就是頭腦簡單。

「哥，那是錯覺。」

「你這個豬頭。」哥哥這樣說。

「難怪別人說你個性單純。聽著，假如我打你一拳，你會感覺痛吧？」

我點頭。

「看吧，道理跟這個一樣。挨打會痛，會痛是因為挨打了。也就是說，有人在看你，你才會覺得被人看著。」

啊，親愛的哥哥。

所以我總是敵不過哥哥。

「明明有人在看我，我卻看不到對方。這點實在令我覺得很不甘心。」

哥哥說，每個人大概都不一樣，但是他在山中走路時經常遇見那視線。

難怪哥哥時常回頭往後看。

別人感覺不出看著你的那個視線，你也感覺不出看著別人的那個視線。換句話說，每個人都各別有自己的偷窺童。

「你覺得那傢伙現在在帳篷內？」

「是的。」

「可是這裡只有我們兩人。」

我緩緩地環視著帳篷內。跟我剛才說的一樣，沒有別人，只有我跟哥哥的影子。

「那傢伙也許像侏儒那樣小。」

「重點正是這個……」哥哥邊說邊從背包取出兩罐啤酒。今天的量已經喝完，那是明天的量。

「反正醒來了，邊喝邊聊吧？」

哥哥嘎吱地打開一起取出的鮪魚罐，澆上醬油。他打算把罐頭當下酒菜，兩人用一根刀叉交互吃著。

「我是這樣想的。」

哥哥的鬍鬚上發霉般地黏著鮪魚罐的泡泡，表情比平時更認真。

「我想偷窺童不是侏儒或動物那類。老實說，剛才我明明仰躺著睡，卻覺得那傢伙在背後看著我。如果那傢伙是侏儒或動物，等於是在地面下看著我。偷窺童每次都在背後看著我。我剛才總算恍然大悟，看來這傢伙是那種東西。」

「哪種東西？」

「這個。」

哥哥在胸前舉起雙手，指尖無力地垂下。

「是幽靈？」

「不知道。我看過的書中提到有可能是狐狗狸大仙或什麼靈附在身上。」

「怎麼可能？」

「你聽過沒有？北阿爾卑斯山有座屏風岩，有個男人單獨一人攀登時摔下死了。那地方從上面丟橘子皮的話，會一直線落到底下。所以男人的屍體摔得七零八落。當地巡邏隊收拾了屍體，但怎麼也找不到男人的右手。」

「手？」

「比如說，在右手腕纏著繩索，只要掉落三十公尺便會因衝擊而當場扭斷手腕。在香蕉纏著線用力拉不是也很容易扯斷嗎？道理跟那個一樣。」

我對這類事很感興趣，前面也說過我聽這類故事時總是很興奮，那天晚上內心特別七上八下。

兩個男人在深夜深山的帳篷內相對而坐。這種光景應該毫無情趣可言，但我卻氣喘吁吁地握著喝了一半的啤酒罐，凝望著滿臉邋遢鬍子的另一個男人。我想，我當時的眼神一定充滿熱情。

哥哥賣關子地喝了一口啤酒。

「聽著。」

他舉起握著啤酒罐的手擦了一下鬍子臉。

「第二年夏天，我有個山友也單獨一人攀登屏風岩。這傢伙做事時很荒唐，但攀登技術卻是第一流。他說在攀登時總覺得怪怪的，覺得有人在他背後拉他的脖子。身子很重。爬得越高，那感覺越強。他無法專心攀登，認為不妙，中途就下來了。下來後走到山下的橫尾山莊時，在路邊休息的徒步旅行者指著他大叫出來。」

哥哥慢條斯理地喝光啤酒，以可怕的眼神瞪著我。

「你知道為什麼嗎？」

「不知道。」

我大聲吞下一口唾液。

並集中力量在腹部，免得哥哥突然大叫出來時被嚇到。可是哥哥沒有大聲嚇我，他低聲這樣說：「那傢伙的脖子這邊……」

哥哥把手繞到身後，抓住自己的登山襯衫後領子。

「掛著一隻乾癟的人的右手腕。」

帳篷內似乎因某種氛圍而突然膨脹起來。

我跟哥哥都默不作聲地互望著。

外面傳來風聲。

「討厭。」我小聲說。

「哥，你很討厭。這是，那個吧，開玩笑吧。」

哥哥臉上浮出駭人的笑容。

對我來說，那之前和之後，再也沒有任何事會比當時的哥哥那個笑容更令我覺得恐怖的事了。當一隻手掌大的蜘蛛徐徐爬過人的臉龐時，那人大概會做出這種表情。

「哥。」

我差點大叫出來。

如果哥哥那駭人的笑容沒恢復成平素的親切笑容，我大概會向他潑啤酒。
「哥。」
這回呼喚的「哥」，聲音沒有變僵。
我全身都在冒汗。
完全被哥哥戲弄了。
「冷靜點，冷靜點。」哥哥打圓場地摸著鬍子，再點燃香煙。
「我只是聽來的，我也不知道是真是假。我真正想說的是偷窺童也許跟我剛才說的那隻手腕類似。」
「是嗎？」
「也就是說，不是偷窺童身在某個地方，而是偷窺童很可能跟人連在一起。這樣想的話，便可以說明我為什麼老是在山中或自己房內感覺到那傢伙的視線了。」
哥哥說得有條有理。
「哼。」哥哥用鼻子哼了一聲。
「我們這樣聊著聊著，那傢伙似乎消失了。」
哥哥捻熄香煙，打了個大呵欠。
「睡吧。」
我第一次聽到偷窺童這個詞的夜晚，就如此地閉幕。

3

我先說明一下吧。

次。

當時我是東京中心區某大學的大二生，哥哥是「大六」生。

我跟哥哥就讀的當然不是同一家大學，哥哥因為迷上登山，結果比別人晚畢業。

哥哥的租房和我的租房都在山手線上，相隔四站，每個月不是他就是我因為沒錢而相聚一次。

當然我那個把咖啡倒進糖罐的朋友比較常跟我哥哥見面。這個朋友有次在我房內碰到哥哥，兩人氣味相投，而且兩人都喜歡登山，之後便經常相邀去登山。

第一次聽到偷窺童這事的那晚以後，大約過了一個月，哥哥突然來找我。

他提著兩瓶啤酒快速地進房後，盤著腿把煙灰缸拉到手邊。

「喂，拿兩個杯子和開瓶器來。」他點燃香煙後說。

「你又要去爬山嗎？」我遞開瓶器給哥哥，望著他問。

他每個月在這個時期都會來向我借錢去爬山。

「還有其他事要找你。」

哥哥在杯子倒滿啤酒。鬍子臉挨近溢出的泡沫發出聲音地吸著。

「除了借錢，還要借其他東西。」

「其他東西？」

我跟哥哥碰了一下杯子，一口氣喝掉半杯啤酒。擦擦嘴望向哥哥時，他已經在倒第二杯。

「我想借鏡子。不用太大，小鏡子比較好。大約有手掌那般大就好。」

「沒有。我這兒只有掛在那邊那個鏡子。」

我指著寫有商品名金色文字的廉價鏡子。

「那個太大了，沒有別的？」

「太大了？你要鏡子幹嘛？」

「偷窺童。」

「什麼？」

「我上次不是說過了？我想看那個偷窺童。」

坦白說，到今天為止我完全忘了偷窺童的事。

「我可以自己買鏡子，只是現在沒錢。本來以為你這兒一定有……算了，用你借我的錢去買好了。」

「太可惜了，這不像哥平素的作風。到車站前偷自行車後視鏡不就好了？」

「對啊，原來有這招。」

「哥，我是開玩笑的。你真的要去偷？」

「當然啦，虧你想得出這個主意。」

哥哥完全是一副打算去偷的表情。

「好，乾杯。這樣我就可以找出那個可惡的偷窺童了。」

這時我仍不知道這晚將成為我跟哥哥最後一次乾杯的夜晚。

4

打個比喻。

例如「終生都無法倒立著走的蚯蚓」。

這是個只有標題的故事，一行正文也沒有。

悲劇性和喜劇性成為一體，哥哥很喜歡這個標題。

我不知道蚯蚓到底有沒有前後或頭尾之分，但創作出這標題的我那個「吃」了咖啡的朋友說有。

先別管這個問題。

總之，我為什麼會提到蚯蚓呢？是為了說明每個人都有做得到與做不到的事。

對我來說，即便我花了終生也寫不出物理學報告。

因為校內發生校園紛爭，彼此互相丟擲了幾個火焰瓶，結果所有考試全變成寫報告。假如這只是物理學考試，頂多受一個鐘頭的苦，但寫報告則要受好幾天的地獄之苦。既然兩者都不會，按人之常情當然會挑選比較不受苦的那方吧。

我放棄寫報告，仰躺在榻榻米上，突然感覺有類似視線的東西在看著我。

「啊，偷窺童在。」

每個人都有過這種經驗吧，明明從來都不在乎的東西，卻因取了名字而突然變得可親起來。

我無聲地笑著，想起已將近兩個月沒見面的哥哥。

不知他偷了自行車後視鏡沒有？

找到偷窺童了嗎？

外面傳來敲門聲。

「是我。」

是咖啡朋友的聲音。

視線的感覺也即刻消失。

「進來啊。」

傳來開門聲。

我依舊躺著回頭觀看，朋友站在門口不肯進來。

「怎麼了？進來啊。」

我起身盤起腿。

「嗯。」

他算是不客氣又愛開玩笑的人，但今天看上去一副無精打采的樣子。

我遞出煙灰缸和香煙給進房的朋友。

「寫不出報告嗎？」

「管他什麼報告。」

他咂了一下嘴。

「報告根本不重要，我今天是為了其他事來的。」

「是嗎？」

「你啊……」

他壓低聲音。

「聽過偷窺童這個詞吧？」

「你聽我哥說了？」

「嗯。」

「我哥身上有沒有後視鏡或其他什麼東西？」

「你是說裝在安全帽上的那個？」

「應該是。」

「你告訴我，偷窺童到底是什麼玩意兒？」

「我哥怎麼說？」

「這個啊，你哥哥啊，他最近有點怪。而且好像跟偷窺童有關。」

「我哥有點怪？」

「是的。」

「生病了？」

「不是，怪的地方好像是這裡。」

朋友指著頭。

「頭？」

我的聲音變大。

「你詳細說說看。」

「其實我也說不清。」

朋友緩緩說起。

「大概有一個月了，他時常自言自語。而且不是對自己說話，好像對著某人說話……跟我在一起時，甚至會說得太入迷而忘掉我的存在。有時我以為他在對我說，就回他話，結果他說『不是對你說的』。最近這毛病越來越嚴重。」

「那你聽他說過偷窺童的事嗎？」

「三天前……我到你哥租房時聽他說了。」

朋友說他到哥哥租房前時，聽到房內傳出兩個人的聲音。其中一個確實是哥哥的聲音，另一個是性別不詳的高音。

雖然聽不清他們在說什麼，但是兩人似乎在爭吵。

朋友聽到爭吵聲打算回去，只是房內又傳出打碎玻璃的聲音，接著傳出類似哥哥的慘叫聲，便開門衝進房。

「我嚇了一跳，整個房間亂七八糟，到處都是碎玻璃。仔細看，才看出好像是硬把鏡子碎片敲得更碎的東西。我更吃驚的是房內只有你哥一人。」

他說瘦得不像話的哥哥右手握著啤酒瓶站在房內中央。

哥哥似乎用那啤酒瓶敲碎鏡子。

「抱歉，嚇到你了。」哥哥這樣對朋友說。「全是偷窺童的錯。」

之後無論朋友再怎麼追問，我哥只是向他鞠躬說：「不要在意，今天你先回去。」

朋友移開本來望著我的視線。

「真吃不消。」

他躺在榻榻米上。

「我離去前，他說『我不想讓我弟弟擔心，你不要告訴他』，所以一直拖到今天沒告訴你這件事，可是我也很擔心啊。所以今天就來找你。」

「原來是這樣。」

「喂，這回輪到你說了，到底什麼是偷窺童？」

「好，但我很擔心我哥，你要不要陪我去我哥那兒？路上我再告訴你。」

哥哥和自己的偷窺童之間一定發生了什麼事。

哥哥大概用後視鏡看到偷窺童了。

雖然還不知道那到底是什麼東西，但從哥哥的狀態看來，應該是個令人不舒服的傢伙。偷窺童果然存在。

要不然就是我哥即將發狂。

衝出房門時，我覺得背後有某種視線在看著我，而且好像也聽到笑聲。

5

我跟朋友站在哥哥房門前。

「哥，你開門好嗎？」

沒回應。

「你在房內吧？你不開門的話，我就算向房東借鑰匙也要進去。」

沒應聲。

「哥！」我大喊。

「回去。」門內不遠處傳出哥哥的聲音。

「你開門好不好？」

「沒什麼好擔心的。大概是那小子通知你來的，你肯來我就很感激了。」

聲音低沉又凝重。

我敲著房門。

「我只要看一眼你的臉就馬上回去，沒看到之前不回去。」

「真無趣，如果是個可愛女孩子這樣對我說，有多好。」

「你跟偷窺童發生了什麼事嗎？」

門內一陣沉默。

我握著拳頭用力敲打房門。

「你忘了那事吧。」哥哥呻吟地說，「偷窺童根本不存在。」

「胡說，你說謊。」

我抓住門把用力搖晃。

「豬頭。」哥哥小聲說，房門突然開了。

眼前出現哥哥的臉龐。

不是那個健康的鬍子臉，而是瘦得可怕，簡直判若兩人的臉。只有深陷在眼眶內的那雙眼睛格外炯炯有神。

「哥……」我幾乎掉下眼淚。

哥哥也望向站在我身後的朋友。

「進來。」他催促我們進房。

房內有點昏暗。四周沉澱著夾雜霉味的黏稠空氣，似乎會黏上人的肌膚。

房內雖然沒有鏡子碎片，但整個房間亂得沒地方可立足。

奇怪的是房內找不到任何可以映照的器具——例如鏡子或玻璃類、塑膠製品。窗子掛著窗簾。

「我不是因為重感情才讓你們進來。我想與其否認偷窺童的存在，不如仔細向你們說明，讓你們理解偷窺童的危險性比較好。」

（哥哥的話）

最初我也是半好玩而已。

不是一開始就相信偷窺童的存在。

那天我不是跟你一起登山嗎？我想那天我對你說過偷窺童很可能是自己背負的生物。那時我自己邊說邊認為這說法可能說得通，覺得很接近事實。

可是，到底該怎麼辦才好呢？

這傢伙跟那「手腕」不同，不是別人可以找到的存在。只能自己找。

利用鏡子只是一時想到的主意。

我每次回頭看，其實不是真正在看背後。因為一回頭，後面就變成前面，前面就變成後面了。

如果要面向前面看後面，只有鏡子最合適。

我照你的建議去做，偷了自行車後視鏡裝在攀登岩石用的安全帽上。

我讓後視鏡可以自由轉動，可以從各個方向看後面。

然後我戴著安全帽入山。

到底能不能用鏡子看到偷窺童呢？

當時我沒信心。我認為失敗也好，到時候我打算再找其他方法。

而當我內心老掛念著那傢伙什麼時候會偷看我時，那傢伙就遲遲不出現。反倒是在我快忘了他的存在時，他會乘機溜進來。

我決定如常地專心攀登。

入山第三天，我幾乎已死心。雖然可以感覺到視線，但後視鏡沒照出任何東西。

事情發生在那天晚上。

我燒著火堆喝著啤酒，突然感覺到視線。

本來以為又會失敗，望向後視鏡時，我看到左肩上有個東西。我急忙想看清楚，那傢伙卻消失了。

當我死心地打算喝啤酒而仰頭的那瞬間，鏡子中再度出現那傢伙。這時我才明白臉跟鏡子之間必須調成獨特角度才能看到偷窺童。就是喝啤酒罐時稍微仰起臉的那個角度，這角度可以照出偷窺童。後視鏡中的那傢伙形狀類似一個龐大的「人眼」。

「喂。」我說。「終於找到你了，你大概也是第一次看到我的臉吧？」

「人眼」眨了一下。

「怎樣？是不是很英俊？」

那傢伙在我肩上逐漸隆起，變成人臉。

跟我的臉一模一樣。

「你是誰？」

「我是我。」我的嘴擅自回答我的問題。

「原來偷窺童是我自己。」

哥哥以瘦削的手指攏起垂落在憔悴額上的頭髮，一副想哭的表情。

「我想必須再向你們說詳細點吧。你們知道偷窺童住在哪裡嗎？」

我跟朋友彼此相望。一句話也說不出。

「如果人體內有個『自我』，那傢伙就住在那個『自我』的後面，比背部更接近『自我』。偷窺童是存在於『自我』與背部之間那個奇妙縫隙的生物。不只是我，你們背部也有，每個人背部都住著偷窺童。」

房內的空氣比剛才更沉重。

哥哥舉起手。

「能不能給我一杯水？」

他咬著嘴唇。

我去倒了一杯水，哥哥讓水灌進喉頭地一口氣喝光。

我也覺得口乾舌燥，卻不想喝水。

「這只是我的猜測而已，我想，偷窺童類似隱形的寄生蟲。這寄生蟲沒有形狀也不會做些什麼事。他只是像鏡子那般映照出人心。所以至今為止我看到的偷窺童有時是『人眼』，有時是自己，有時是其他形狀。只是我們擅自感覺成視線而已。偷窺童說他是我自己，正是這個意思。」

哥哥的聲音突然大起來。

「所以那傢伙比我更清楚我的事。例如鏡子可以照出連自己都不知道的小黑痣或傷口，道理跟這個一樣。那傢伙知道我內心在想什麼，連我想忘掉或已經忘掉的事都知道。有時眼前會出現連自己都嚇一跳的難堪事。世上有人可以耐得住這種事嗎？最後連玻璃窗和咖啡表面都可以看到那傢伙。我說偷窺童是個危險傢伙的意思，你們明白了嗎？」

哥哥很激動。

他的眼睛已不在看我們。

「每次我對那傢伙說什麼時，我自己的嘴巴會不自覺地回答我的話。說起來只是自己在跟自己吵架而已。」

哥哥抓起我遞給他的杯子站起。

「滾，你最好回你自己的住家。」

他摔碎杯子。

「我的住家是這裡。這裡就是我，我就是你你就是我我在哪裡他媽的！」哥哥大吼。

哥哥口中發出兩種明顯不同的聲音，不停地交互大喊。

「哥！」我抓住哥哥的肩膀搖晃著他。

「你要堅強一點。」朋友也站起打算在哥哥身後扶住他。

「你這傢伙！」哥哥突然猛力甩開我的手，想毆打背後的朋友。

「住手！不要打！」我大喊。

哥哥氣喘吁吁地上下晃動肩膀，站在原地。

「哥。」

我緩緩地挨近哥哥身邊。

「哥，你怎麼了？你到底怎麼回事了？」

眼前一片朦朧。

我知道自己在哭。

「抱歉。」哥哥垂著頭說，「我看錯了，我以為他是偷窺童。」

那天我和朋友在哥哥房內過夜。

我們幾乎都沒交談任何一句話。

兩人守在哥哥身邊，整個晚上都在思考令溫和的哥哥變成這樣的那個偷窺童。

6

最初我也說過了，故事內容有點添油加醋，不過我大致說完了偷窺童跟我哥哥的事。

接下來要說的是我那個冒冒失失、粗野又善解人意的哥哥的死。

僅僅過了五天，我就接到哥哥過世的消息。

哥哥死在他經常去的熟悉的山中。

他自連初級者也能輕易攀登，而他自己也時常去的岩場摔下。

有關這事，我不想多說。

頂多再補充一件事，我哥哥摔下時，附近有個登山者看到現場。

那個登山者說，當他看到攀登岩石的哥哥時，哥哥口中頻頻低聲地不知在罵誰。之後哥哥做出毆打那個隱形人的動作，從岩石鬆開絕對不能鬆開的手。

哥哥就這樣自岩場摔下死了。

有關我哥哥的事，就說到這裡結束吧。

這回輪到你了，如果你守住我最初說的話，你現在手邊應該擱著一面鏡子。

我猶豫不定。

不知道該怎麼處理擱在我手邊的這面鏡子。

最好是你代我找到那個偷窺童，再告訴我結果。

因為我沒有勇氣嘗試。

娃娃鬼

1

第一次看見那個東西時，我還很小。

我想，應該是剛升上小學二年級時那年的五月左右。

因為我記得嫩綠櫻葉在頭上沙沙作響，而腦中那幅風景的某處又與鯉魚旗的影像重疊。不過，鯉魚旗的影像完全是其他時期的記憶，也許是暑假前的七月。

記憶中，照在我跟其他人身上的陽光很刺眼，而伊澤良江那時穿著橘紅色短袖洋裝。

我深深記得那時伊澤良江的白皙脖子和橘紅色衣服。

以及在頭上閃耀搖晃的嫩綠櫻葉——

最初看見那個東西時，我以為伊澤良江在她的左肩上擱著個小娃娃或其他什麼東西。

那是個身高只有二十公分大的裸體小娃娃。

那個娃娃規規矩矩地跪坐在娃娃頭的伊澤良江的左肩。雙臂緊緊摟住伊澤良江的白皙細長脖子，黏在她身上。而且，那娃娃的嘴唇用力貼在伊澤良江的白皙喉嚨旁。

是個非常逼真的娃娃。就像把一個跟我們年紀差不多的裸體女孩變小了那般。

那個娃娃陶醉地閉著眼睛。

我忘了當時到底在玩什麼遊戲，只記得我們拚命在櫻葉下奔跑、吵鬧。

我的視線總是在追尋伊澤良江。

現在回想起來，我想，當時我一定對伊澤良江懷著淡淡的戀情。

第二天早上，我才得知伊澤良江過世的消息。

那天，我一進教室便聞到一陣甘美的玫瑰香味。

原來伊澤良江的桌上擱著花瓶，花瓶內插著玫瑰。
我覺得很奇怪。
老師進教室時，全班只有伊澤良江的桌子是空的，沒有人坐。
老師進來後不久，我便知道那些玫瑰花的意思。
老師以沉重表情告訴我們，伊澤良江於昨晚死了。
據說，早上良江沒起床，她媽媽到她房間看，發現她死在棉被內。
這是我第一次切身感覺到死亡。
班上有幾個女孩子哭了，但是我沒哭。
那時我一定還不太明白死亡到底是什麼意思。
不知為何，那時我想起良江左肩上的那個娃娃，於是問了大家。
「昨天良江左肩上那個娃娃……」
「啊？」
「娃娃？」
「什麼東西？」
同學們這樣回答。
沒有人知道良江左肩上那個娃娃的事。
我以為我看見不存在的幻影。
不過，我確實看見了。我心中萌生一股不安。
原來我看到的是——大家都看不見，只有我能看見的東西。
後來，我逐漸認為那個娃娃就是死亡。

我看到的是死亡。

2

之後很長一段日子，我忘了那件死亡的事。
升上初一那年春季，我再度想起來。
那天早上起，我莫名其妙地老是想起死去的哥哥。
我有個出生後就死去的雙胞胎哥哥。
父親和母親都不願意向我提起這件事。
我從小便時常想著哥哥到底是怎樣的人。
那天，我特別老是想起哥哥，隨著哥哥的記憶，也一起模模糊糊地想起象徵死亡的那個娃娃。
結果，我再度看到那個娃娃。情況跟良江那時類似。
那個娃娃坐在同班同學水野國夫的肩上。
這回是右肩，也是個跪坐的裸體娃娃，雙臂摟住國夫的脖子，嘴唇貼在他的喉嚨上。
於是，我清晰地想起五年前的良江的事。
我已經知道大家都看不見那個娃娃，所以沒有對任何人說起。
只悄悄告訴國夫一個人。
「那是個很有趣的娃娃。」
「啊？」國夫詫異地望著我。
「我是說那個娃娃。」我說。

「娃娃？什麼意思？」國夫聽不懂我在說什麼，莫名其妙地望著我。

原來國夫本人也跟其他人一樣，完全沒有察覺到自己肩上那個到底是小人族還是娃娃的存在。

第二天午休時，老師突然走進教室告訴大家國夫死了。

這回狀況也跟上次一樣。

早上，國夫一直不下樓，他母親到二樓去叫他，發現國夫如睡覺般地死了。

我不覺得驚訝。只是認為，事情果然這樣。認為那個娃娃果然是死亡的象徵。

我覺得好像知道了沒有人知道的秘密，心臟跳得很厲害，大概滿臉通紅，眼睛也濕潤了。

這是一星期前的事。

3

這天，我懷著沉重心情到學校。

因為我母親在昨晚自殺失敗。

我在二樓睡覺時，她用大剪刀剪了自己的左手腕。

可是，平日都很晚才回家的父親，昨晚竟在十二點前回來，發現棉被中剪傷手腕的母親。

當父親陪母親搭上救護車時，母親仍夢囈般地喃喃自語。

「果然是那個女人比我好……」

「因為那個女人很堅強。」

「我要死了。要死了。要死了……」

母親再三重複低語著「要死了」這句話。父親表情陰鬱沉重。

而我腦中只留下被單的鮮紅色，以及我應該沒聽到的另一個聲音。是鐵製剪刀剪斷肉時的「喀嚓」聲。

那種聲音到底會是什麼樣的聲音呢？

一定是很恐怖的聲音。如果我真的聽到了，大概會貧血而昏倒。

醫生說母親不會死時，我陷於一種既像高興又像悲哀的奇異感覺。

母親自殺時，父親看上去很悲傷；而母親得救時，他看上去也是很悲傷。沒有人覺得高興。

所以我也無法慶幸母親得救這件事。

總覺得只是又增多一件悲哀的事。

在學校，我內心一直翻滾著那悲哀的「喀嚓」聲。

午休時，發生那件騷動。教室後方傳來桌子倒地的「喀噹」聲。

那時，我坐在自己的位子，站起來回頭望向後方。

看到一張桌子倒地，有個學生仰躺在桌上。

倒地的是個在班上不起眼、名叫日下部義男的虛弱少年。

義男左手貼在自己的左頰上。澤田和幸站在他腳邊，自上方瞪著義男。

「哼！」澤田用右腳踢向倒地的義男腹部。

義男「嗚」地呻吟一聲，抱住肚子。

「怎麼了？」在一旁的森川問澤田。

「日下部這小子笑了。」澤田說。

他因興奮而目光炯炯，雙眼看似會溢出熱水。

「笑了？」森川問。

「是啊。我們提起國夫時，日下部笑了。」

澤田又踢了義男一腳。

義男用左手按住被踢到的地方，右手伸進上衣口袋。

我內心想——他要做什麼？

可是，澤田和森川都沒察覺到這件事，只顧著說話。

「怎麼可能會笑……」

「真的笑了！」澤田翹起嘴唇地說，「笑了。我知道他為什麼笑。因為國夫瞧不起日下部。國夫打算向大家暴露這小子的事，可是國夫卻先死了。」

「什麼事？怎麼回事？」

「國夫打算向大家說，日下部的雙親是兄妹。日下部的雙親兄妹倆生下孩子，那孩子正是日下部……」澤田一口氣這樣說。

其間，我一直望著義男。

義男依舊仰躺著，右手伸進上衣口袋。

澤田說話時，日下部正自口袋中打算抽出右手。

那隻手握著一個白色小東西。是個不到二十公分的娃娃。全裸的娃娃——

啊——我暗叫。

我環視四周。但似乎沒有人察覺到那個娃娃的存在。

大家只是望著澤田和日下部。

我屏氣凝視地望著那個娃娃。

那個娃娃——小人兒，離開日下部手中緩緩地跨開腳步。

她走向澤田站立的方向。

我毛骨悚然。

因為那個娃娃走到澤田腳邊，抓住澤田褲腳順著長褲往上爬。

而且澤田和其他人都沒察覺到這件事。

只有我和日下部知道。

娃娃抓住澤田衣服，慢慢爬上澤田身體，跪坐在他的肩上。

之後，用她那細弱柔軟的雙臂慢條斯理地摟住澤田的脖子。

「啊！」我叫出聲。

我情不自禁地走向澤田，對著莫名其妙的澤田左肩伸出右手。

這時，那個娃娃突然轉頭望向我。

她低沉地叫出「嗄」一聲，張口咬住我的右手食指。

那個娃娃用嘴巴掛在我的手指上，再落地。

我指尖傳來一陣激烈痛楚，指尖浮出一個紅血球。

我舔著指尖，口中充滿鮮血味。

指尖出現四個看似用細小針頭刺穿的圓洞，洞口又迅速地冒出血球。

我搜尋地面，但剛才那個娃娃已經消失了。

「怎麼了？」澤田望著我問。

「沒什麼。」我搖頭答。

日下部以駭人的眼神瞪著我。

4

「喂。」

那天歸途，日下部叫住我。我剛好正走出校門。

他叫住我時，我有點吃驚，但我想，其實我內心某處也在等他叫住我。

我回頭，日下部在眼前望著我。兩人同時往前走。

「你……」日下部邊走邊問我，「你可以看見那個？」

日下部在一旁探看我的眼睛。我不知道該怎麼回答，表情緊張地默不作聲。日下部望著我的臉，拉長嘴唇微笑。

「果然可以看見。」

我好不容易才點了頭。之後，我們沉默了很久，一直走著。

我們無言地走過商店區，走在傍晚的住宅區。

「你聽到那件事吧？」日下部說。

「哪件事？」我問。

「白天澤田說的那件事。」

「啊？」

「說我父母不是夫妻而是兄妹。」

聽他那樣說，我才點頭。

「那是真的。所以我打算讓那小子附在他身上，結果被你阻礙了。」

「阻礙？」

「那小子用嘴吸澤田喉嚨之前，你不是伸出手了？」日下部說。

我和日下部不約而同地走進陰暗的神社境內。

四周已經很昏暗。銀杏樹枝在頭上沙沙作響。

我突然想起一件事。

「你認識伊澤良江嗎？」我問。

日下部得意地笑出聲。

「認識。正是我第一次讓那個附在她身上的。」

「第一次？」

「她住在我家隔壁。那孩子心腸很壞，到處宣揚我家父母每晚吵架的事，所以我讓那個附在她身上。」

「那個是……」

「就是這個。」日下部從口袋抽出一樣東西。他手中握著那個裸體娃娃。

「這是……」

「你果然看得見。」日下部抿著嘴笑。

「這到底是什麼……」

「不知道。不過，只要讓這個附在別人身上，對方會在當天患上原因不明的病而突然死去。」

「……」

「我把這小子當作我姊姊。」日下部說。

「姊姊？」

「坦白說，我是雙胞胎。其實我還有個姊姊，但姊姊是早產兒，生下後就死了。聽說身體比我小很多，剛好跟這個娃娃一樣大。一定是姊姊應該得到的養分都給我吸收了。」

「那個娃娃真的是你姊姊？」

「我認為是。是我姊姊，也是……一種類似妖鬼的存在……」

「妖鬼？」

「古時候大家就稱這類東西為妖鬼。所有不知道原因而突然病死的人，大概都被這種妖鬼的同一夥附身了。這小子在不知不覺中出現在我身邊。睡覺時，只要睜開眼，這小子就在身邊。不過，別人看不見她。我慢慢察覺這件事後，沒有告訴任何人，決定把她養下來。」

「怎麼養……」

「三天一次給她食餌。」

日下部說完，伸出自己的左手無名指，咬住指尖。

「噗哧」一聲，日下部咬破自己的指尖肉。

他把指尖伸到右手握住的那個娃娃前，娃娃伸出雙手拉近指尖。

那娃娃含住指尖，發出啾啾聲吸吮起來。

「鮮血是食餌。」日下部說，「我讓這小子停在你肩上吧。」

「不要。」我說。

「我不會那樣做，因為我們是同一夥的。」

「同一夥？」

「是的。你應該知道了吧？」

「知道什麼？」

「哼，」日下部立即浮出卑鄙笑容，「你不要裝糊塗……」

「我沒有裝糊塗。」

「這種偶然不是很稀奇？」日下部剛說完，我的背部就貫穿一陣顫慄。

「你家跟我家一樣吧？」日下部說。他以可怕的表情望著我。

「什麼事一樣？」

「就是……」日下部說，「你爸爸和你媽媽其實不是夫妻，而是兄妹。而且，你也是雙胞胎吧？」

日下部以駭人的眼神望著我。「我知道喔。像我們這種孩子，死去的雙胞胎的另一方會同情地附在我們身上，守護我們。正是這個。」日下部這樣說。

「不過，在你還沒有真正地憎恨別人之前，這小子不會出現。」

日下部望向那個娃娃，娃娃啾一聲地吸吮他的鮮血。

我內心響起剪刀的「喀嚓」聲。

我無法相信我父母真是日下部說的那樣。

這時，我想，我大概有生以來第一次憎恨別人。

我對眼前這個抿著嘴笑著望向我的少年，萌生一股毫無理由的殺意。

然後，我看見了。

看見一個白色全裸的小人站在我腳邊，一直凝望著我——

喔。

喀嚓……

中有洞

1

有聲音。很微弱的聲音。

只要認為有，便聽得到。認為沒有，便聽不到。

就是這麼微弱的聲音。

那聲音也很像耳鳴。或許是黏在耳底的某種餘音令人錯以為聽到不存在的聲音。

房內除了我，另有兩個男人。

一個是額頭已禿的半老男人，另一個是年輕女子。

我雖然可以看到那兩人，但也僅是如此而已。是毫無意義的形狀而已——

我一直在注意著那聲音。

到底是什麼時候起察覺到那聲音呢？

「是風聲嗎？」半老男人突然開口。

是毫無濕氣、低沉、乾燥的聲音。

他大概是第一個想到向別人搭話的人。至少，在這兒的三人中，他是第一個實際開口說話的。

「嗯……」

男人發問後過一會兒，我才不知所措地回答。自我嘴唇發出的果然也是乾燥嘶啞的聲音。

不知是不是沒聽到男人的聲音，女子依舊緊閉著雙唇。

發出聲音後，我完全忘掉之前在腦中追尋的問題。像是自夢中醒來，只留著夢境餘韻那般。

我剛才到底在想什麼事？

好像一直在想著某事，又好像什麼都沒想。

身體很重，很疲倦。

我的身體還沒習慣突然重返到視野中的四周景象。

「那是風聲嗎？」

不知是我的回答太含糊，還是年輕女子沒反應，半老男人再度問。

「是風聲。」

冷淡聲音響起。原來是女子開口了。

女子聲音很高，但一樣乾燥，聽起來似乎很遙遠。

女子以作夢般卻冰冷的眼神，毫無目的地望著遠方。

——風？

夜晚裹著幾層毛毯聽著遠方的微弱風聲時，或許傳來的正是這種聲音。

「可是……」

女子像在說給自己聽。

「……也許不是風。」

那聲音很像嫋嫋纏住天花板黯淡粗大橫樑的陰暗詛咒。也很像幾百、幾千的無數小動物群，不聲不響地自黑暗深處步步逼近的動靜。

傾耳靜聽時，那聲音會遠去；不去注意時，又會在不知不覺中潛入人心縫隙。很像沒有任何顏色、形狀、味道的奇妙生物。

「是不是風都無所謂……」女子嘆息般地加了一句，又閉嘴。

靜寂再度來訪。

我緩緩環視房子內部。

房子不大。約十二蓆大，地板、牆壁、天花板都是木製的。發黑的木材表面浮出木紋。很陳舊。猜不出到底經過了多少歲月。

中央有個厚度約成人用力展開雙臂時那般深的木製桌子，我們正是隔著那張桌子相對而坐。

不知怎麼回事，我感到很懷念。

剛才體內感覺到的那份生疏已經消失。這房內，令人舒服得猶如全身浸在溫水中。

無論房子造型或家具，都很合我的口味。

彷彿專門搜集了我去過的各種山小屋內，我特別中意的造型而建成。

桌子中央挖出個圓洞，擱著個正在燃燒的不倒翁式火爐。我喜歡那火爐和小屋門，連頭上天花板垂掛的油燈火光顏色都令人很懷念。

橘紅色火光在黑色木紋上搖來晃去，無論看多久都不會看膩。

我重新望向眼前的男女。

先看那個半老男人。

那人大約五十過半了。頭頂已禿，纏在雙耳的頭髮夾雜著細線般的白髮。身材高大，本來可能圓圓胖胖的，但此刻裹在他身上的皮膚已失去精氣，乾燥又鬆弛。那風貌令人覺得，若在幾天前讓他舉著盛有Chablis高級葡萄酒酒杯，大概會很上相。

男人閉著眼抱著手腕，像在傾耳靜聽什麼。身上方格青色襯衫第一個釦子敞開，露出一些胸毛。

視線自胸部移至脖子時，瞬間，我寒毛直豎。

男人下巴至雙耳的脖子纏著一圈紫斑，像是纏著一條兇猛黑蛇。

女子年約二十過半。

身材嬌小，瘦骨如柴得像個病人，皮膚蒼白。

鼻子挺直，大眼睛。五官明明是個美女，但不健康的肌膚和表情令她看上去老了十歲。

她身上籠罩著一種氛圍，像是在薄弱的皮膚下緊貼著一種駭人的東西，而且那東西似乎隨時都可能浮在她的臉上。由於可以透過皮膚看到那東西，致使乍看之下冷漠的她，看上去格外咄咄逼人。

她看似可以面不改色地咬斷男人的舌頭。

她的視線雖然望著我，但那雙瞳孔卻明顯沒有在看著我。

身上穿的紅襯衫令她那蒼白脖子的膚色益發醒目。

我們眼前各自擱著白色咖啡杯。

杯子仍冒出熱氣。難道剛送來不久？可是，到底何時送來，我完全沒記憶。

剛才我陷於沉思有多久了？

我雙手裹住咖啡杯。熱氣逐漸傳至手掌。

除了我們三個，這屋內不見其他人。

接著，我察覺一件怪事。

這房子，沒有窗戶。

「這兒沒有窗戶。」我說。

半老男人抬起眼，只含糊地回了一聲：「嗯。」

女子依舊默不作聲。

兩人似乎都不在乎有沒有窗戶這件事。

「你們明天去哪裡？」我問。

「明天？」男人發出詫異聲。

「是。」

「沒想到你會這樣問。」

男人緩緩地搖頭，鬆開抱在懷中的手擱在桌上。

「……」

「我不打算離開這兒。」

「你不是自己爬到這兒來的嗎？」

「爬？這是比喻嗎？如果把人生比喻成爬山的話，這樣說或許正確。就這意義來說，我可以說是好不容易才爬到這兒。只是，這兒或許不是山頂，有可能是山谷吧。」

「那你打算一直待在這兒嗎？」

「大概吧。」

「在這兒做什麼呢？」聽我這樣問，半老男人的表情啼笑皆非。那表情看似勉強可以稱之為笑容。

「你問得好。」

男人慢條斯理地一句一句地問。

「那麼，你在這兒做什麼呢？你打算從這兒出發前往哪裡呢？說起來，你知道這兒是什麼地方嗎？」

就這樣，我終於明白了。

這兒到底是哪裡？我為什麼來這兒？我在這兒做什麼？最重要的是，我到底是誰？

原來我忘了一切有關自己的記憶。

2

我握住門把想到屋外。

門把文風不動。

「大概打不開吧。」身後響起半老男人的聲音。

「你早已知道？」

「不，我沒有像你那樣實際去開。不過，早就預料到應該打不開。」

「要是有窗戶可以看到屋外，至少可以判斷出這兒是哪裡……」

「那有什麼關係？慢慢等總會知道些什麼。」男人事不關己地說。

男人仰望著天花板，定睛凝視，彷彿想尋出聚集在該處的那聲音。

「果然聽得到吧？」

看來，只能從那聲音的動靜判斷屋外狀況。

「我想問一件事。」我再度坐下，問男人：「你剛才開口問我時……」

「喔，剛才我問這聲音是不是風聲那時吧。」

「你問我那時，我是不是這樣坐在這裡？」

我以為男人會露出詫異表情。但他沒有。男人一本正經地望著我。

「這事啊，我也記不清楚了。我只記得好像一直在聽那聲音。之後，突然想到，那聲音到底是什麼？無意中開口問了後，才看到你在屋內，回答了我的話，事情就是這樣……」

男人頓口，把手貼在脖子那圈紫斑上，輕輕地揉搓起來。

「怎麼了？」我問。

「沒什麼，這兒有時會痛。可能不知撞上哪裡，還是睡覺時扭了筋。」

「睡覺時扭了筋會出現那種紫斑嗎？」

「紫斑？」

男人似乎總算知道自己的脖子上有紫斑。

「是紫斑，這樣繞著脖子一圈……」

我伸手在自己的脖子上示意位置。

女子毫不客氣地望向男人的脖子。

「很顯目的紫斑。」女子傳來冷靜聲音。

男人臉上第一次閃過懼怕神色。

「在……這兒嗎？」男人的聲音微微發抖。

他歪著嘴唇，露出牙齒。

「是的。」

男人的雙手正確地緩緩撫摸那圈紫斑，惴惴不安地吐出一口氣。

他的態度突然變得很自卑，之後無論我說什麼，他都不再回答。

女子也同樣不再開口。

我們緊閉著雙唇，跟剛才一樣靜聽屋外群集步步挨近的動靜。

我內心有某種溫暖的感覺。

是極為甜美又帶著一絲痛楚的感覺。

類似很早以前就已痊癒的傷口，一不小心又會發痛那般。

3

我不知道到底過了多久。

咖啡杯依舊冒出熱氣，油燈火光也保持原狀。幾次送到嘴邊的咖啡已失去咖啡味，只能感覺出香味和溫度。

或許在溫暖的沉默中，時間已經靜止。

突然有人打開門，又關上門，我再度回過神來。

有個魁梧男人站在門前。

他身上穿著緊貼著胸部的黑襯衫，下半身是寬鬆黑長褲。全身都是黑色。

在這房內只有那男人異常地全身散發出精氣。黑色服裝下的肉體冒出令人窒息的熱氣。

男人表情柔和得與軀體不相稱。光看臉龐，宛如少女，會令人瞬間忘卻他的性別。

一雙發亮的黑眼眸望著我們。

「已經過了四十九天。」男人以中性聲音說。

那聲音很清澈，很悅耳。能讓聽的人覺得安心。

「我來接大家。現在我們必須馬上出門。」

女子點頭站起。她走到黑裝束男人一旁，站在他身邊。

「你說要出門？」脖子有紫斑的半老男人不安地問。

「是的。」

「去哪裡？」

半老男人不自覺地伸手撫摩脖子上的紫斑。

「去了就知道。」

「知道什麼？」

「知道這兒是什麼地方，為什麼你們會在這兒。現在向你們說明，你們大概也不明白。」

「為什麼你認為我們不明白？」我代半老男人問。

「因為這兒是中有洞。」

「中有洞？」

「也可以說是什麼地方都不是的場所。」男人充滿信心地回答。

「這個中有洞是關閉的。只要身在這兒，你們不但連自己的過去，恐怕連自己的名字也想不起來吧。」

「好，總之跟你走。」

我起身站到男人身邊。半老男人也無言地學我做出同樣舉動。

「我名叫緣似子。」

那男人——緣似子說畢，握住門把，門不聲不響便往外打開。

「走吧。」

我們走到屋外。

屋外是濃霧。

4

黏液性的霧氣很冰涼。

霧氣黏糊糊地纏在肌膚，像個生物般地潛入衣服纖維縫隙。

濃霧像是白色血液，讓人看不清三公尺前的路。
不是夜晚。
霧氣中充滿白光，但不知道那是不是白天的亮光。
無風。
霧氣本身似乎具有意志，緩緩地蠕動。
「那聲音好像不是風聲。」我對半老男人說。
他沒回應。
「風？」緣似子問。
那聲音已經消失。我向緣似子說明原委。
「那是魍。」
「魍？」
「是沒有形狀，到處徘徊的東西。」緣似子說得很乾脆。「不危險。」
緣似子中斷會話地跨開腳步。
我在跨開腳步前，回頭望向背後。
眼前只有密密麻麻的沉重濃霧，剛才我們所在的那棟房子連個影子都沒有。我不知道是因為霧氣而看不見，還是房子已消失了。
——都無所謂。
我腦中莫名其妙地閃過女子說的話。
一行人帶頭的是緣似子，其次是女子，接著是我，最後是半老男人，我們四人走在霧中。
我們在緩坡上不停地上坡又下坡，繼續前進。

腳上踏著的似乎不是岩石，而是潮濕泥土。有時腳邊泥土長著我沒見過的青草。

過一陣子，我才發現走在前面的女子背部爬滿很多奇妙東西。

不是蟲。

那東西比蟲大，但酷似蟲。數十隻東西聚集在女子背部，以令人噁心的動作在蠕動著。

那東西看似介於爬蟲類和節足動物之間。

有類似蜘蛛的，也有類似蜥蜴的。那些東西正在咬破女子紅襯衫，打算潛入體內。

我想叫出聲之前，背後已傳出半老男人的可怕慘叫。

全體人回頭看。

男人躺在地面翻滾。全身爬滿了跟女子身上一樣的東西。

男人邊翻滾邊用手撣掉那些東西。

我和緣似子奔過去，刮掉聚在男人衣服上的那些東西。

那些東西在我手指間蠕動的感覺，比觸到任何生物時都要可怕而且噁心。我全身寒毛直豎。感覺用手摸蛇反倒比較好受。

扶男人站起，讓他脫下衣服。當我看到男人肌膚表面時，全身起了一層雞皮疙瘩。

十幾隻那些噁心東西，頭部自男人肌膚表面鑽進男人體內，留在體外的手腳正在不停地蠕動，而且還打算繼續鑽入男人體內。

男人看到後吞下尖叫。

「是魍鬼。」緣似子說。

他邊說邊伸手，抓住還未鑽進男人體內的那些東西的手腳和尾巴，開始拔出。

自男人體內滑溜拔出的那東西，發出吱吱叫聲，在緣似子手中蠕動，那光景很奇異。

「這些傢伙正是我剛才說的具有形狀的魍。」

「不痛嗎？」我沒特定問半老男人或緣似子。

「不痛。」緣似子答：「不過，依各人感覺，有人應該覺得極為不快。」

他邊說邊向女子招手。

女子也不亞於男人，身體爬滿了那東西，她卻若無其事地站在緣似子面前。

真是一個剛強的女子。

緣似子和我合力拔掉女子身上的東西。

一丟掉魍鬼，魍鬼便融化於霧氣中。

「霧氣中，有些地方專門聚集著這種東西。不過……」

緣似子表情詫異地望著我。

「同樣一路走來，你身上一隻魍鬼也沒有。」

聽他那樣說，我望著自己身上。

果然沒錯，我身上沒有任何一隻那種怪東西。倘若有，我大概也會顧不得面子地尖叫起來。

不久，我們再度走在霧中。

我邊走，內心又感到那股甜美痛楚。

似乎走了很久。

緣似子突然止步。

「到了。過了這橋，就可以離開中有洞。」

「離開？剛才那房子不是中有洞？」

「那房子是中有洞的中心。所謂中有洞，是我們現在所在的這整個世界。」

緣似子腳邊有一條細長獨木橋延伸至霧中。說是橋，其實只是一塊木板。木板幾公尺前方便是霧氣，完全猜測不出這橋到底有多長。

當然也不知道橋下的空間到底有多深。

「你先過橋。」緣似子指著半老男人。

「我？」

「是的。」

「不是你先過橋嗎？」男人顯然很不安。

「一個個輪流過橋。快……」緣似子說。

半老男人戰戰兢兢地在橋上跨出一步。橋發出咯吱聲。

男人搖搖晃晃地消失在霧氣彼方。

「接下來是妳。」

第二個是女子。女子隨意地跨上橋，開始往前走。

男人過橋時，橋完全文風不動，而體重應該比男人輕的女子在過橋時，橋卻大大地彎曲。女子在那彎曲的橋上以在平地走路時的步伐，消失在霧氣彼方。

接下來是我。

我站在橋前，回頭望向緣似子，他催促般地向我點頭。

胸口有一股微弱痛楚。溫度也比剛才高，甚至很熱。

我捂著胸口，在橋上跨出一步。

橋用力彎曲。

咯吱。

橋發出不吉利的聲音。

我跨出第二步，雙足站在橋上。

嘎巴！

剎那間，我的身體被拋到虛空。

原來橋斷了。

瞬間，我背部的皮膚因恐怖而結冰。接著我感覺到的是速度。

我的身體在霧中加速度地直線往下掉落。

5

胸口有微弱的痛楚和一股溫暖。

那痛楚具有奇妙的甘味，令人非常懷念，卻又令人很害怕得知痛楚中隱含的那股溫暖的緣由。

此外，腹部及下半身有種麻痺般的快感。

下腹部有種濕潤黏糊、溫溫的感覺。每當那種類似有人在舔我的內臟的感覺在下腹部蠕動時，我會陷於深度的快感。

濕潤的咕唧咕唧聲。

那是野獸在狼吞虎嚥獵物內臟時的聲音。

我睜開眼。

眼前有天空。是可怕顏色的天空。

猶如在仰望盤成一團蜿蜒蠕動的藍黑色蛇群。

那濕潤聲音仍在持續著。

我保持仰躺的姿勢望向下半身，看到異樣光景。

襯衫前敞開，長褲和內褲都被脫下，我幾乎是裸體。

有個裸體女人蹲伏在我的裸體雙足間，臉鑽進我的腹中。那女人的後頭部有一半埋沒在我的腹中，正在左右搖晃。每當那女人頭部搖晃時，便會傳出濕潤聲，而我的肉體也會陷於快感。

原來那女人在吃著我的內臟。

女人每次晃動身子，可以在她背後看到我那怒張的性器。女人左手緊握著性器，豎起尖利指甲用力揉搓。似乎已噴出好幾次，女人的手和我的性器都沾滿白色液體和鮮血。

這時，女人在我腹部上抬起臉。

美麗的臉因鮮血而滿面通紅。那是非常壯烈的光景。因鮮血而黏成幾把的濡濕頭髮，正滴答掉落著牽成細絲的鮮血。

女人揚起唇角對我微笑。很駭人的笑容。白牙因鮮血而發出濕潤亮光。

白牙間伸出舌頭，舔了一下嘴唇。

若是平常，我一定發出尖叫。

然而，我卻因自己看到的光景過於異常而失去吃驚的感覺。因為自己的腹部在眼前被撕裂，內臟被啖噬。不過，不痛楚，反而有令人受不了的快感。

可是，陷於那快感的是我的肉體，我自己的意識則在離肉體很遠的地方，事不關己地凝望此光景。反倒是胸口那股甜美痛楚離我比較近。

女人不知於何時再度把臉龐埋在我腹中。

我看到自己的性器口噴出白色東西。

這時，我頭部上方有某種動靜。

女人似乎也察覺到那動靜地抬起臉。她望向自我頭部方向過來的某物，眨眼間面貌大變。女人雙頰皮膚下的肉，青蟲般地在蠕動爬行，嘴巴咧到耳朵。

她變成漆黑惡鬼的臉。

背脊彎得很厲害，不停長出鱗片。

女人保持趴在地面的姿勢，變成既非爬蟲類也非軟體動物的黑色可怕物體。

「蝕鬼，到此為止。」頭上的某人說。

是緣似子的聲音。

本來是女人模樣的那個蝕鬼滑溜地離開我的肢體，留下不甘心的叫聲，化為黑煙消失了。

緣似子以柔和表情自上方探看著我。

「你這個樣子真慘。」

我好像好久沒聽到那聲音了，聲調溫暖得令我安心。

6

我再度置身於那間小屋內。

連木製桌子和油燈火光、咖啡杯都跟先前一樣。

不同的是，在我身邊的不是半老男人也不是年輕女子，而是緣似子。

「很奇怪。」

緣似子喃喃自語，口調跟最初遇見時不一樣。

他似乎對我很感興趣。

「這兒有這兒的法則。看樣子，那法則跟你之間好像有偏差……」

「偏差？」

「是的。」

「什麼意思？」

「你大概帶著什麼東西吧？你帶來的那東西似乎是這回所發生的事件原因。」

「我聽不懂……」

「因為你帶來的那東西的重量，導致橋斷了。而且，那東西還防蝕鬼並守護著你。要不然在我趕到之前，你早已被蝕鬼吃光了。」

「……」

「我猜，你一定帶來非常深的罪孽。」

我胸口那股溫暖感覺變成微弱痛楚在發疼。我不自覺地把手貼在胸口。

「是這個吧。」緣似子指著我胸口。「把襯衫脫下來看看。」

我脫下襯衫敞開胸口。

平坦的胸部和腹部。應該被蝕鬼吃掉的腹部已整個痊癒。當然胸部什麼都沒有。

「這樣嗎？」我問。

「是的。」

「什麼都沒有啊。」

「有時帶來的是看不見的東西。尤其是當事人缺乏自覺的話。你胸口有什麼感覺嗎？」

我把之前一直感覺到的那種感覺告訴緣似子。

「看來的確是那個。」緣似子點頭，「你集中精神在胸口看看。」

我集中精神在胸口。

胸口有股伴隨著痛楚的奇異溫暖感覺。我想，只要知道那感覺出自什麼原因，就可以得知我目前所處的狀況。

「出現了。」緣似子雙眸緊張起來。

我胸口出現影子般的朦朧黑色物體。

同時胸口的溫度和痛楚也增強。

「好，可以了。」

我放鬆精神。

纏在我胸部中央的那黑色朦朧物體在搖晃。

「再集中精神也不行了吧。除非你知道這東西到底是什麼。」

「這是什麼？」

「不知道。不過大概有辦法得知這東西是什麼。我可以讓你看見你死後的事，你要看嗎？」

「死後的事？」

「是的。只要你胸口懷著那東西，你便永遠過不了那條橋。也就是無法瞑目。那東西罪孽太重。」

緣似子還未說完，桌上已開始發青而且澄澈起來，桌面出現影像。

那地方看似某山中的岩石群。

有個男人躺在零亂的大小岩石上。

是個四十出頭的男人。

後頭部流出鮮血，染紅了頭下的岩石。

「那人正是你。」緣似子說，「已經死了。從上面岩石群掉落。雖然不知道你是不是自己跳下的。」

躺在那地方的是個面貌寒酸的中年男人。看上去很憔悴。

——那是我？

我體味著失去感覺的那種怪異感。

「這附近湊巧有兩個人也在同一時刻死了。正是你看過的那個男人和女子……」

我想起那個半老男人脖子上的紅斑。或許那是在一根繩子垂掛著自己體重的痕跡。

「這大概是你的興趣吧？」緣似子環視著小屋內說，「這個中有洞會化成各人內心想看的模樣。你或許認為三人都在這小屋內，其實各人看的是個別的世界。」

「喔。」我微微叫出。

——喔。

7

八蓆榻榻米房。

中央有安置我屍體的棺柩。

房內有三人。表情憔悴的中年女子和兩個孩子。

大的是女孩，看上去是小學高年級。小的是男孩，大概剛上小學。

大女孩哭得雙眼通紅，小男孩卻看似很無聊地緊閉著雙唇。

兩個孩子都很像我，看他們依偎在中年女子身邊那模樣，那中年女子可能是我妻子，兩個孩子是我女兒和兒子。

中年女子雙眼哭過般地發熱通紅，一直望著棺柩。

「看來不是這裡。」

緣似子的聲音響起，場地也變了。

是夜晚。

場地跟剛才那個房間一樣。

房內中央依舊有安置我的屍體的棺柩。

房內沒開燈。隔著玻璃窗射進的青色月光寧靜地充滿房內。

紙門打開，有個女人進房。

那女人似乎避人眼目而來。身上是便服。

年齡雖然差不多，卻不是剛才看到的似乎是我妻子那個女人。

女人打開棺柩蓋子，在黑暗中凝視了一陣子我的臉。

女人在哭泣。微微發出憋住的嗚咽。

我當然不知道她是誰。因為我已經失去記憶。

女人取出藏在衣服內的東西，下定決心般地迅速塞入棺柩內的我的屍體懷中。

女人離開房間後，我再度感覺自己身在中有洞。

「你看到剛才那光景了？」緣似子在我眼前低語。

我無言地點頭。我胸上有那東西。

正是剛才看到的那女人塞進我屍體懷中的那東西。

「接下來該怎麼辦？」緣似子說。

「……」

我取起那東西凝望著。

「要丟掉嗎？」
「丟掉？」
「不丟掉，你無法瞑目。」
「可是……」我發出呻吟。
我怎能丟掉這東西？
我連那女人是誰都不知道，也不知道她跟我之間到底發生過什麼事。
這到底是誰的東西？
那女人到底為什麼擱下這東西？
我不知道。
手中那東西逐漸變得沉重。那感覺自我手心慢慢滲進我體內。
是激烈熾熱的感情。
愛？
憎恨？
是哪方？還是兩者都是？還是其他感情——
我不明白。
只是，那東西的重量和熱度化為真實的創傷傳至我的內心。
「你要丟掉那東西嗎？」緣似子以極為溫柔的聲音說。
我不知道該怎麼辦，只能一直緊緊地握住那綹黑髮。

慢跑的鬼

1

他在老地方看到那位老人的背影。

在還未完全天亮的柏油路上，老人的修長雙腿大步地不停往前跑。

今天早上的老人仍舊穿著紅短褲，上半身是藍背心，額頭綁著白頭巾。

他那光禿禿的頭部幾乎沒有一根頭髮，只有雙耳旁留著一些白髮。

跑步速度很穩定。

十月初清晨——

離太陽上升還有一段時間。

大氣中隱約可以聞到清淡的桂花香。

佐佐木龍夫微微加快腳步。

他緩慢地挨近老人。

路上除了佐佐木和老人，沒有其他人影。

偶爾會遇見送報和送牛奶人的機車而已。

佐佐木以輕快步伐超過老人。

「失陪了……」他在超過時低聲說了一句。

老人跟往常一樣沒答話。

老人微微搖晃著下巴，面無表情瞪著前方。彷彿是個學者或什麼，一副嚴肅的樣子。

半張開的嘴唇氣喘吁吁，聲音傳至自一旁超過的佐佐木耳裡。那喘氣聲聽起來很痛苦，跟缺乏表情的面孔成對比，不過那似乎是老人的癖性。

有些馬拉松選手甚至自始至終都是一副快要哭出的表情跑完全程。

佐佐木超過老人，大約跑了八百公尺後再左轉。

這是一條左邊是醫院，右邊是公館區，左右都是圍牆的柏油路。佐佐木的慢跑常規路線，是跑到這條路約一公里前盡頭的公園。在公園內做了半個鐘頭的柔軟體操後，再順著同樣路線回家。單程五公里，來回是十公里。除了雨天，佐佐木每天都會跑完這條路線。假日時，就跑三倍的三十公里。

佐佐木今年三十五歲。

每年幾度參加在各地舉行的馬拉松大會。是四二點一九五公里的長途馬拉松。姑且不論成績如何，至今為止都跑完全程是佐佐木引以自豪的事。

他在二十八歲那年結婚，婚後體重驟增，為了減肥而開始做慢跑，結果竟跑上癮了。

跑過醫院後，佐佐木聽到背後傳來腳步聲。

那啪嗒啪嗒的輕微腳步聲緊追在佐佐木身後。

佐佐木起初以為是老人追上來了。但至今為止從未發生過這種事。

——不可能。

佐佐木立即打消此念頭。

他雖然知道老人似乎也慣常從那條路左轉跑進這條路，只是身後的腳步聲速度太快，不像老人的步伐。

佐佐木稍微加快腳步。

腳步聲的主人緊追不捨。

就在約兩公尺後方。

「跑快一點，跑快一點！」

佐佐木腦中突然響起聲音。是小孩子興奮時的聲音。

那聲音並非直接傳進佐佐木耳裡。

是一種輕微得可以認為自己聽錯了的聲音，但那聲音卻飽含活生生的呼吸。

佐佐木邊跑邊往後看。

有個身穿睡衣，年約六歲的孩子面帶笑容地望著佐佐木。

那孩子打赤腳。

孩子打赤腳地在柏油路上跑。

「跑快一點！」

孩子的鮮紅雙唇左右上揚，佐佐木腦中又響起那聲音。

佐佐木轉頭望向前方，情不自禁加快腳步。

光腳擊打柏油路的聲音毫不落後地緊跟上來。

「跑快一點，跑快一點！」

喜不自禁的聲音再度響起。

佐佐木又加快速度。

他目前的速度已經不是長跑速度，而是一千五百公尺的中長跑速度。並且不是練習時的速度，完全是比賽時的速度。

然而，那個輕微腳步聲絲毫不落後。

「再跑快一點，跑快一點！」

「繼續跑！」

「繼續跑！」

興奮的聲音響起，加上輕微的腳步聲。

這已經不是小孩子可以跟得上的速度了。

恐怖像一張玻璃紙，緊緊貼在佐佐木的脖子。

佐佐木像要擺脫恐怖地搖晃著頭，再回頭望向後方。

跟在佐佐木背後跑步的那東西，已經不再是小孩子。雖然身材大小保持原狀，臉龐卻已變成二十多歲的青年。

青年臉上堆滿笑容，鮮紅的舌頭宛如某種生物在綻開的肉色口中翩翩飛舞。

那雙以佐佐木的兩倍速度不停晃動的小手小腳，以及對方身上那件淡藍色條紋睡衣，在佐佐木眼裡看來，一切都好像是個玩笑。

佐佐木不自覺地再度加快腳步。

額頭冒出黏糊糊的汗水。

他已經是竭盡全力在飛奔了。

頭髮貼在額頭上。手腳也似乎不是自己的。

跑快一點。

跑快一點。

聲音這樣說。

心臟在太陽穴跳動。

肺部很痛。

原來是肺部跟不上肉體的動作。

佐佐木彷彿想擺脫痛楚地繼續奔跑。

2

老人以緩慢速度跑過平交道。他根本不用確認左右方。

因為在清晨這段時間，一小時內沒幾班電車會通過。這是私營鐵路平交道。白天時，平交道柵門放下的時間比升起的時間長，但在這段時間幾乎都是升起的。

跑了約五十公尺，右轉。

這條路沒有行人。

無人的柏油路如隧道往前伸直。

老人的運動鞋鞋底準確地踏著冰冷的柏油路。

若是往常，過一會兒應該會有個男人自後方追趕上來，再超過自己。

是個看似上班族的男人。

那男人每次在超過老人時都會向老人打招呼。

男人跑步速度並不快，跑法卻很老練。老人只是單純為了健康而慢跑，那男人似乎懷有明確的目標在跑。

倘若他參加馬拉松大會，大概也具有可以跑完全程的實力。他看似目的不在與人競爭，而是逐步提高自己的最高紀錄的人。

那男人在公司內無論被分配到什麼部門，應該都可以勝任。

老人現在已知道那男人的名字，他叫佐佐木龍夫。甚至知道他在東京都某中堅企業任職科長。

老人是在四天前的報紙上得知這些資料的。

報紙刊出佐佐木龍夫的死訊。

佐佐木是在老人最後一次看到他的那天過世。早上八點左右，死在距離此地約四十公里遠的地方。據說，佐佐木腳步蹣跚地在路上跑，之後突然在馬路中央倒下。

有很多行人目睹了現場。

也有其他目擊者。佐佐木在跑至四十公里遠處的途中曾遇見幾個人。目擊者證言，當時佐佐木面無血色地邊跑邊不時回頭看。

死因是心臟麻痺——報紙上如此寫著。

由於身分不明，醫院收容了佐佐木的屍體，將近中午時，佐佐木的家屬報警訴說佐佐木出門慢跑一直沒回來，警方才知曉佐佐木的身分。

這事件很奇怪。

連佐佐木的家屬也不曉得佐佐木為何會跑到那麼遠的地方。

那天，他任職的公司也並非假日，而且他還跟老客戶的業務員約好在當天早上見面。

這事件只能視為佐佐木突然發瘋了。

——應該是發瘋了。

老人如此認為。

——人都會在某天突然發瘋的。

老人這樣想。

第三者猜不出當事人發瘋的理由。

至今為止，老人也看過幾個突然發瘋的人。

老人在數十年前曾經參軍遠赴大陸，在當地經歷過好幾次飽嘗艱辛的行軍。行軍時，走在老人一旁的男人突然笑出來。而且笑個不停。

上級發現男人在笑，過來毆打他，男人依舊笑個不停。視線望著遠方。

原來男人已經發瘋。

那男人直至當天早上還在跟老人聊天。瘋狂在那男人內心暗地成長，之後突然在某天顯現出來。不只是第三者無法察覺，有時連當事人也毫無自覺。

——人是很難理解的。

沒人知道別人內部隱藏著什麼瘋狂因素。

如今想來，那場戰爭也是一種巨大的瘋狂。人為何能夠殺人呢？在戰場中發瘋的那個男人或許才是正常人。因為正常，才會發瘋。

倘若如此，在那場戰爭中沒發瘋的真正瘋人所構築的這個世界，就不可能是個正常世界。

而那時沒發瘋的自己應該也是個瘋人。不但在內心隱藏著瘋狂活了數十年，如今還在慢跑。

老人認為，那股瘋狂總有一天會咬破老人的表皮顯現在外。

要不然，就是緩慢地發狂。老人有點不相信做著「慢跑」這種蠢事的自己。

他本來是為了抵抗慢條斯理前來的瘋狂——老化，才開始做慢跑，不知不覺中竟成為一種習慣。而成為習慣的這種慢跑行為似乎反倒是老化的一種證明。

老人在五年前喪妻後才開始慢跑。

家中有個媳婦。這媳婦跟身材苗條的妻子成對比，胸部和腰部很豐滿，而且很愛笑。她或許也有說不出口的苦衷，但在老人眼中看來，是個心寬體胖的女人。

老人有時甚至會對媳婦萌生性慾。

他很羨慕現代的年輕人。

有時很希望自己是生在這個時代的人，有時卻又不這麼想。

他不留戀這個世界。但貪生。他不想死。很怕死。

他有時會認為，人在晚年時必須通過老化這個瘋狂關口，是上天賜予人類的功德。

他希望在不久的將來，自己內部的某種東西會突然噗哧一聲裂開，然後發瘋，像個很會磨人的幼兒般死去。

那男人——佐佐木，只是提早發瘋而已。

老人想，早知會如此，應該回答他一聲的。

「失陪了。」

那男人總是這樣向老人打招呼，老人卻從未回過任何一句話，這點令老人覺得有點遺憾。

眼前是醫院那條路的入口。

以前都是佐佐木先拐彎，隔了許久才輪到老人拐彎。老人正要拐彎時，看到前方有個身穿運動套衫的男人跑來。是偶爾會在這一帶擦身而過的年輕男子。

「真有幹勁啊……」老人情不自禁向那男子這樣說，然後左轉。

這是老人第一次主動向人搭話。

老人的視野角落仍留著男子愣了一下抬起臉的動作。

老人覺得做了件蠢事。

他放慢有點加快的腳步跑過醫院前時，腦中突然響起一種奇怪的聲音。

「不行啊，不能放慢腳步！」

是小孩子的聲音。

「再跑快一點！」

老人身後響起小小光腳踏著柏油路的啪嗒聲。

老人情不自禁加快了腳步。

「這樣才對，繼續跑，全力跑！」

老人回頭望向身後。

有個六歲左右的小孩面帶笑容跟在老人身後。

「快跑！」

「快跑！」

那小孩以興奮的眼神如此說。

老人很想停止腳步，腳步卻不聽指揮地擅自加快速度。

不一會兒，呼吸就失去控制。

額頭不停冒出汗珠。

「很好！」

聲音這樣說。

緊跟在老人背後的輕微腳步聲逐漸變成沉重的啪嗒聲。

彷彿緊追上來的孩子突然增加了體重。

老人的雙腳益發加快速度。

他回頭望向後方，發現緊追上來的不是小孩子，而是個身高比自己高的成年男子。

只是，臉龐仍是剛才看到的那個孩子的臉。

邊跑邊追上來的男子軀體上有個堆滿笑容的孩子的臉。

老人脖子上的寒毛全豎立起來。

3

有個男人搖晃著有點鬆弛的肚子在跑步。

清晨六點。男人在沒有行人的柏油路上環視四周地慢跑。

環視四周是那男人——久保正二的癖性。

因為他不想讓別人看到自己慢跑時的樣子。

他也沒對公司同事說出正在慢跑的事。他覺得讓別人知道自己為了減肥而在慢跑是一種恥辱。

對他來說，慢跑很無趣。

早上必須早起是一件痛苦的事，跑步更痛苦。

他只是為了自尊而持續著慢跑而已。

只是想堅持完成自己所決定的事而已。

他已經跑了半年。

從自己的公寓出發跑至前方的平交道後，再順著同樣路線回去。來回路程大約是三公里。

由於目的是減肥，所以他沒穿慢跑短褲或汗衫。身上穿著運動套衫，這樣比較容易出汗。

只要出汗，就能減輕出汗量的體重。

半年來，他已經減輕了四公斤體重。

這個數字到底是多是少，連他自己也判斷不出。

總覺得體重比起辛苦的分似乎沒減輕多少。

他想，大概每次出汗後回到房間時又喝水，才會降低減肥效果。可是出汗後不喝水等於苦上加苦，他絕對辦不到。總之，就這樣繼續跑下去吧——畢竟這是自己決定的事。至於水，則跟自己的決定無關。

實行慢跑之後，他發現跑友出乎意料地多。

儘管年齡各不相同，但有幾個經常碰面的人。

久保每次看到他們那種穩定步伐，總會嫌自己的步伐太沉重。他們都有明確目標和樂趣，而自己卻沒有——久保認為這種差異似乎顯現在自己那沉重的步伐上。

然而，令此刻的久保步伐沉重的原因並非僅限上述理由。

因為這十天來連續死了兩個相識的跑友。

死的是一個叫佐佐木的上班族，還有一個叫柴田源一的老人。

十天前，佐佐木龍夫死了，五天前，柴田老人也死了。

佐佐木死於心臟痲痺，老人死於交通事故。

而且老人過世那天，也不知道老人當時想到什麼，竟然主動向久保搭話。

至今為止，雖然好幾次跟老人擦身而過，可彼此從來沒主動打過招呼。老人總是板著一張臉瞪著前方慢跑。

老人看似從來沒把久保放在眼裡。

但那天，老人卻突然主動開口。

「真有幹勁啊……」

雖然就這麼一句話，畢竟很突然。

久保起初不知道老人到底在向誰說話。

當他察覺老人是在向自己搭話時，老人已經拐彎。
老人大概認為久保很沒禮貌。
認為久保是個連回禮都不會的小夥子而感覺不爽。
想到這點，久保就覺得很不舒服。
他打算下次再碰到老人時主動向老人打招呼，結果報紙刊出老人的死訊。
雖說是交通事故，但明顯是老人的過失。
根據報導，老人發瘋般地甩動雙手，闖紅燈衝出馬路。
老人邊回頭邊大聲喊叫地衝出馬路時，剛好撞上駛來的汽車。
由於是清晨，汽車開得很快，老人當場死亡。
既然老人當時是回頭看著後方而沒注意到汽車，那他大概來不及認知自己已經死了的事實。
久保很遺憾再也沒機會向老人打招呼。
久保繼續往前跑，眼前出現幾天前最後一次碰到老人時的丁字路口。
是久保跑的這條路和另一條右方的路交叉的路口。
老人過世後這幾天來，久保每次跑到這個丁字路口時總是會萌生一股很奇妙的衝動。
他很想拐進那個路口看看。
來到路口時，久保不經意地抬起眼簾，探看了左方是醫院的那條柏油路。
他看到那條路不遠處左方的醫院病房樓。
也看到病房樓四樓有一間病房的窗戶敞開著，窗口站著一個女人。
遠遠望去也看得出那是個膚色白皙的長髮女人。
那女人一直凝望著久保。

當久保看到那女人時，雙腳也自然而然地拐進醫院那條路。
剛拐過彎，便看不到女人的蹤影。
因為左方正是醫院圍牆。
如果久保選擇偏右一點的路線，或許可以看到那女人，只是他有點遲疑。
當他發現那女人時，心臟跳得很快。
結果久保選擇了讓那女人看不到的左方圍牆路線。
但他仍覺得隔著水泥牆，那女人的視線似乎依舊正確地望著自己。
跑過醫院後，久保突然聽到背後響起腳步聲。
是那種人肉直接踏在柏油路面的潮濕聲。
「不行、不行，要再提起精神！」
有某種類似人的聲音直接在久保腦中響起。
「快，必須使出全力筆直往前跑！」
是小孩子的聲音。
久保回頭看，接著發出細微尖叫。

4

十月中旬早朝。
清晨六點——
太陽應該已經上升了，只是天空佈滿烏雲，四周仍很昏暗。
上空的昏暗籠罩著整個街上，完全感覺不出將要天亮的清晨味道。

有個身穿陳舊灰色西裝的男人，站在柴田源一第一次出聲向久保正二打招呼的丁字路口。

男人嘴巴叼著一根香煙，一副傷腦筋的表情望著上空。

香煙灰已經超過一公分。一條深紫色的煙往上飄，罩住男人的臉。

煙似乎熏到男人的眼睛，男人好幾次皺著眉閉上眼，卻仍無意丟棄香煙。

他似乎在思索某事。

男人名叫高部和男，是個刑警。

除了眼神異常銳利，是個毫無特徵的四十歲男人。

這十天來，有三個在這附近慢跑的男人死在清晨這段時間。

三人都死於事故。

三起事件均沒有他殺致死的線索。然而，三起事件都具有無法說明的因素。

第一個死亡的佐佐木龍夫，在離他慣常跑的路線四十公里遠之處因心臟麻痺而死。

其次是柴田源一，因闖紅燈而死於交通事故。

五天前死的久保正二，則以全速撞上正前方的公館水泥牆，頭蓋骨骨折加上全身撞傷，在救護車抵達之前就斷氣了。

久保正二的死最奇怪。

這條有醫院的路，在離醫院三百公尺遠之處緩緩拐向右方。

跑步中的久保沒有往右拐，而是筆直往前跑，然後撞上正面的水泥牆。

有人看到現場光景。

是個正在遛狗的七十二歲老人。

據說，老人是因為手中牽的狗狗發出低吼聲才發現久保的身姿。老人耳背，沒聽到久保的跑步聲。

當老人發現久保時，久保已經跑到離水泥牆只有幾公尺遠的地方。

「危險！」老人當時大叫出來，但不知道久保有沒有聽到叫聲。

久保完全沒放慢快得不像話的速度，筆直往前地猛力撞上圍牆。他彷彿看不見前面有圍牆，在撞上之前毫無閃避動作。

老人趕上去時，久保仍活著。

久保抬起不停湧出鮮血的頭說了一句：「那孩子……」

說完還想起身打算繼續跑，結果再度往前撲倒。

之後久保似乎又活了五分鐘。其間，久保一直喃喃說著夢囈般的話，只是老人完全聽不懂他在說什麼。

「反正他好像很害怕，想逃離什麼東西似地。」遛狗的老人如此述說久保當時的模樣。

「孩子……」高部低語了一句，終於吐出香煙。

他用鞋底捻熄煙頭，再度仰頭望向上空。

當時，遛狗的老人沒看到孩子，也沒看到成人的影子。只有狗狗、久保和老人在現場。

高部很想以事故為由解決事件。

因為他找不出跟犯罪有關的線索。

只是很怪異而已。

三起事件的共通事項是三人都在這個丁字路口拐彎，之後成為不歸人——也就是都死了。

不，還有一項共通點。就是三人都是在慢跑中死亡——要不然就是在慢跑中遭遇致死的事故。

這又怎麼了——高部想。

他完全摸不清該如何進行搜查。

只是，既然連續死了三人，確實也不能置之不理。

搜查三人的周邊情況後，再向於這段時間路過這地方的人打聽消息，如果仍毫無線索，就可以了結事件。

「只要不再出現第四個……」高部低聲自語。

今天是他在這附近打聽消息的第三天。

完全沒收穫。

高部從昏暗上空移開視線打算望向地面時，視線停止在病房樓四樓一扇敞開的窗戶。

有個女人站在窗口望著窗外。

高部想起一件事。

昨天和前天，高部都看到那女人。而且都是在這段時間。

今天算是連續三天都看到那女人。

倘若那女人不只是這三天，而是更早之前都在這段時間望著窗外的話，很有可能目睹了某些與事件有關的線索。

5

醫院方面得知高部是刑警後，破例允許高部的求見。

病房樓四樓那個敞開窗戶的病房是單人房。

高部進房後，站在窗口的女人向高部微微點了個頭。正是剛才高部在下面路上看到的那女人。

右邊靠牆處擱著病床，床上躺著個男人。

似乎正在打點滴。

病床旁豎立著點滴架子，掛在道具上的點滴瓶中伸出一根透明細管，褐色的液體正從那根細管每隔一定時間滴下無聲拍子。彷彿正在男人體內吝嗇地一點一滴注入生命原料。

細管盡頭的針頭所嵌入的男人的手腕，骨瘦如柴。

房內空氣充滿病房特有的那種帶著甜味類似尿水的味道。

男人名叫生田丈二，今年二十六歲。

女人名叫生田久江，久江是大丈二兩歲的姊姊。她負責照料臥床不起的丈二的大小便。

大概在某處有平交道，輕微的平交道警告聲自窗外傳進高部耳裡。

在高部眼裡看來，平交道的警告聲跟注入男人血管的點滴液體，節奏非常相近。

「我剛才看到你站在那個地方。」久江自窗口指著丁字路口說。

從窗口望出去的風景比在下面所想像的更遼闊。

久江已接到掛號處打進來的分機電話，所以知道高部來此的目的。

「想問什麼都可以，反正我弟弟聽不見……」

久江說，丈二於二十年前九月在路上被汽車撞了，之後一直臥床不起。簡單說來就是成為植物人。

不但全身無法動彈，至今為止一次都沒醒來。

丈二在這病床上度過二十年，也在這病床上從小孩長大為成人。

三餐都用管子自鼻子直接送流食至胃部。醫學上稱為鼻胃管灌食法，而人體必要的營養則定期性利用點滴送入血液中。

丈二一直靠這方式活了二十年。

母親在三年前過世，目前只仰賴父親的收入勉強維生。

久江低聲地簡單告訴高部以上的內情。

「妳知道這回的事件吧……」高部問。

「知道。」久江點頭。

高部先說明這只是形式上的搜查，再問久江是否自窗口看到與事件有關的光景。

「我有時會在窗口看到那三人，卻沒看到任何與事件有關的事項。」

「任何小事都好……」

久江閉嘴思索了一會兒，接著像是想起某事地開口：「那天早上……」

「那天早上？」

「就是久保先生去世的那天早上，他的樣子好像有點怪……」

「什麼意思？」

「久保先生平常不會跑進這條路的。他總是從對面跑過來，再筆直往前繼續跑，但是那天早上，久保先生卻拐進這條路。起初他自己好像也猶豫不定，最後突然……」

「我知道他在那天突然改變路線。我想知道的是當時的狀況，妳是說，久保先生在丁字路口猶豫了一陣子，不知道該不該拐進這條路，最後仍選擇了這條路線嗎？」

「不是那個意思，只是看起來好像是這樣而已。他不是猶豫了一陣子，我的意思跟你說的有點不同。他不是停住腳步猶豫了一陣子，而是邊跑邊想著要不要拐彎，然後好像有人引誘他那般，最後拐進這條路……」

「那時，妳有沒有看到其他人……」

「沒有，沒看到任何人……」

高部從窗口伸頭眺望外面。

從這窗口看不到久保撞上水泥牆的現場。

高部又問了久江很多問題，但沒獲得值得注目的新線索。

高部深深嘆了一口氣。

「對不起，幫不上你的忙。」久江說。

「不，我本來就沒抱什麼期待。」高部惶恐地望著久江。

她是個纖弱、白皙的女孩。

明明是個看上去很聰明的美女，卻不會給人華麗印象。整體有點陰鬱。

這也難怪。

就算她和別人輪流照料弟弟，這事也並非任何人都可以辦得到。

「妳很辛苦吧？」高部說。

久江輕聲笑了一下。

「今年夏季開始，我弟弟的眼球有時會在眼皮下轉動。」

「是嗎？」

「我有時會想，總有一天也許會好起來……」久江自嘲地寂寞笑道。

高部轉過身，又想起一件事地問久江。

「請容我問個很無聊的問題，妳在這窗口都在看些什麼？」

「我早上起得早。而且清晨時有幾個人會在這下面的路上慢跑。我很喜歡觀看他們跑步的樣子……」

「唔。」

「我每次都會想，如果我弟弟是個健康的人，一定很想跟那些人一樣地跑步吧。雖然看久了總是很羨慕那些人……」

久江頓了一下，望向躺在病床上的丈二。

毛毯下露出淡藍色條紋睡衣領子。

「這個月，我弟弟有時在清晨會流露出像在笑的表情。雖然不是很明顯，醫生也說是我看錯了，但我認為，也許是我弟弟夢見了很快樂的夢。」

「作夢？」高部望著丈二，深深吐出一口氣，心想或許這也有可能。

「是的。」

久江有點高興地點頭。

「我想，他也許作了在全力奔跑的夢……」

6

高部走出醫院時，時針已轉過七點半。

路上的行人增多了。

不知是不是他多心，總覺得上空比剛才明亮。

——這事件算是結束了。

高部不出聲地喃喃自語。

——一開始就沒什麼可疑之處。

他如此說服自己。

「慢跑……」

高部想起久江說的話，發出聲音地自語。

「我也來試試看。」

他突然興起想跑步的衝動。

高部輕鬆地伸出腳，緩慢地跑起。

「再用力！」

高部的腦中突然響起小孩子的聲音。

「跑快一點！」

聲音清晰起來。

接著，後方傳來小小光腳的腳步聲——

高部覺得自己正在加快步伐。

「就是這樣！」

「就是這樣！」

聲音聽起來很快樂。

高部回頭看。

有個六歲大的小孩子面帶笑容地跟在高部身後跑步。

身上穿著睡衣。

是高部曾看過的淡藍色條紋睡衣。

小孩子的臉龐突然變成成人的臉。

正是高部剛才在病床上看到的那個青年的臉。

青年高高揚起唇角地笑著。

那是個駭人的笑容。

高部全身的寒毛都豎立起來。

他瞬時理解了自己到底發生什麼事，也理解了死去的三人到底發生過什麼事。

他想停止腳步，雙腳卻不聽指揮地加快速度。

行人都一副愕然的表情望著高部。他們都看不見跟在高部身後跑步的那個東西。

高部心想，自己此刻的表情大概扭曲得很難看。

他在丁字路口以驚人的速度拐彎。

撞倒了幾個行人。

高部繼續奔跑，然後左拐。

前方是平交道。

噹。

噹。

平交道柵門發出警告聲正在落下。

一股強烈的恐怖貫穿了高部全身。

「呀！」

他發出尖叫地回頭，忘我地揮動雙手。

成人軀體上的那個孩子的臉，興奮得滿面通紅，笑得很快樂。

高部的身軀跳過平交道柵門，毫不費力地躍進平交道中央。

1/60秒的女人

1

「這個有問題。」

山岸自剛才起就瞪著桌上自言自語。

「阿山，怎麼了？」

廣告文案的工作告一段落後，我問坐在對面辦公桌的山岸。

「澤木先生，這個……有點那個，好像出了問題。」山岸抬起臉用力抓著頭。

「到底怎麼了？」

「你看，你先看這個。」

山岸遞給我一張六吋大小的黑白照片。

看來像是剛沖印出來的照片。是三位女性站在公園樹下望著鏡頭的照片。三位都是年輕美女。

「這有什麼問題？」

「你看，中間不是有個穿和服的女子嗎……」

果然沒錯，兩位女子之間站著一位穿和服的女子，雙眼望著鏡頭。其他兩人臉上都堆滿笑容，只有穿和服的女子面無表情。不，應該是在笑，但只是嘴唇的形狀在笑而已，望著鏡頭的雙眸內閃著看起來很落寞、悲哀的亮光。

然而，在三位女子中，她最有魅力，是我喜歡的那種類型。

「這女子很漂亮。阿山，你跟這女子發生了什麼問題嗎？」

「別亂講，什麼問題都沒有。就是我沒有記憶，才覺得頭痛啊。」

「聽不懂你在講什麼。」我望著照片說。

「那個，是幽靈啊。」山岸壓低聲音說。

「什麼……」

「我是說，那個穿和服的女子是幽靈。」

「怎麼可能……」

「是真的。我在拍照時，明明只有兩個女孩，根本沒有其他女子啊。」山岸一本正經地說。

「你在開我玩笑吧？要不然就是你沒注意到這女子而已。你看，照片拍得這麼清晰，而且她跟前面兩個女孩重疊的部分也不是透明的……」

「不是，我不是在開你玩笑，這不是重複曝光拍成的，也不是我沒注意到這女子。這兩個女孩是我在我家附近的公園拜託她們當我的模特兒，那時根本沒有其他女子在場。我願意以我攝影師的名譽發誓，我絕沒說謊。」

「是嗎？」我仍半信半疑地點頭。

「你看，這裡還有她的照片。昨天拍攝了一捲底片，三十八張照片中，她的照片包括這張總計有三張。」

山岸遞給我的是三十五厘米的顯像底片。

「我沒騙你吧？我剛才給你看的照片是十二號，其他另有十六號和二十七號都拍下同一位女子吧？」

山岸說得沒錯。三張底片都有那位穿和服的女子，同樣姿態、同樣表情。而且在二十七號底片中，自下往上拍攝的整張都是樹木的構圖前，她是站著浮在半空中。悲哀的眼神，勉強牽起笑容形狀的嘴唇。看到她這種表情時，我突然打了個冷顫，脖子的寒毛全豎立起來。

「是不是？」山岸觀察著我的表情，再度強調他沒有說謊。

「所以說嘛，我很傷腦筋啊。我跟這兩個女孩約好，等照片沖印出來要寄給她們，連地址都抄下了。可是，要是寄這種照片給她們，大概會嚇死她們……」

「嗯，如果這真的是幽靈，確實不能寄給她們。」

「其他還有幾張只有她們兩個的照片，我打算寄那些照片給她們，只是完全搞不懂為什麼會這樣……」

「會不會是你用的底片，之前曾用過一次？」

「那是我昨天拆開包裝取出的新底片。再說，畫面沒有重疊。你看這張樹木的照片，和服和葉子的模樣沒有重疊在一起吧？如果是重複曝光，不可能會這樣嘛。」山岸嘆了一口氣。

他歪著頭打開抽屜取出一架老相機。

「是Minotax S。我想，原因很可能是這架相機。」

「相機……」我大感興趣地探出身子。

「是戰前製造的蛇腹式折疊相機。雖然廠商早就倒閉了。」

「你怎麼有這種相機……」

「你知道我家是照相館吧？客人在買新相機時，我們會折價回收客人的舊相機。這就是折價回收的相機。本來擱在店裡，我覺得好玩，拿來用了兩、三天，結果變成這樣。是不是我偷懶不工作跑去拍女孩子照片，才會遭到這種報應啊……」

山岸皺著眉望著已經漆黑一片的窗外。

我跟山岸都是一家小企劃公司的員工。在公司發行的小報編輯室內，我擔任撰稿人，山岸擔任攝影師。

此刻已是夜晚八點多。其他編輯——雖然只有兩名——早已下班，只有我跟山岸還留在公司。

「對了，搞不好是……」山岸自語了一句，突然站起身，雙眼發亮。

「澤木先生，你工作結束了吧？你再陪我半個鐘頭好不好？我有個妙計。」

山岸取出新底片裝入老相機內，再把相機鏡頭對著我。

「喂，喂，你想幹什麼？」

「你充當一下我的模特兒，馬上拍完……」

他調整了曝光，開始按快門。

有時拍攝我，有時拍攝空無一物的牆壁。

「你等一下。」

他取出拍完的底片，打開房內角落的門衝進暗房。

過一會兒，山岸興奮地開門出來。手中握著底片。

「你看，這個這個！我果然猜對了。」

山岸打開照明桌開關，把還沒經過水洗仍留有定影劑味的底片擱在桌上。

仔細一看，黑白顛倒的底片中確實拍下了那個身穿和服的女子。我左側明明沒有任何人，那女子卻在底片中站在我左側，令人感覺有點不舒服。

但是，那女子只出現在第一號至第十號底片中，其他底片都沒有她的影子。剩下的底片畫面與前十幀一樣，只是沒有那女子而已。

「這到底是怎麼回事？」我問。

山岸得意地嘿嘿笑著。

「我剛才不是給你看了照片嗎？我發現在那些照片中，拍下她的那三張底片數據都一樣，都是F5．6的1／60秒。我剛才想起這件事，才當場試試看……」

試過的結果正是此刻擱在照明桌上的底片。

只有以F5．6的1／60秒按下快門時，底片中才會出現那個身穿和服的女子。

我內心湧起一股好奇心。

「阿山，你明天和後天都放假吧？」

山岸點頭。

我們公司是隔週週末休假，明天正是休假日的星期六。

「這個很有趣，我們去查查看。只要到你家的照相館，可以知道這架相機的前任主人吧？」

彷彿一直在等待什麼的那女子的悲哀眼神，深深印在我心中。

2

「你們是在哪裡得到這位女子的照片？」

滿頭白髮的高木望著照片問我們。

高木正是昨天那架老相機的前任主人。我跟山岸在昨晚查出這件事後，打電話給高木，今天正是來見高木的。

我們將昨晚的事逑說了一遍。

「原來如此。」

高木似乎在回憶往事，眼神飄忽不定。

「那女子名叫綾部禮子，在二十年前是我的患者……」

高木暫且離座，之後又拿著一本老相簿回座。

「請你們看看這個。」

高木遞出的相簿頁中貼著一張泛黃的照片。照片內的人正是綾部禮子。跟我們帶來的照片完全是同樣姿勢、同樣臉龐、同樣和服。就算有人說我們帶來的照片是複印這張照片的，我們也沒話可說，因為兩者分毫不差。

「這是用那架老相機拍下的。而且是我用那架老相機所拍下的最後一張照片。那時，剛好底片還留下一張，所以我請她讓我拍下。當時我在湘南的結核病療養院任職，她是以患者身分住進來……」

今年春季，高木把醫院讓給兒子，打算重拾拍攝舊好，所以將老相機送到照相館，折價買了新相機。

「這位綾部禮子小姐，現在怎麼了？」

「過世了。我記得是在拍下這張照片約一個月後就過世了。這張算是她生前的最後一張照片。」

我跟山岸百感交集地彼此互望。

「這是當時拍下時的數值吧？」

山岸望著相簿頁面角落用鉛筆寫下的文字。文字是「光圈5．6，快門1／60秒」。

「可是，她為什麼會這樣出現在其他照片中呢……」

「我是醫生，勉強算是個科學家。我很想解釋為可能是光學上的原因……」

「您是說，這是一種幽靈？」

「我沒這樣說，只是，我也是老一輩的人……」

「您是不是知道原因？」

「我很想答說不知道……」

「那您是知道原因？」

「是的。綾部小姐當時是一位畫家的模特兒，她似乎真心愛著那位有家室的男性畫家。她為了這事在療養期間也非常痛苦。」

「痛苦什麼？」

「她是在那位畫家的工作室發病昏倒的。住在療養院期間，她一直壓抑著想見那位畫家的感情，連我這個當醫生的都可以明顯看出來。那位畫家在她住進療養院後，不久便帶著家人到巴黎去了。這是很早就決定好的事。大概也為了這點，她才不顧健康地持續做著模特兒的工作吧。」

我望著感慨萬千述說原因的高木，突然浮起一個念頭，也許這位醫生在當時也暗戀著綾部禮子。

「我不知道他們兩人的關係進行到什麼程度，但我想那位畫家應該也不討厭她。因為療養費幾乎都是那位畫家出的，而且每個月都會從巴黎寄來一封明信片……」

「那位畫家是……」

「我不能告知他是誰，對方已經是將近六十歲的人了。聽說全家人在幾年前回到日本……」

「那位畫家是不是青木伸之介？」始終不開口的山岸突然這樣問。

「咦，原來你知道？反正已經是時代久遠的舊事，我就說出來吧，那位畫家正是青木先生。聽說在巴黎獲得很大聲譽。」

「我有個朋友也是攝影師，為了編輯青木先生的畫集，負責拍攝他的作品，我只是突然想起他……」

又過了十幾分鐘，我和山岸向高木道謝，告辭了高木家。

「她應該很想見青木。」

山岸疼惜地用手掌裹著掛在肩上的老相機。

「大概真的很喜歡對方吧。」我說。

走在路上的我，腦中浮出的淨是綾部禮子那雙陰鬱悲傷的眼神。

我跟山岸兩人都覺得心情無法平靜下來，歸途時直接繞到常去的酒館。

「有沒有辦法可以幫她呢？」我們邊喝酒邊討論。

只是，我們幫不上任何忙。她已經死了，事到如今，如果我們帶著這張照片去見青木伸之介，只是多管閒事而已。

就算他往昔曾經深愛過綾部禮子，第三者也沒有權利去挖掘他的舊戀，再度刺傷一個已將近六十歲的老人的心。

我和山岸正是明白這個道理，只能乾著急地不停灌酒。

那天晚上喝得很不暢快，我們兩人都醉得很難受。

3

十天後的午休時間——

山岸邀我進一家咖啡廳。

「我去了。」山岸剛坐下，便笑著對我說。

「去哪裡？」

「青木伸之介那裡。」

「啊？」

「我不是說過我有個朋友正在拍他的作品嗎？我跟著那個朋友去見了青木伸之介。」

山岸從帶來的信封內取出一張四開照片。

「那時，我順便拍下青木伸之介的照片。當然我沒向他提起綾部禮子的事。」

我看了照片，照片中的青木伸之介似乎站在自家院子，而一旁竟然站著綾部禮子。

「你用那架老相機拍的？」

「對，用F5．6的1／60秒拍的。」

山岸得意地嘿嘿笑著。

「你看這邊的顯像。這些底片全是用F5．6的1／60秒拍的，綾部禮子卻只出現在第一張，沒出現在其他地方。」

確實如此。

我忘了回話，只是仔細地觀看兩人並排站著拍下的照片。

「拍得不錯吧。」山岸說。

看上去像是感情很好的父女，也可以看成是年齡懸殊，卻很相配的一對夫婦。

綾部禮子緊緊靠在青木伸之介身邊，眼神已經失去那種悲哀陰鬱的亮光。

此刻的綾部禮子，在照片中露出幸福的微笑。

憑靈相機

1

「嘿，我這兒有架新進來的好玩相機。」

我時常去的那家古董店老闆這樣對我說。

「好玩相機？」

「是的。哎，你先過來看一下……」老闆招手喚我過去。

我走到裡邊，老闆從背後的架子取出一個陳舊木箱。

一般說來，箱子內裝的應該是老闆珍藏的九谷瓷大盤子或其他瓷器，結果不是。這家店說是古董店，商品卻非古美術品。大部分是生活用品，說是舊貨店比較恰當。

「這個，這個。」

老闆從箱子內取出一架一眼便能瞧出是年代悠久的老相機。是柯尼卡ＥＥ型號黑色相機，造型很特殊。

既然是老相機，而且是罕見的黑色，我頓時很感興趣。

收藏相機是我的嗜好。

而且我喜歡老相機，我不在乎老相機拍出來的照片效果如何，只是喜歡那種費事的拍攝過程。我喜歡其他收藏家不屑一顧的那種不用曝光計的手動光圈相機，再絞盡腦汁去拍攝。

我有四十多架相機，其中沒有一架是附有曝光計的不純相機。

我今年二十六歲，是個單身漢上班族，時常在週日到這種有老相機商品的舊貨店閒逛。這種古董店比一般二手貨相機店更容易找到我中意的珍品相機。

近半年來，我在這家店已經買了三架相機。老闆大概也記得這事，才會向我推薦吧。

我取起那架相機，很重。

「這個好重啊……」

「聽說是鉛製的。」

「是嗎？」

老闆似乎沒說謊。

相機破舊不堪，凹下處露出的金屬光澤正是鉛。難怪會如此重。既然是用柔軟的鉛製成，金屬板厚度應該是鋁製的數倍吧。

更令我驚訝的是這架相機沒有鏡頭。

而且仔細一看，我發現相機上部前後有兩個螺絲釘孔，看來這相機本來有個鐵絲框觀景器。

不過這相機真的很怪。

相機上不但沒有廠商名，也沒有製造號碼。

「好像是外國製的，而且是個不太懂相機的人手製的。」

我邊說邊觀看鏡頭，鏡頭朦朧發白，完全失去了透明感。用手觸摸，我發現並非鏡頭表面積了塵埃或發霉，似乎是鏡頭本身變質了，摸起來感覺乾巴巴的，不像是玻璃。

「這種相機根本不能拍照。」我說。

我突然想到這也許是騙小孩的玩具相機，但以玩具來說又未免製造得過於精緻。

「嗯，是啊，這相機大概無法拍照。不過，這相機看起來好像有什麼淵源，所以我想應該很適合你。在家裡裝飾一架沒法拍照的相機不是也不錯嗎？我會算你便宜一點……」老闆搔著頭說。

我總算明白了老闆的企圖。

老闆大概在其他地方買進一堆舊貨，這堆舊貨中湊巧也包括了這架相機。老闆肯定認為賣不出去也無所謂，才向我推薦吧。

我打開內側蓋子，裡面可以裝布朗尼一二〇底片，畫幅是六四五。內側的塗飾更怪，不是黑色，而是深褐色。

「聽說這架相機的前任主人是從德國買回來的。他跟你一樣很喜歡相機，而且很著迷占卜那類。雖然已經過世了，但聽他家人說，他生前很珍惜這架相機。據說鏡頭是用貓頭鷹眼睛的水晶體再經過特殊加工後而製成的。至於內側的塗飾……」

老闆說到此，有點支吾，接著開口：「……乾脆老實說出好了。老實說出反倒會令你倍感興趣也說不定。不過，有關這鏡頭的事，是前任主人的家人在他生前時聽他說的，我再從家人口中聽來的，到底是真是假，我就不敢保證了。聽說那個塗飾是用雞血加蒜頭汁攪拌而成……」

2

結果，我買了那架相機。

因為老闆提出的價格比我預測的便宜很多，而且還爽快地接受我的殺價要求。

我預測的價格比老闆最初提出的價格要高一點，一開始就打算買下。即便這架相機不能拍照，我也想收藏，再說只要換鏡頭，或許勉強可以拍。

我立即帶著那架相機進入附近一家咖啡館。

邊喝咖啡邊玩弄剛買下的老相機，是我最愉快的時刻之一。

把玩了將近二十分鐘，我突然發現一件事。

剛才明明模糊不清的鏡頭，有一部分竟變得清晰透明。

原因很簡單。因為我在喝水時，玻璃杯表面的水滴落在鏡頭上。道理就跟在模糊不清的玻璃潑水後可以看清玻璃內側的光景一樣。

我試著再將水滴滴在鏡頭上。結果水滴落下之處真的馬上透明起來。

我很興奮。

又在鏡頭上潑了大量的水，結果整個鏡頭都變成透明。這變化實在很明顯。

原來我偶然發現了鏡頭的用法。

用手指觸摸，鏡頭微微富有彈力。假若活貓頭鷹的眼睛有彈力，應該正是這種彈力。

我離開咖啡館衝進附近一家相機店買了底片。是TRI-X布朗尼底片。

裝上底片後，我馬上試拍。當然顧不得焦點和觀景。

拍完一捲底片，我便回公寓動手沖印。我會自己沖印黑白底片。

看了還帶著定影劑味的底片，我不禁竊笑起來。拍成功了。

「咦？」

我看著第一張底片叫了出來。因為那張底片的女性頭上有一團霧氣。用放大鏡看，好像是動物。而且不僅第一張，第二張底片的男性身上也纏著一團霧氣。

「這是什麼……」

這不是沖印失敗或底片破損所造成，因為底片中的所有人物都有一團霧氣。沒有人物的底片則沒有霧氣。

我趕忙將所有照片印出來。再把第一張女性和第二張男性的霧氣放大成六吋版。

我起初把霧氣看成是動物，這點沒錯。

女人頭上的霧氣好像是狐狸，而纏在男人身上的明顯是一條蛇。蛇從男人腳跟纏至脖子，蛇頭端坐在男人頭上。

纏在其他人身上的也都是狗、狸貓或是我從未見過的動物，只是動物種類不一樣而已。我感到很恐怖。

以前常聽人說狐狸附身或犬神附身，但我從來不相信那套。今天我首次明白那不但是事實，而且任何人身上都附有動物。這麼說來，我身上大概也附有某種動物。

原來我買回的這架相機，可以拍攝附在人身上的動物靈。

3

我的業績大有進展。

我把那架相機應用在工作上。只要拍下客戶的動物靈，再設法討好那個動物靈便行了。例如對方的動物靈是野狼的話，我就讓對方飽食一頓生馬肉，倘若是田鼠，便帶對方到陰暗地下酒吧談公事。因此動物圖鑑和那架相機已成為我的工作必要道具。

只是，我仍無意用那架相機拍我自己。光想到我身上不知附有什麼動物靈，我就覺得不舒服。

正當我的工作一切都遂心如意時，我遭遇了怪事。

第一件怪事發生在我新拉攏的某企業行銷總管。那個名叫山本的行銷總管，照片上沒有任何動物靈。

至今為止我從來沒碰過身上沒附動物靈的人，我覺得很奇怪，總不會是外星人吧。

由於我不知道該怎麼接待山本總管，所以本來應該讓我負責的工作便移交到別人手上。害我完全失去信心。

之後，我發現在我無意中拍下的照片中，又有個女人沒有動物靈。這更讓我莫名其妙。於是我開始特地尋找身上沒有動物靈的人。

我決定到人多的地方用那架相機拍攝人物，再列出名單。可是，很難找到這類人。

某天，我因工作關係必須參加一場聚集了眾多執政人物和大企業老闆的酒會。當我看到在酒會中拍下的照片時，當場目瞪口呆。參加那場酒會的約百人之中，竟然有七人沒有動物靈。

就在我製作的名單人數好不容易才超越十人時，有人偷走了我的相機。

那天我從公司回家，發現相機和名單都失竊了。

4

幾天後的夜晚，我下班回到家時遭人襲擊。

我進房後，正打算開燈時，有人突然自我背後反剪著我的雙手，再用一條發出甜味的布塞住我的嘴巴。我掙扎了一陣子，不久便失去神志而陷入昏迷。

——待我清醒過來時，我發現我躺在一張豪華皮製沙發上。

我抬起臉，看到隔著桌子的對面沙發上坐著兩個男人。

其中之一正是我認識的那個山本總管。

「你醒來了？」山本說。

「山本先生，這……這到底是怎麼回事？」我在沙發上坐起，開口問。

「就是那個啊。」山本望向桌上。

桌上擱著我那架相機和名單。

「那真的是個很珍奇的相機，我們用盡方法查過也試過。那架相機似乎可以拍下附在人類身上的動物靈。」

我點頭。

「你在哪裡弄來的？」

「請你先說明事由，為什麼要這樣對待我？」

「看來你還不理解狀況。發問的人是我，你的立場是回答問題的人。」

「什麼意思？」

「你已經失去自由了。而且根據事情的發展，能不能保住性命恐怕都是個問題。」

對方似乎不是在故弄玄虛或在唬我。

我當下就變成個膽小的小動物，乖乖地坦白說出買下那架相機時的事和至今為止的實驗。

「這麼說來，目前仍沒有任何人知道這架相機的功用和名單？」

我點頭，另一個始終沉默不語的男人笑道：「太好了。」

「什麼事太好了？」

「我是說，幸好還沒人察覺我們的秘密……」

「秘密？是指拍不下動物靈的事嗎？」

「是的。我就向你說明一些事吧，反正你終生都無法離開這兒。」

「……」

「山本和我以及這名單上的所有人，都不是人類。」

我難以置信地望著眼前的山本。

「是外星人？」

「哈哈，正是外星人。山本是製作精巧的仿生人。不但有體溫也有脈搏，受傷時也會流血。更具有痛覺。除非在特殊場合下，應該沒人能察覺他是個仿生人。只是，我們完全沒預料到動物靈的事……」

我啞口無言。

「我們是某個組織的人。我們在各個企業中逐步將企業中樞人物換成類似山本的這種仿生人。現代的電腦和機器人工學技術已經進步到這種程度了。幾年後，大概整個日本都會合法地成為我們組織的人。我們會充分地利用這架相機。這樣說你懂了嗎？再過幾天，應該會有個跟你一模一樣的仿生人代你到公司上班吧……」

男人還未說完，我就掀倒桌子衝向門口。但是門打不開。

「少費力氣吧。」男人站起身說。

「還是先讓你安靜下來算了，我們已經準備了對你來說比安眠藥更有效的東西。就跟你之前做的那樣，我們也用這架相機拍下你的照片，查出你身上的動物靈到底是什麼了。」

我撲向男人，男人從口袋取出一瓶類似香水的瓶子，對著我噴出一陣霧狀的氣體。

聞到那味道，我腦中馬上融化成一攤爛泥，舒服得很想把身體貼在那男人身上。

「怎樣？你的動物靈是貓，受不了這味道吧？」

男人對著精神恍惚的我再度噴出氣體。

我聞到一陣木天蓼的味道。

桂花人

序幕

秋天傍晚。

有個男人牽著小孩在散步。

他牽的那個小孩是女孩，大約小學三年級。身上穿著白上衣，紅裙子縫著目前流行的電視動畫主角造型。

兩人走得很慢。

看似毫無目的在閒逛。

身後的男女依次趕過他們。

男人一手夾著香煙，一手牽著小孩，有時望向天空，有時又像在享受四周的喧囂。應該是離晚飯還有一段時間，所以帶著女兒出來散步。看著他們的樣子，腦中可以浮出女兒的母親——也就是男人的妻子在家中做晚飯的光景。

這是個閑靜的小鎮。

穿過有名無實的商店街，四周突然變得很儉樸。

兩人走過小鎮盡頭通往神社的石階一旁。住家零零星星。再往前走一段路，便是女兒通學的小學。

男人只知道到小學的路線。之前走過好幾次，但不知道路過小學後是什麼風景。

男人在此停住腳步。

天空很廣。

此時既非夜晚也非白天，而是黃昏時特有的透明時刻——風在格外明亮的空氣中吹拂。

男人慢條斯理地吸煙。

他剛搬到此地不久。說不久，其實也過了一年多。

在男人與女人、大人和小孩之間，這一年多的時間似乎都各不相關地流逝。

第一個適應新環境的是起初不願意搬家的妻子。女兒則不到三天便帶同班同學到家裡來。

此地是男人母親的故鄉。是母親希望他們搬到這兒來。

由於之前住的是租房，因此男人接納了母親想死在故鄉的願望，在這兒買了土地，並向銀行貸款蓋了房子。

母親曾在此地遭遇空襲，當時摟著還是幼兒的男人，在逃生途中被落在附近的炸彈炸到而導致失明。至於男人那個從未見過面的父親，那時早已在遠方南國的叢林中戰死了。

體弱多病的母親在生前大概已預測到自己的死期。去年十月剛搬來不久便過世，過世時才六十二歲，死得有點早。

男人對著天空吐出煙霧。

雖然通勤上、下班所花費的時間比以前多，但男人已開始喜歡上這閑靜小鎮的氛圍。

傍晚的微風吹拂男人的臉頰。

風中隱約飄蕩著不知傳自何處的濃郁香甜味。

是金木犀香味。

目前正是桂花盛開時期。

男人家的小院子有一棵不大不小正在盛開的金木犀。那是男人母親心愛的樹，從之前的住家移植過來的。

「是奶奶的樹。」女兒甩開父親的手往前奔去。

男人望向女兒奔去的方向，發現前方有棟住家，院子有一棵開滿黃花的高大金木犀，樹枝越過矮籬笆漫出道路。

「犀子。」

男人追上女兒，跟女兒一起仰望那棵樹。

「是不是？」女兒再度握住男人的手。

「嗯……」男人手中感覺到女兒小手的握力，點頭說：「原來是奶奶的樹……」

女兒的名字取自樹名，叫犀子，是男人的母親為孫女取的。

「有時候可以看到有個男生在樹上玩。」

女兒似乎很早就知道這棵樹的存在。

「這棵樹，味道特別香。」

女兒閉上眼，用力吸著香氣。

她閉上眼時，表情立即變成個成熟的女人。而且睫毛很長。

男人望著女兒那表情，突然想起母親年幼時的照片。

「果然是血比水濃。」

男人喃喃自語時，視線與籬笆內一個在澆水的老人對上了。

「您好。」

男人情不自禁開口打招呼，雖然不是為了掩飾自言自語的難為情。

「你好。」老人臉上露出溫和笑容。

他擱下手中的噴壺，瞇著眼朝男人走來。

1

是的。

這味道很香。

這棵樹叫金木犀。

木犀香有時會隨著風的方向傳到很遠的地方。

金木犀這種樹，每棵樹的香味都不同，這香味跟我往昔很熟悉的一棵樹一樣。不過，那棵樹應該早就沒有了，大概是我聞錯了。

我是隔了好久才回到自己的故鄉，可能因為興奮過度而聞錯了。

很奇怪，就算我眼睛看不到，可是，人哪，失明後，其他器官自然而然就會變得很敏感。有些人的嗅覺會變得很靈，有些人是指尖的觸覺會變得很敏銳，我還聽說過有人只要用手摸，就可以從紙質分辨出到底是哪家報紙呢。

我在三十多年前就失明，現在已經六十多歲，耳朵照樣靈得很。像我們這種人，收音機是消遣之一，每天聽著收音機，甚至可以從聲音分辨出廣播員當天的健康狀態。

多虧有這個消遣，我可以不用抱怨自己的不幸，每天過得很滿足。

不是。

這不是那種所謂醒悟人生的大道理。

我到現在有時仍懷著醒來時，一睜開眼睛便可以看見東西的幻想度過夜晚。雖然已經老了，但我畢竟是個女人，有時也很想照照鏡子看看自己的臉，有時更想看看孫女到底長得什麼樣子。

女人啊，每天似乎都有一段陷入沉思的固定時間。碰到那段時間，掉落那個時間的洞口後，女人便會無緣無故地變成一個不會說話的幽靈。那不是悲哀的感情，也不是寂寞的感情，而是連自己也沒法控制的孤獨感情。

不過，年紀大了後，這種陷入孤獨感情的時間也會成為樂趣的一種。

說實話，對老人來說，最大的樂趣大概是睡眠吧。

每天從風的感覺、味道、柱子的潮濕程度察覺夜晚將來臨時，不知怎麼回事，心情自然就會平靜下來。

年輕時的我，每次看到祖母的樣子，總是很奇怪為什麼老人那麼愛睡覺，現在總算可以理解祖母的感受了。

老人愛睡覺，是因為可以作夢。

可以夢見自己年輕時最快樂的那段時光。

年紀大了後，我才深深理解無論遭遇再怎麼痛苦的事，光是年輕，就是一件比任何痛苦都值得讚美的事，可惜我年輕時不明白這個道理。

我還記得，每次我在下午縫衣服時，我祖母總是在我身邊自言自語，再三反覆講述她的往事，講了幾個鐘頭都不厭煩。

每次遇到寒夜時，那些在我一生中只能算是過眼雲煙的耀眼時光，比火焰更能溫暖我的心靈。我每次都會再三反覆回憶起往事，像牛反芻食物那般，一片一片地拼湊令人難忘的那幅畫。

不知道是不是每個人在臨死之前都會這樣拼湊往昔的畫呢？

我描畫的畫，總是飄蕩著金木犀香味。

金木犀和我年輕時的記憶分不開。

我在戰爭時期失去了丈夫和視力，但在我那雙看不見東西的眼睛深處，那人和金木犀香味至今仍會鮮明地浮在眼前。

事到如今，我仍不知道那是不是個夢境。

到現在我仍覺得那光景很莫名其妙，很奇異，不過年紀大了後，我總算理解那果然是我的初戀。

我是在十七歲那年遇見那人，那時我還未跟我丈夫認識。

2

女人似乎是生來就很愛花，尤其是年輕女孩，凡事都會把自己比喻成花。

大概女人在各種花上，特別能感受到與女人共通的風雅、短暫愁情吧。

男士們很喜歡把櫻花比喻成武士的果敢情懷，我想，那很可能是男士們的羞情。

對女人來說，花是一面鏡子。

喜歡照鏡子和愛花，都是出自對自身的愛情的一種表現。女人生來便懂得這個道理。

男人和女人自孩提時代起，本質上對鏡子所懷的好奇心便不同。有關這點，女人可以說是比男人堅韌好幾倍的生物。

女人跟蝴蝶一樣，每個季節飛東飛西地停駐在各種花上，然後於不知不覺中挑選自己喜愛的花。

我挑中的是金桂花，正確說來應該是受那香味所吸引。

你知道嗎？

桂花香聞起來似乎都一樣，其實每棵樹的香味都不一樣，其他花大概也是這樣吧。

看上去像是同樣在隨風飄蕩，但香味深處卻隱藏著各自具有的強烈個性——我第一次發現這件事時，就覺得「啊，正是這個，正是這個」，體內湧起一股莫名的激情。

「正是這個。」

我覺得好像偷看到隱藏在我自身以及跟我同種類的生物深處的秘密。

你應該知道，秋天的金木犀，會比深山紅葉更早在樹枝上開出小黃花。

每年逢花季時，我總是會偷偷聞著飄蕩在空氣中的桂花香。

那香味很強，只要在袖口內放一小把桂花，香味會一直存在。把桂花放在袖口內期間，我內心總會感到一股很奇妙的興奮，彷彿在體內飼養著具有魔性的東西。

當時離我家不遠的地方有座當地人稱其為明神，時常去祈願的神社，我忘了神社的正式名稱。神社入口處的石階旁有一棵高大金木犀。那棵樹的枝幹比其他桂花樹更粗壯，花香也更強烈。

我最喜歡的是那棵金木犀的花香。

因為就在我每天上私塾的路線附近，所以每次往返私塾時，我總是特地繞遠路經過那棵樹。

那件事發生在我十七歲那年秋天。

我去參加私塾老師舉辦的聯歡會，那天晚上回來得比較晚。

大家都在私塾各自叫了人力車，我也搭了一輛人力車回家。

那是個很美的月夜，月亮把地面的影子照得很清晰。

我本來是望著月亮隨著人力車晃來晃去，卻突然浮出一個想法。

——如果在這種月光中觀看那棵金木犀，不知會有多美。

想到這點，我便無法平心靜氣地繼續待在車內。

——下車從這兒走路回家也不錯。

我從來沒在夜晚單獨一人走在沒有人影的地方。今晚正是個好機會。

私塾老師知道我已搭了人力車回家，我只要向家人說我是搭人力車回家就好了。

這在現代人聽來一定會感到很可笑，不過對當時的十七歲女孩來說，這是種很危險又很迷人的冒險行為。

當我聞到夜風中那股甘甜芳香時，我便下定了決心。

「對不起。」我開口喚住車夫，讓他停車，然後下車。

人力車離去後，只剩我一人留在月光中時，我才切身感到我做了很魯莽的事。

四周只有零零星星的住家，眼前是一團黑漆漆的森林。正是那座神社。

我往前走去，越挨近，桂花香就越強烈。而我的心情也逐漸平靜下來。

來到樹木一旁時，我聽到樹上方傳出輕微的聲音。

嘎巴。

我奇怪地環視四周。

嘎巴。

聲音再度響起。

圓月掛在中天。

金木犀老樹沐浴在蒼白月光中，盛開的金桂令老樹看似罩住一團黃色霧氣。

樹枝中有個飄動的白影。

之後，再度傳出輕微的嘎巴、嘎巴聲。

我聽說過樹齡悠久的老樹上有精靈，所以當時我想樹上也許有什麼妖怪，奇怪的是我完全不害怕。

每次聲音響起時，就會有個小東西落在地面。是開著木犀花的小樹枝。樹幹四周全是黃花，多得甚至看不到地面。

我踏上用黃花織成的黃地毯走到樹幹下，仰頭望著樹上。

「這……」我倒吸了一口氣。

因為樹梢中那個白影，原來是個身穿白色和服的俊美青年。

青年彷彿沒注意到我，正在用修長指尖嘎巴嘎巴地折著小樹枝。

他每次伸出手，便會露出在夜色中也能看得一清二楚的白皙手腕，肌膚發出絲綢般的光澤。青年面無表情。

他折了一陣子小樹枝後，身體毫不費力地又飄到其他樹枝上。

在其他樹枝折了小樹枝後，再度飄到別的樹枝上，繼續隨意地嘎巴嘎巴折著開滿金桂的小樹枝。

我完全無法理解他為什麼要那樣做。

看著看著，我突然對青年生起氣來。

這是人之常情吧。

因為那青年在深夜擅自折著我喜愛的花呢。

只是，令我生氣的理由或許是一種類似嫉妒的感情。

青年一副滿不在乎、若無其事折花的樣子，看上去像是比我更理解那棵金木犀。

——也就是說，我覺得，那青年好像知道連我都不知道的木犀樹的秘密。

他那種漠視我的存在，看似隨隨便便折著樹枝的動作，好像深藏著一股愛情。

那時的我，可能因月光和嗆鼻的甘甜桂花香而酩酊大醉，一時發狂了也說不定。倘若是在神志清醒的狀態下，肯定無法做出那種輕率行為。

我握著雙拳敲打樹幹，向對方大喊：「喂，不許你這樣做！你再做，我絕不饒你！」

青年停止動作，慢條斯理地回頭望向我。

那是個分外鮮明又俊美的臉龐。

他用濕潤的黑眸望著我。

當我的視線跟他交接時，我感到一陣暈眩，彷彿在探看一個漆黑無底的深淵。

我背部的寒毛一根根依次豎起，肉體失去重量，好像跌入那個深淵內。俗說失魂落魄，大概正是這種感覺。

我忘了憤怒，恍恍惚惚，拚命抵抗想讓身心都委以這種感覺的衝動。

「你為什麼要那樣做？為什麼不讓花自然凋謝？」我好不容易才說出這句話。

那青年微微張開粉紅色嘴唇，白皙牙齒在月光下閃了一閃。

原來青年在微笑。

那笑容毫無表情，我一點也不害怕，反倒覺得自己的身體在瞬間變成透明體，顯現出肉體深處與內心的心思。

青年用細長指尖捏住一旁的小樹枝，折斷後拋向我。

小樹枝碰到我胸前，再落在我腳下。

我回過神來，蹲下身拾起小樹枝，再度仰望樹上。

青年若無其事地再度折著木犀花小樹枝。

嘎巴。

嘎巴。

我不知該怎麼形容當時的感覺。

只能說好像被驅除了附體的邪魔。我覺得剛才罩住我全身的那種感覺離開了我的肉體。

月光靜謐地穿透我全身，我呆呆地佇立在原地一陣子。

過一會兒，我突然感到很害羞，大概是滿臉通紅地將拾起的小樹枝放進袖口內。

接著突然想起家裡的事，轉身走回家。

第二天，我找個藉口去看那棵金木犀，發現樹幹旁乾乾淨淨，不知是誰打掃過了。

過了幾天，那棵金木犀的黃花全謝落，而這地區的所有桂花也彷彿跟在那棵金木犀的腳步之後，全部謝落了。

3

之後的幾年，我的日子過得像在作夢般。

仔細想來，在我的人生中，那段時期或許是最快樂的時光。

那晚以來，每逢金木犀開花時期，我總是會想起那個在樹上折花的青年。

那人到底是誰呢？

每次在飄蕩著桂花香的月夜，我都會暗自想，那人還在那棵樹上折花嗎？而每次想起那人，我胸中都會湧起一股莫名的疼痛感覺。彷彿那人朝我胸部拋下的樹枝在我體內落地生根。

那人在我體內用他那細長指尖，以折花的動作一片一片觸摸我的心弦。

每次在木犀花香特別強烈的夜晚的第二天，我到那棵樹下去看時，有時可以看到樹幹四周飄落了滿地的黃花。

「啊，是那人，一定是那人。」

每次這樣想時，我總覺得很揪心，會陷於一種自己也無法形容的喘不過氣來的心情。

而每次在神社那棵金木犀花大半都凋落後，這一帶的桂花樹也會開始謝落，逐漸結束花期。

當時我也是個年輕女孩，曾收過幾位男性給我的情書。只是，我幾乎完全不感興趣，甚至拒絕了好幾次相親機會，晃眼間，我已經二十二歲。

或許是那個木犀青年始終佔據在我心房的一隅，不過，事實上大概是從未出現過令我心怡的男性吧。

二十二歲那年春天，有人帶來我拒絕不了的相親機會，於是我答應跟對方見面，那是我生平第一次與男性相親。

結果，對方成為我的丈夫。他會成為我的丈夫，其實是有理由的。

他給人印象很好，我跟他聊著聊著，竟說出我很喜歡桂花這件事。

他聽了後，突然露出看似故意隱藏惡作劇的表情，對我說：

「妳知道嗎？金木犀的原產地是中國，有雄樹和雌樹兩種。」

「……」我一臉莫名其妙。

「就是有男樹和女樹，跟松樹類似……」他煞有介事地接著說：「但是，日本的金木犀全是男樹。」

我嚇了一跳。

他說得滿不在乎，但這件事對我來說意義深長。

因為我一直把花視為女人，甚至把金木犀比擬為自己而沾沾自喜。

「妳怎麼了？」

他不知如何是好地望著突然沉默下來的我。跟我的視線交接後，他難堪地移開視線，把手擱在頭上，笑著向我鞠躬道歉。

「我說了妳不喜歡聽的話嗎？抱歉，我向妳賠罪。」

男人真是……

我真的不知該怎麼形容男人這種生物。

受不了，真的受不了。他不但輕而易舉地顛覆了我長年來藏在內心的秘密，而他自己甚至沒察覺到這點。

當我覺得受不了時，心情突然變得很輕鬆。

——這人，嫁給他也不錯。

我當時是這樣想的。

於是我笑出來。

真的笑得很愉快。

既然花會謝落，就讓花謝落吧，這也是花的命運。

我那時認為，一切順其自然比較合乎情理。

4

人的命運真的隨風向而千變萬化。

不過，即便人被暴風雨颳倒，也絕對有類似樹根的東西。

我在二十七歲那年懷孕。

但是，那孩子——我兒子來不及記住他父親的面貌，戰爭便奪走我丈夫，第二年，我得到丈夫跟隨的軍團在南方叢林內全軍覆沒的消息。

慌慌忙忙地度過守夜、頭七、七七後，剩下的是無味難受的日子。

那年秋天，在某個也是圓月的夜晚，我單獨一人來到那棵金木犀樹下。

十七歲那晚以來，那天是我第一次在花期夜晚單獨一人重遊舊地。不知不覺中已過了十年光陰。在這十年之間，我嫁了人，生了孩子，失去了丈夫。

樹木跟那晚一模一樣，四周飄蕩著花香，靜謐地佇立在原地。

月光細膩地照射著每一片葉子，甚至連時光也都停止在樹木四周。我屏著氣，緩緩地跨進那個玄妙空間。

——啊，就是這兒。

——原來正是這兒。

我全身沉浸在一種令人懷念的深沉舒暢感中。

我覺得似乎再度返回到十年前的自己。

自從丈夫過世後，從未在別人面前掉淚的我，第一次對著金木犀淚流滿面。

我放聲大哭。

全身沉浸在甘甜的眼淚中，我邊哭邊對自己發誓，這是最後一次的哭泣，往後再也不哭了。

那晚，我似乎在樹下睡著了。

清晨，東方天空發白時，我在全身蓋滿金桂花的樹下醒來。醒來一看，四周遍地都是開著黃花的小樹枝。

啊，這一定是在我睡著後，那人為我折的樹枝……

我當時這樣想。

然後，我突然聽到孩子的哭聲。我立即明白那是我兒子的哭聲。

——孩子在家中呼喚我。

明明是絕對聽不到家中孩子哭聲的距離，我卻知道那是我兒子的哭聲。

我趕忙跑回家，孩子果然在面帶憂容的家人懷中大聲哭個不停。

「對不起，對不起。」

我邊說邊抱起哭個不停的孩子。

5

三十歲那年，同樣在金木犀盛開時期，我聽到那棵金木犀將被砍掉的消息。

聽說這一、兩年，樹幹急劇老朽，當局擔憂萬一被強風吹倒而傷到路人，決定在年底前砍掉那棵金木犀。據說有孩子爬到樹上玩，樹枝折斷，孩子受了傷，所以當局才下了此決定，當然這些消息都是傳聞，卻令我非常掛心。

我比任何人都明白那棵樹已經很老了，所以謠言傳到我耳裡時都變成真實。因為我聽說那個受傷的孩子是當時具有不小權力的人的孫子。

而那棵金木犀，雖然樹幹空洞很大，我卻覺得反倒增添了風格。那棵樹至少還可以活幾十年，竟然要砍掉，實在很無情。

有天，我抽空到神社詢問。對方回我說：「我確實有向居民提過這件事，但還沒決定要砍掉。」

我聽後稍微放下心，向對方說：「如果神社方面決定要砍掉，我也沒資格插嘴，只是，拜託你們讓樹木的壽命給樹木自己決定吧。」

我只說了這些話便告辭神社。

歸途路過金木犀時，我發現有位男性站在樹下。年齡大約跟我差不多，他剛好伸長手打算折斷金木犀樹枝。

我立即想起那人，當場停住腳步，對方也發現我，回頭望向我。

我知道對方不可能是那人。

對方尷尬地浮出笑容，向我欠個身。我也情不自禁向他欠個身，彼此都沒開口打招呼，我就直接回家了。

光是這樣而已，我卻覺得彷彿跟那棵金木犀打了招呼。

之後不到幾天，我住的鎮上遭到大規模空襲。

警報響起時，我剛好牽著四歲兒子在神社附近散步。

對面上空佈滿高射炮火網。我看到幾架發出嚇人聲響的飛機飛過藍空。

之後，宛如怪鳥邊飛邊生黑蛋那般，開始撒下炸彈。

我心想，終於來了。

美軍早已在進行本土空襲，敵機飛過這個小鎮上空也並非第一次，只是之前每次都是飛過而已，從來沒丟下炸彈。

我抱著孩子奔向離神社最近的防空壕。

孩子放聲大哭起來。那時我不再去注意天空有什麼。

不一會兒，正上方傳來轟炸機的沉重聲響，接著，我眼前突然綻開一股白光。

爆炸聲傳進我耳裡。

有股熱氣噴到我的眼睛和臉龐，接著是一陣轟然作響的暴風把我吹倒。因事發突然，我無法理解到底發生了什麼事。

躺在地面後，我才明白我被炸彈炸到了。

雙眼看不見任何東西。

我感到額頭上滴落著類似汗水的潮濕東西。

啊，這是鮮血。

由於我雙手護著孩子，我想，孩子應該沒事，但我只能聽到孩子在大哭的聲音，因眼睛看不見而無法確認孩子的安全。

我站起身。

人聲、硝煙、火焰味，大概某處發生了火災。

我雖然站起身，但雙眼看不見東西，根本無法動彈。

「拜託，請救救我們……」我大聲呼喚，這時，有人抓住我抱住孩子的右腕。

那力量很微弱，微弱得會令人產生說是抓住，不如說是捏住的錯覺。那隻手以輕微力量拉著我。力量輕微得假若我不主動往前走，對方肯定也沒法拉動一個女人。

「謝謝你。」剛說完，我便聞到一陣夾在火藥和火焰味中的那股金木犀香味。絕對沒錯，那味道正是神社旁那棵金木犀的香味。香味傳自拉住我的那隻手主人身上。

那味道清晰得令人無法置信，甚至令人感到一股強大力量。

我內心頓時平靜下來，四周的噪聲也逐漸遠去。

我仰賴著那股微弱力量，跟隨香味往前走。

待一切都結束後，有人在鎮上盡頭附近的土橋下發現我。

聽說，那時土橋下只有我跟孩子兩人。

翌年戰爭結束前三個月，我才聽到那棵金木犀在那次空襲中被燒燬的消息。

6

這是我第一次向別人提起這些往事。

哎，反正只是一個好不容易才回到故鄉的老人的舊話。

我孫女也很喜歡我，我現在只希望能在今年秋天隨著桂花一起謝落，那麼，我就心滿意足了。

是嗎？這個鎮上應該也變了不少吧。

因為我眼睛看不見，所以我內心永遠留著往昔的風景和那棵月夜下的金木犀。我甚至還記得在樹上飄來飄去折樹枝的那人身姿。

那人到底是誰呢？

是夢境？

不，不是夢境，應該是木犀精靈吧。

那人到底在做什麼呢？

這點我也不明白。

只有這點，我到現在仍不明白。

不過，人在老了後，連自己不明白的事也會成為樂趣之一。

是的。

我到現在仍相信，那時拉住我的手的人，正是那人。

尾聲

「是的。」老人隔著籬笆對男人說：「那棵樹很雄偉，當時我覺得被砍掉很可惜，所以去偷了幾根樹枝回來。不過，原本的那棵樹在被砍掉之前就因空襲而燒燬了……」

「不過，真是難得，那時的樹枝竟活過來。」

「嗯。雖然只有一根。我把樹枝接在柊樹上，因為接枝時期本來就不合，能活過來等於是一種奇蹟，你看，現在都長得可以開花了。」

老人望向男人身邊的女孩。

「長得很像。」

「像什麼？」

「你女兒的五官很像我往昔見過的一位女性，雖然年齡差很多。我在折這樹枝時，剛好遇見那位女性，我那時以為四周沒有人，所以感到很羞恥。到現在仍記得那位女性。而且，那位女性長得很漂亮。」

「是嗎？」

男人聽到自己的女兒長得很像那位漂亮女性，內心很舒服。

「我母親往昔也住在這兒。既然長得那麼像，也許那位女性正是我母親。」

「有可能。」

兩人面對面笑了起來。

男人瞄了一眼手錶，接著仰頭望向上空。

月亮出來了。

「哎，原來已經這麼晚。」

四周已昏暗下來。

「犀子。」男人俯視站在一旁仰望金木犀的女兒。

孩子的腳跟和男人的腳跟都飄落著金桂花。

「回家吧。」男人握住女兒的手。

「慢走啊。」

「是。」

男人回應了老人，轉身往前走。

妻子大概已經做好晚飯，正在家中擔憂父女兩人吧。

男人走著走著，發現那棵金木犀的香味一直沒消失。

大概身上薰上香味了。

男人無意間看到女兒胸前的口袋中，插著一根開花的金木犀小樹枝。

「妳在學奶奶嗎？」

男人想起母親生前總是在身上藏著金木犀花。

「是的。」女兒答：「是個男生在樹上拋給我的。」

「男生？」

「就在樹上嘛。爸爸沒看見嗎？爸爸跟那個爺爺在聊天時，我一直看著那個男生呢。他在樹上飄來飄去，折著樹枝呢。」

「爸爸沒看到樹上有男生啊？」

男人認為女兒在說些胡思亂想的話。

「有。」女兒有點賭氣地說：「那個男生拋樹枝給我時，還張開嘴唇笑了呢……」

男人聞到一股與女兒身上的金木犀不同味道的香味。

那是正在男人家院子盛開的金桂花香。

父女已經走到可以看到家中燈光的地方了。

男人抱起女兒說：「好，快到家了。」

男人緩緩地往前奔跑。

千日手

1

——哎。

這事該從哪裡說起呢？

就算是微不足道的事件，世上所有事件都是突然降臨的。當然每起事件都有其因果關係，但我們通常不知道到底在哪時種下因而導致果的出現。以將棋來比喻，無論勝負，一定都有導致勝負的一著棋。

那個因，在當事人全然不知的地方生根，再結果。我們只能在某天突然發現自己與果遭遇了而已。

既然如此，這件事也應該從我第一次遇見那男人時開始講起比較恰當。

那天——是五月下旬某個下午。

我走出車站剪票口時，那男人站在我面前。

「請問你是中原先生吧？」

男人的聲音像在口中塞滿了餅乾。

「是的。」

我上下瀏覽著男人的打扮。他穿著藍色夏季西服，提著個黑色公事包。完全是推銷人員的打扮。

年齡大概比我大幾歲，看上去約三十五歲左右。

「對不起，能不能請你抽個半小時給我？」

雖然他的笑容很假，但不會令人感到不快，可以看出他那謙恭笑容深處隱藏著嚴肅神情。

「這要求有點沒頭沒腦。」

「我知道。」

「你好像認識我，但我還不知道你的名字。」

「對不起，我叫森田。」

「請問你找我有何貴幹？」我故意問得很客氣。

我猜不出這個叫森田的男人找我有什麼目的，不過內心認為，倘若是新手法的推銷，跟他玩一下也不錯。因為我正在考慮該怎麼打發他說的半小時的空閒。

「不是跟工作有關。」男人似乎看穿我的心思說：「是將棋。我想請教你一些有關將棋的問題。」

五分鐘後，我跟男人面對面坐在附近一家咖啡廳內。

男人不慌不忙地點起一根煙。

跟他相對而坐後，我發現男人看上去比我想像的還要老。但他的臉龐反倒更接近我的年齡。看來男人的精神與肉體似乎各自累積了不同時間。

「我對你很熟悉。」男人說：「二十九歲，單身，經營一家名叫『投了館』的酒吧。是五段業餘棋士。」

他說得沒錯。

正因為我是業餘棋士，才會跟這個說要向我請教將棋的男人來此地。

對我來說，將棋比三餐更重要，「投了館」也擱著三個棋盤。酒吧成為棋友的聚集場所，總是有人在下棋。因為都是常客，雖然賺不了多少錢，但也不會倒閉。

「你調查了我的事？」
「不是，是聽你說的。」
「我說的？」
「是的。等一下我再說明，現在沒什麼時間，請讓我先說正題。」
不知何時變成男人在主導話題。
女侍送來咖啡，男人卻碰也不碰咖啡。
「將棋有一種局面叫千日手，就是不斷重複同樣局面的僵持狀態……」
「是的。」
「碰到這種局面，是不是永遠都在重複？」
「照理說來是這樣。不過，碰到這種局面時有規則，重複循環幾次後，必須重來。」
「重來？」
「是的。」
「意思是和局後再重新下？」
「所以在成為千日手的局面之前，佔優勢的那方往往會先改變棋子走法。」
「改變棋子走法？」男人的聲音變得很起勁，「那麼，碰到千日手的局面時，要重複幾次才能改變走法？」
「三次。重來時，先下的人和後下的人必須調換順序。」
「三次……」男人閉上眼，深深吐出一口氣。
他拿起快涼了的咖啡，不加糖地喝了一口，再翻著眼珠望著我。
瞬間，我以為男人即將哭出。

他那張筋肉鬆弛的臉頓時露出疲憊不堪的神色，整張臉扭曲起來。

男人沒有哭。

他臉上浮出一個比剛才稍微無力的謙恭笑容。

男人接著問了我好幾個有關千日手的問題。他那樣子看上去不像是喜歡將棋，而是對千日手很感興趣。

我覺得這個名叫森田的男人很怪。他問的方式，聽起來似乎在重複他早已知道答案的問題。

講到途中，男人瞄了一眼手錶。

「時間不多了，已過了半個鐘頭，你會遲到。」

「……」我嚇了一跳。

我的確跟人約好見面。今天因酒吧休息，我正要去見棋友。由於提早出門，邊考慮該如何打發空出來的時間邊走出車站時，剛好遇見這個男人。

「你跟朋友約好見面的地方，是這附近一家叫『高尚』的咖啡廳。」

沒錯。

「你剛才說過，」我說：「你會向我說明你為什麼認識我的理由……」

男人有點遲疑地垂下眼瞼。

「對不起。我想請你今天再跟我見一次面，時間安排長一點，到時候我再向你說明。雖然我不喜歡用這種方式，但為了讓你再見我一面，我先給你個簡單預言。如果我說中了，而你也想知道我說中的理由，麻煩你在跟棋友談完話後，再度到這兒來。我會在這兒一直等你來。」

我聽完對方那種像在賣關子的說法，竟然毫無怒意，這點我自己也感到很奇怪。或許我對這個奇妙男人深感興趣吧。

男人說的預言，是今天將碰面的所有棋友的服裝詳細描述。

2

我提早離開「高尚」，前往男人在等我的咖啡廳。

因為男人的預言全說中了。連棋友之一在前往「高尚」途中所買的領帶花樣，都跟男人說的一模一樣。

「該從哪裡說起呢？」男人說：「老實說，我也完全莫名其妙。我會那樣再三問你有關千日手的問題，正因為我想知道理由。在這件事發生之前，我也只是個普通的上班族……」

男人垂眼望向自己的西服。

「我變成了千日手。」

「啊？」

「正是千日手。我本身在這個被稱為世界的將棋盤上，變成了千日手棋子……」

「……」

「我想，我必須再說清楚一點，你才聽得懂吧。以我的感覺來說，這事發生在幾年前，但以你的感覺來說，這事發生在五個小時後。

「我的工作是汽車推銷員，為了配合客戶的時間，經常工作到很晚才回家。那天，也就是今天晚上，我應該跟往常一樣度過那天。我完成一輛新車合約，離開客戶家時是夜晚十點，之後我到一家常去的酒吧喝酒，將近十二點時在路邊招手叫計程車……」

男人舉起隻手望著我。

「就在那時，我發現自己站在同一天早上的通勤電車內。我嚇了一跳，莫名其妙地度過一天，然後將近十二點時，這事再度發生了。那天以後，我一直在重複這件事。只要過了十六個小時，我會再度回到十六個小時之前的我。這樣你能夠理解我為什麼會說我是千日手的意思嗎？」

「我不相信。」我說：「當作故事來講的話，這很有趣。」

「你不相信是當然的。要是我，我也不相信。所以我剛才才會向你故弄玄虛。如果我一開始就講這些話，你大概也不會告訴我有關千日手的事。」

「你有能夠證明這件事的東西嗎？」

「沒有。」男人沉痛地說：「我只能帶走記憶，就算我記在便條上也都沒用。頂多可以預言現場轉播的電視節目或賽馬結果而已。而這些預言對你來說，也都是一次而已，你會認為我只是偶然說中了。老實說，今天是我第三次跟你見面，第二次向你說明這些事由。」

「三次？」

「是的。第一次見到你時，剛好是這個時刻。那時你在『高尚』跟棋友聊將棋的事。我湊巧坐在你旁邊，聽到你說的內容。那時，也看到了其他棋友的服裝。」

原來如此。

倘若這男人沒說謊，那他會知道我的事並說中棋友的領帶花樣也就不足為奇。

「無論我做了什麼事，總是又會回到之前的我，所以我做了很多壞事。起初我自暴自棄，不但偷了人家的錢，還強暴了我喜歡的女孩子。」

男人說出目前當紅的女性歌手名字。

「你也對她做了？」

「嗯，我是她的粉絲。」

我趕忙吞下想問他感覺怎樣的衝動。因為我腦中浮出我自己的淫褻表情。

「有時在被警察抓走的途中又回到原點。」

男人的口氣很淡然。

「最後連我自己都做膩了。我開始認真調查發生在自己身上的問題到底是什麼現象。之後我每天到書店或圖書館去查。由於不能記在便條上，所以都暗記在腦中。我學了很多東西。何謂時間、何謂四次元、何謂時間機器等等。我打算繼續學一年後，再找個學者，每天跟著那學者學這些東西。畢竟對我來說，時間多得很。因為我不會老去。只是，我最難受的是……」

男人頓了頓，搖搖頭。

「……最悲哀的是，即便今天跟你這樣認識了，你終究仍會回到另一個世界。回到我永遠無法得知的十二點過後的世界。我有很多機會可以再見到你，可是，每次跟你見面時，我都要用剛才那種方式重新與你認識。真的很累。」

桌上擱著兩杯沒人喝過，早已涼了的咖啡。

「走吧。」我說：「離十二點還有兩個小時以上，如果你不嫌棄，我們邊喝酒邊繼續聊。」

我打算一直陪他到今晚的十二點，確認一下他到底會不會真的消失，要是沒有消失，我也想看看到時候他會以什麼態度對待我。

3

喝酒時，男人一直在講述千日手的事。

男人在「高尚」聽到我提起千日手時，才發現千日手和在他身上所發生的現象非常類似。他為了再度詳細問我有關千日手的事，今天故意在車站前等我出來。

男人說，他打算再跟我見一次面，問我有關將棋指南之類的書。

他滿口酒味地對我說，當他感到寂寞時，他會再三再四來見我。

「好的，好的。」我拍拍男人的肩膀，「我是個好人，應該每次都可以跟你做朋友。」

「謝謝。」

男人握著我的手哭出。

「現在的我啊，任何事都可以相信。就算是有神祇或是誰在這個世界之外，把我們當作棋子在下棋，我也願意相信。而那個神祇還是誰，因為某種理由就隨便把我們變成了千日手棋子。我現在總算明白，這世上不管做什麼事，結局都一樣。反正我們都是重複循環的千日手。」

男人不停地喝酒。

「千日手應該是勝負的轉折點吧？換個想法來看，能夠成為千日手棋子之一，不也是很偉大的一件事嗎？我啊，是比你更重要的棋子。」

「那還用講。」

「不過，聽到你說碰到千日手局面，彼此必須重來時，我真的很高興。我雖然不知道他們下的這盤將棋到底有什麼規則，不過我想，他們或許也會停止這種千日手局面，重新下一盤。搞不好，今天晚上我就可以跨進十二點過後的那個世界。」

「也許有一方會先死心，改變走法也說不定。」

「是的。」

男人連連說是的、是的，再度大口喝酒。

「到別家續攤吧。」

「好，續攤。」

兩人同時站起，走出酒館。

隔著高樓大廈仰望的夜空，閃爍著幾顆星眼。

「這星眼真小氣。」

「混蛋！」

風在吹。

男人突然絆倒，身體往前栽去，同時響起一陣車輪在路面摩擦的刺耳聲。

接著響起沉重的砰地一聲，男人的身體飛到半空。

我奔到自頭部撞到地面，全身被壓扁似地躺在路邊的男人身旁。

男人已經斷氣。

下將棋時，有時為了取勝，也會毫不留戀地捨棄地位很重要的棋子。想要改變千日手局面時，也得犧牲一個棋子。

我站在男人一旁想起這件事。

到底是男人對我說了謊？

還是男人雖死了，但他的神志仍回到十六個小時之前的世界呢？

我不知道答案。

男人左手腕的手錶摔在地面，手錶上的時針正好停在十二點。

捉妖精

1

有時，無論做什麼事都會受挫。那年，我每天都在生氣。

雖然我的年齡早已明白這世上萬事不能盡如人意，但我仍像個不聽話的孩子，每天發脾氣，折騰刁難著別人。發脾氣的對象是我四周的所有大人。包括心地善良的朋友和女孩，而主要對象則是我自己——

我名叫岡本優志。今年失學第二年，已經十九歲。

兩年前，因家裡沒錢，我賭氣說要靠自己的力量進大學而離家出走，但實際上光靠打工只能養活我自己，根本沒有餘力準備應試。我徹底體會到自己的想法實在太天真。

我想，人都有上天賦予的某種命運。

雖然別人都說缺乏才幹的人只要努力就好，但努力也是一種才幹。連努力才幹都沒有的人，到底該怎麼辦？

就因為這般那般，那年的我過得相當頹廢。

第一次去觀看脫衣舞是那年，把僅剩的錢全用在草草了事的性愛初體驗也是那年。既然沒錢，當然連約會的咖啡費也付不起。戀愛要花錢，男人要完成第一次性愛儀式也要花錢。

這世上到底是怎麼回事？

九月初，為了一點小事，我辭掉百貨公司那份工資還算不錯的短工，直至九月中旬一直窩在圖書館睡覺。應試的事早已拋到腦後。本來對自己的體力有信心，卻因為連吃了半個多月的速成食品，二十日過後那時，我已經虛脫得全身無力。

存款也快用光，我必須再找個臨時工應急。

二十六日那天，我終於下定決心準備行動。我打算到以前曾打工過的搬運公司和建築公司碰運氣。這回我想做體力勞動賺取血汗錢。

然而，不知為何，大家竟然都說不缺人手，沒人肯僱用我。

我又聯絡了其他兩家公司，兩家都給我類似的回答。我第一次碰到這種事。原來世上也會發生這種事。我覺得全世界都在共謀故意與我為敵。

我沒力氣繼續找下去，回到公寓仰躺在溫濕的榻榻米。無所事事地待到傍晚，越想越不甘心，突然心血來潮地想吃一頓豪華大餐。

我打算到偶爾才去的那家大眾餐廳喝啤酒、吃炸豬排套餐，餐後再點咖啡喝。雖然是一頓不足掛齒的大餐，但對我來說卻是久違的奢侈。那家餐廳的魅力是可以自由添飯。

我先刷牙，再到澡堂洗頭，然後換穿了內褲、T恤和牛仔褲。

總之，我按自己的標準把自己打扮得乾乾淨淨後才離開公寓。

進入餐廳點了菜，隨意翻閱餐廳內的報紙時，視線自然而然地望向招聘廣告欄。

我心想，不知有沒有什麼好工作。就這樣，闖入我眼簾的是如下的廣告：

> 請幫我尋找妖精
>
> 面試日期：九月二十七日
>
> 時間：下午一點～三點
>
> 場所：K飯店・鳳凰間

起初，我以為這是開玩笑。因為廣告沒有記載任何有關工資、勞動時間等條件，甚至沒有註明雇主名。

回到公寓，我再度攤開剛才那份廣告。換句話說，我在餐廳吃完飯後，偷偷撕下那張廣告塞入口袋帶回來了。因為那廣告很吸引我。

這到底是什麼意思？

難道對方真的相信妖精的存在？如果廣告的意思真的如字面那樣——廣告主不是個傻瓜就是大腦構造不正常的人。現代人連十歲小女孩都能區別童話與現實的不同。

這一定有其他目的，否則說不過去。

——半好玩地去試試看吧？

搞不好真的可以得到一份非常有趣的短工。就算事情不成也沒關係，直接回家就好，反正用來打發無聊也不錯。再說，廣告主那種坦率，那種天真幼稚，那種直接寫著「請幫我尋找妖精」的豁達胸懷，又該怎麼解釋呢？

不錯。不錯。

我好久沒這麼興奮了，可以說是那年第一次感到胸口怦怦跳個不停。

2

九月二十七日，下午兩點三十分——

我站在K飯店頂樓鳳凰間門口前。

剛才起，我就被這兒的氛圍鎮壓得啞口無言。茫然得宛如一隻走失狗。好不容易抵達門口，卻站在那扇氣派十足的門口前進退兩難。

看來這是這家高級飯店內最高級的房間。我反倒很奇怪身穿牛仔褲和T恤的我，為何能夠平安無事地抵達這兒。

世上有這種面試方式嗎？

我有點不安。搞不好那個廣告只是個惡作劇，房內住著跟廣告完全無關的房客。要不然至少該在門口貼張「面試會場」的紙條吧？

算了。我決定豁出去。戰戰兢兢地敲了門。

「請進。」

裡面傳出低沉的男人聲。

門突然被拉開，有位全身穿著黑西裝，看似西方電影中豪華宅邸執事（管家？）的男人站在我眼前。他左臉頰有個小小傷疤。

他看到我，頓時吃驚地揚起一方眉毛，微微倒吸一口氣。之後立即恢復表情，向我行個禮，請我進房。

裡面是間極為豪華的客廳。我暗地詛咒身穿牛仔褲滿不在乎前來面試的自己的淺薄想法，縮成一團站在厚得幾乎可以蓋住腳踝的地毯上。

有位戴著墨鏡，年約三十五、六的女性坐在中央的沙發。是個膚色白皙、鵝蛋臉的美麗婦人。

「人來了。」

穿黑西裝的男人如此說，婦人優雅地轉動身子面向我。她身子雖然面向著我，臉孔方向卻有點偏離，感覺像是隔著我的左肩望向房間牆壁。

「那，那個——」

說來慚愧，連我也聽出自己的聲音變得很尖。

「我是看了報紙廣告來的。我叫岡本優志，妳好……」

這哪像是在打招呼，完全亂七八糟。

婦人微微拉長高雅雙唇笑道：「對不起，我眼睛不好，只能戴著墨鏡接待……請坐。」

「是。」我情不自禁恭敬地回答後才坐下。剛才那男人正好端著咖啡進來。

「對不起，安田先生，竟然讓你做這種事。如果是在家裡，我可以自己來。」

名叫安田的那個男人不出聲地在桌上擱下兩杯咖啡，又進入其他房間。

「他是先父的朋友。年輕時曾受過先父照顧，所以目前跟在我身邊，照料已經失明的我，對我非常好。」

我不知該回答什麼，只好保持沉默。

婦人以修長手指靈巧地取起咖啡杯，徐徐喝了兩口咖啡。

「你認為這世上真的有妖精嗎？」婦人突然這樣問。

她手中仍握著咖啡杯。

「你老實說沒關係。反正你不可能真的相信這世上有妖精才來這兒吧？」

婦人將咖啡杯擱回桌上，發出輕微咕咚一聲。

她說得沒錯。

我只是基於好玩與好奇，並懷著運氣好的話可以得到一份短工的心情而來。

「是的。」我認命地老實回答。

「你真老實。」婦人取下墨鏡。墨鏡內出現一雙晶瑩得令人吃驚的大黑眸。我甚至不敢相信她的眼睛真的看不見。

「我曾經看到妖精。三十五年前，在我還未盲目之前，雖然只看過一次……」

「三十五年前？」

「你很驚訝吧。其實我比你想像的還要老很多。」

「沒那回事……」

我本來想接著說，妳很漂亮，卻說不出口。對著一位比我年長很多的女性，我到底想說什麼？我知道自己在臉紅，肯定已經面紅耳赤了。因為我緊張得要命。坐在她眼前的只不過是個毫無防備、未滿二十歲的小孩子。

「你是個好人。」

她露出微笑。那是成熟女性的、出奇優美、驚鴻一瞥的淺笑——如果可以讓我再看到她那種笑臉，就算讓我佯裝成天真無知的小男孩或做其他任何事，我都願意。

我覺得自己的內心似乎都被看穿。

「我決定聘用你，讓你幫我尋找妖精，可以嗎？」

「是。」我答應了。自始至終我根本沒想過要拒絕。

「你叫岡本優志嗎……對了，我還沒自我介紹呢。我叫三房美江，請多關照。」

「請多關照。」

「我喜歡你的聲音。你的聲音聽起來很舒服……」

她閉上眼，似乎在回憶往事。

「我等了三十五年，如今總算可以再度見到那妖精……優志先生，你一定也可以看到妖精，一定可以。」

當我看到她那雙垂下的眼瞼時，我突然明白眼前這位女性背負著極為孤獨的感情，而且一直忍受著那份重擔。假若身邊沒人撐著她，她很可能不支倒地，是孤危又搖搖欲墜的存在。

我能為她做什麼？

我知道，坐在我眼前的這位美麗年長女性，似乎想取回對她來說是個非常重要的某種東西。

「你必須跟我們一起前往霧峰，去我家。我會準備所有必要物品，你只要帶你的隨身用品過來就好。別忘了帶毛衣。雖然我不知道到底需要花上三天還是一個月，但我想，你在我家一定能夠找到妖精。」

3

──九月三十日。

我和安田搭的車在諏訪市內國道二十號線往右轉。眼前出現一條山徑。雖是柏油路，但山徑很陡。

開車的是安田。我的雇主三房美江在目的地等我們。

從東京開了四個多鐘頭的車，安田和我幾乎都沒開口說話。這男人和三房美江到底是什麼關係？他和這回的廣告事件到底又有什麼牽連？我全然不知。

車子先開進霧峰，經過車山後再駛往美之原。途中拐進岔道後便不再有柏油路，這條岔道只能容一輛車通過。

時刻已是傍晚。

太陽即將落入西邊細長連綿的北阿爾卑斯山脈。不久，車子開進一片開始染黃的白樺樹林。四周看不到任何人家。

車子突然停止，下車後，眼前便是三房美江家。說是家，不如說是一棟小洋房。房子四周鋪滿了黃色白樺落葉。

呼出的氣是白色的。在這將近一千五百公尺高的山上，即便是九月下旬，確實需要毛衣。

在屋內等著我們前來的是三房美江以及她親手做的熱騰騰料理。

「我小時候住過這房子，所以在這裡我可以做些簡單料理。」

她對著吃驚的我如此說明。

三人用餐後，一起喝著她泡的咖啡。美味得很。

這種招待方式不像是針對一個來打工的人，反倒像在招待客人。

「你滿意嗎？」

「非常滿意。」

尤其是咖啡的味道，恐怕連高級咖啡廳也比不上。

這時，我已經下定決心。我決定凡事不慌不忙地順其自然。

至於她說的妖精那件事，我在這兒到底該做些什麼，我想，不用多久，她一定會向我說明。也許是吃過飯又喝著這麼美味的咖啡，才令我能平心靜氣接受眼前的一切吧。何況說來慚愧，這三天來作夢也會夢到的三房美江，此刻正在我眼前。

在這種人跡罕至的高原古式洋房，跟一位失明的年長女性和身分不明的沉默寡言男人住在一起，加上什麼妖精之類的，如此舞台條件全齊全，不可能不會出事。

「你坐了那麼久的車，應該累了吧？有關工作的事，明天再詳細說明，今天你先去洗個澡，睡覺吧。」

我聽從她的話，泡在有點燙的熱水中。在浴缸內打開浴室窗戶，窗外吹進含著秋季白樺味的冷風。星眼在透明深藍夜空中閃閃發光。

「明天起就是十月了……」

但此地已完全是秋天。

洗完澡，我扛著行李跟在三房美江身後到二樓某個房間。往後在我尋找妖精的期間，這兒就是我的房間。窗戶有點大，窗口擱著一張床，床頭另有一張靠牆的桌子。

我趟在床上，卻輾轉不眠。床墊很軟，我四肢很累，眼睛卻炯炯有神。

點亮筆燈，我伸手到枕邊的桌面。自剛才脫下擱在桌面的藍色獵裝夾克口袋，取出那張偷偷撕下的廣告紙。

「請幫我尋找妖精」——實在很難想像我竟會在不知不覺中來到信州這種山上。這幾天來，我幾乎全忘了應試的事。

將廣告紙塞回口袋，熄燈，我閉上雙眼。

或許，我被捲入一樁意外事件了？

在這棟相當寬敞的二樓洋房裡，除了我，只有她和那個男人住著，光這點就很奇怪。她是獨身嗎？——

我腦中浮出她那有點陰沉、既優美又柔和的笑容。本來打算儘可能把那笑容印在心上，不料我竟迷迷糊糊地睡著了。

我在作夢。

夢中，我不時發出呻吟想逃離某種可怕的東西。在那無法熟睡的惡夢中，我聽到有人在哭泣。是小女孩的聲音，像隻迷路小貓在尋找父母那般。

我睜開雙眼。

發現全身都在出汗。我想撥開黏在額頭的頭髮，突然全身動彈不得。

因為我依舊可以聽到那哭聲。那哭聲跟我在夢中聽到的一模一樣——

我以為自己仍陷於夢中。但，不是。因為隔了一會兒，我確實再度聽到小女孩的細微啜泣聲。待我回過神來時，我發現整個房內充滿若有若無的朦朧白光。

——房內有人！

而且就在我身旁。

我在床上撐起上半身。

「誰？」我發問，聲音有點顫抖。

「誰在哭？」

沒人應聲。我突然覺得很害怕，起身點亮電燈。

房內沒有人。

——在門外。

我衝過去拉開門。

門外站著名叫安田的那個男人。

「吵醒你了？」他手上捧著擱有水壺和杯子的盤子。「她要我送水過來……」

「安田先生，這屋裡只有我和你和三房小姐嗎？」

「是的。」

「其他呢？」

「只有我們三人。」聲音毫無感情。

「我剛才聽到小女孩的哭聲，安田先生聽到沒有？」

「沒有。」

他將手中的盤子遞給我。

「晚安。」說完，轉身離去。

我關上門，把盤子擱在桌上，傾耳靜聽。然而，聲音已經消失。

瞄了一眼手錶，剛過十點。

4

吃完早餐，她傳喚我到她房裡。

大窗口射進大量陽光，她坐在陽光中的椅子等著我。

她面前有張桌子，對面擱著一把椅子。

「你坐吧。」

我有點緊張地坐下。

房內一直響著低沉緩慢的小提琴旋律，是韋瓦第的《四季》的〈春天〉第二樂章。

「這是韋瓦第？」我問。

「是的。」她嘴角看似微微一笑。

「我最喜歡這部《四季》。該怎麼形容呢？就像旋律中關閉著永遠。我的意思不是數學的那種無限，而是更具柔軟性的時間所構成的圈圈……」

優美的小提琴旋律與陽光粒子融合，飄蕩在房內。我邊聽音樂邊觀看房內，發現一件事。房內到處擱著絨布狗狗。顏色多彩多姿，但大小都差不多，也有外型相近的。

「這房內有很多布製玩偶。」

「很怪吧？都這把年紀了……」

「不怪。」

「小時候，我父親第一次買給我的玩偶正是狗狗。那時我很高興。大概是那時的興奮還留在內心深處吧。有關我父親的記憶……也可以說是遺物，如今只剩下絨布狗狗和那邊的佛像而已。」

她不是用手指而是轉頭向我指示方向，我朝那方向望去，發現床鋪一旁的書架中擱著一個小孩拳頭大的佛像頭。看上去似乎本來有軀體，後來被人用力扭下頭，那個佛像頭正歪著頭望著我們。

「我昨天也說過，我想對你說明一下有關我父親的事。」

我內心想，終於等到了。

總算可以聽到有關那妖精的事。

不知何時，《四季》已從春天轉到夏天的強力旋律。

「我父親是占卜者……」

她開始徐徐講述。

「不過，他原本是個教師。起初對占卜只是感興趣而已，就是學問性的興趣。後來逐漸入迷，慢慢得知自己具有這方面的素質。

「我父親對我說，占卜者和預言家可以大致分成兩大類。一是任何人都能透過學習而得到的統計學性占卜，另一是靠靈感。我父親似乎認為自己的能力是靈感那類。

「那時我剛出生不久，只曉得大致情況，我想，我父親大概是越陷越深，最後覺得占卜對他來說是不可欠缺的東西。我父親辭去教職，隻身渡海前往中國。他的目的好像去尋找特定的物品，佛像那類的。我不知道他到底怎麼得手，總之，我父親帶著那尊佛像回來。

「起初，我父親似乎也沒想到他日後會靠占卜賺錢。回國後，他在朋友開的一家工廠工作，另外也替人卜卦，他的卦算得很準，口碑很好，後來辭去工廠工作，專門以占卜為生。

「有一次，他為軍人卜卦，自然而然地跟軍人開始頻繁來往，對於部隊的簡單作戰似乎也給予參考意見。那時他的收入增多，結了婚，也生下我。這棟房子也是因為我父親的意見起了很大作用，部隊賞給我父親的。

「我父親在當時彷彿是個小規模新興宗教教主的存在。聽說有人真的想把我父親捧為教主，只是我父親一直堅決地婉拒。

「我父親有他自己的信念，他認為人類本來便具有占卜或預言的能力……他告訴我，占卜者經常使用的水晶球之類的東西，目的在集中精神，以便誘發當事人本來便具有的能力或靈感，只是一種道具而已。據說，預言或占卜能力本質上不在道具，而在當事人本身所具有的力量。對我父親來說，那個道具正是那尊佛像……」

唱片停止了。

房內只剩奇異的沉默。

我起身去翻轉唱片，把唱針擱在亮晶晶的唱片紋上。房內再度響起《四季》的旋律。是優閒的秋天旋律。等我坐回椅子，她再度開口講述。

「十歲時，我的視力逐漸減退，那年我母親發生意外而過世。醫生對我父親說了一個很難懂的病名，並告訴他，我遲早會失明。

「失去妻子，又得知獨生女將會失明的事實後，我父親很心痛。

「他最後的期待是戰爭早日結束，好帶我出國看病。那時我父親的地位似乎已經超越占卜者身分，跨進難以自拔的領域。

「有一天早上，我到父親房間，發現佛像頭和佛像軀體四分五裂地散在地板上，我父親則坐在佛像前發呆。我站到我父親身旁，他摟著我叫著我的名字『美江』，聲音聽起來像失去魂魄似的。

「『美江，日本會戰敗。日本戰敗後，戰爭就會結束。可是，戰爭結束之前，妳的眼睛……』

「我父親的態度很不尋常，所以我也摟著他嚎啕大哭。那是昭和十九年的夏天……」

「是三十五年前的事。」我說。

「是的。」她輕聲回答。

「不到一個星期，父親買了一個絨布狗狗給我。是天鵝絨製的白色狗狗，摸起來很舒服……」

她在胸前用雙手比著絨布狗狗的大小。「大概這麼大。我那時高興得很……」

「妳一直很珍惜那個布製狗狗。」

「是的。那是在我年幼時期最後一次的快樂回憶。狗狗的大小和摸起來的感覺，我到現在仍記得很清楚。現在的你可能無法理解，不過，人哪，年紀一大，這種無聊的片段斷記憶都會成為艱辛痛苦時的支柱。」

眼前的女性在剎那間變成個令人憐愛的少女。

不知道幾十年後，我能不能像她這般回憶起此刻的自己。像她這般回憶著痛苦的過去，卻依舊可以向對方說，那段日子過得很快樂——

我尋不著答案。

或許，「時間」具有魔法，可以在將來把過去痛苦的日子變成寶石。

《四季》轉為冬天的樂章。

「九月初，我父親不再回來。他被軟禁在部隊內。大概是我父親說日本會戰敗的事傳到部隊內了吧。那時戰況已經惡化。而我父親具有很大的影響力，所以部隊想逼我父親說出日本會戰敗的根據。

「不久，部隊來了幾個人，他們翻遍了整個家中，連地板也不放過。聽說連我母親那邊的親戚以及父親友人家都遭到搜查。

「我單獨一人被移送到信州這個家，處在一種變相的軟禁環境中。

「母親那邊的親戚算是我的親屬，不過他們大概不願被捲入麻煩事件裡，所以是部隊的人在照顧我。我很快就失去視力。

「有一天，部隊來了兩個男人，一個是年長男人，另一個是年輕男子。他們讓我看了四分五裂的佛像，問我說：『這裡頭應該藏有東西，妳知道是什麼嗎？』

「我回說不知道，那男人說：『這事對國家很重要。』之後又對我怒吼：『妳最好不要隱瞞。』

「我邊哭邊要求對方讓我見父親一面。

「『妳老實說出的話，我就帶妳去見妳爸爸。』年長男人的聲音突然變得溫柔。我為了想見我父親，答應對方全部據實回答，也回答了對方所問的所有問題，但是對方似乎不滿意我的回答。

「年長男人死心地離座時，一直默默無言的年輕男子指著我的絨布狗狗說：『這玩偶很可愛。』

「我有點高興，對著他笑。

「『誰給妳的？』

「『爸爸給的……』

「男子聽了後，表情突然變得很可怕。

「他要搶走我的狗狗──當時年幼的我憑直覺明白了這點。所以我當場放聲大哭。

「『怎麼了？』年長男人回座後問。

「『沒什麼，只是有點嚇到她了。』

「我雖然在哭，卻也理解年輕男子說了謊。

「『對不起。』年輕男子笑著摸摸我的頭，可是我心裡有數。

「──是今晚。

「今晚等我睡著後，這個男子一定會來偷我的絨布狗狗。

「當天夜晚——我一直沒睡著，一直摟著絨布狗狗坐在床上。我在想，假如那個男子真的進入我的房間，我便馬上跳出窗口逃離。黑暗中，我摟著絨布狗狗拚命為我父親祈禱。

「喀嚓一聲，傳來門把轉動的聲音。我在房門上了鎖，所以對方無法立即打開房門。我發出尖叫，打開窗戶，拚命地沿著導水管爬到樓下。這對當時已失去視力的我來說，不是一件簡單的事情。我慌張地逃進樹林裡。我知道那男子一定會馬上追過來。

「就這樣，我在樹林裡碰見了妖精。是妖精救了我。」

「妖精救了妳？」

「是的，那人說自己是妖精。」

「聽妳這樣說，妳父親似乎把佛像內的東西藏在妳的絨布狗狗內？」

「應該是這樣……」

「妳不知道那到底是什麼東西嗎？」

「坦白說，絨布狗狗被那妖精帶走了。」

唱片早已停止轉動。

太陽好像升高了，自窗口射進的條狀陽光已靠近窗邊。

「可是，妖精為什麼會帶走絨布狗狗呢？」

「妖精那時對我說，這是不能擱在此地的東西。妖精又說，等妳長大後，在三十五年後的秋天十月，我會把絨布狗狗還給妳，妳在這兒等我……」

她的表情變得很柔和。

「在我完全失去視力之前，最後看到的正是那個妖精。妖精出現在白光中，又消失在白光中。我記得妖精背後長著小小的藍色翅膀。他是很溫柔的男妖精。我這輩子，除非再度見到那妖精，取回我的絨布狗狗，查出裡面到底藏著什麼東西，否則我無法過我的新人生。」

「結果，妳和妳父親在那之後變得怎麼樣？」

「我現在不能告訴你那之後的事情。你必須待在這兒，等妖精出現時，代替失明的我找出那妖精。」

「我該怎麼做才能找出那妖精？非我不可嗎……」

「是的，非你不可。至於該怎麼做，你什麼都不用做。你只要在這兒跟平常一樣過日子，等你找到妖精、捉住妖精時，到時候再通知我便可以……」

我突然想起昨晚那個女孩的哭聲。我問她有關那女孩的事。她的眼神頓時充滿了不安，接著突然發亮起來。

「是嗎？你聽到哭聲了……」

這是她第一次在我眼前露出興奮表情。

她在對面桌上摸索著雙手，握住我的手。

「快了。我現在不能告訴你任何事，不過我想，你很快就能找到那個妖精……」

5

如此平安無事地過了幾天。

那晚以來，我再也沒聽到女孩哭聲。我只是同她一起聽著韋瓦第的曲子，陪她在白樺樹林裡散步，就這樣過了幾天。只是，無論我做什麼，總覺得有對視線在望著我，而當我回頭時，看到的一定是那個名叫安田的男人。

——那天夜晚。

我自淺夢中醒來。

因為我又聽到那個小女孩的哭聲。而且哭聲確實傳自這個房內。

我在床上起身。

那是走投無路般的悲戚哭聲。

至今為止，我從未聽過這麼悲傷的哭聲。

是誰？

到底是誰在哭？妳在悲哀什麼？我在內心如此呼喚。

哭聲依舊響著。

是誰？是誰讓這麼小的女孩子哭得這麼傷心？真是不可原諒。不管是誰，不管為了什麼原因，讓女孩子這樣哭的傢伙實在很差勁。

「妳在哪裡？」我壓低聲音呼喚。整個房內微微發出朦朧白光。

倘若能見到那個小女孩，我真想摟住她並幫她擦眼淚。

——爸爸——

女孩邊哭邊輕聲叫著。

我腦中突然迸出某種東西。

哭聲轉為輕微的尖叫。

白光移到窗口，跳出窗戶。我慌忙打開窗戶。

白光順著導水管往下移動。

我急忙穿上衣服，套上毛衣，再穿上鞋子，披上藍色獵裝夾克。我爬出窗口，沿著導水管往下爬。圓月在白樺樹梢上的清澄夜空發亮。四周靜謐得猶如透明的藍色湖底。

我踩著落葉走進樹林內。帶著幾分濕氣的落葉味裹住我全身。微風吹起。樹枝在頭上沙沙作響。

說是高原，畢竟是山中。樹林內有數不盡的高低起伏。我到處尋找剛才的白光，走著走著，全身已微微出汗。我脫下獵裝夾克，披在背後，將袖子綁在脖子上。

房子西邊有處寬敞地方。一部分樹林在此中斷，地面形成緩坡往西邊滑下。

就在那道緩坡的起點，有一棵高大榆樹古木，古木前方正發出朦朧亮光，並傳來女孩哭聲。

亮光逐漸增強，比剛才更亮。我從樹幹後繞過去看，發現女孩哭聲傳自亮光中央。

女孩突然停止哭聲，接著傳出類似尖叫的嘶啞聲。

「不要，你走開！」

亮光又增強了。

在那瞬間，我衝進亮光中。

6

我眼前站著一個年約十歲、穿著綠衣的女孩。她嚇得不成人樣，背靠著榆樹樹幹，胸前緊緊摟著一隻白色絨布狗狗。

在她面前有個跟我年歲差不多的年輕男子。那男子正在挨近女孩。

「把玩偶給我。」

「不要，你不讓我見爸爸，我就不給。」

「妳爸爸昨天已經過世了。是妳爸爸拜託我來這兒的。」

女孩僵直著身子，倒吸一口氣。

——怎麼可以欺負這麼小的女孩？

我內心湧起一股自己也無法控制的怒意。

怒意爆發。

我盡情地迸出喉頭深處的能量。

「放手！」我大吼。

那是噴火般的吼叫。

年輕男子嚇了一跳，僵住身子。不過也只是瞬間而已，他間不容髮地撲向我。對方的反應非常敏捷。然而，先發制人的我佔了優勢。我朝他下巴踢去，沒踢中，卻狠狠踢中他的腹部。是個漂亮如畫的還擊。

躺在地面的男子壓著腹部猛力站起。他沉下腰擺起架式。

對方的恢復力快得令人吃驚。平日一定時常鍛鍊腹肌。

男子慎重地縮短距離。

他身上有一股千錘百鍊、野獸般地兇氣。全身發出類似動物的精氣。我當下領悟出我絕非他的對手。

男子撲進我懷中。是柔道。剎那間，我的身子已被拋到半空。這是一招強烈的腰技。他把我拋出去時，同時將他的體重也投在我身上。完全是實際作戰時的柔道技法。我腰部狠狠地落在地面。

男子順勢扭住我纏在脖子上的袖子，勒住我脖子。我差點昏厥過去。隔著男子肩膀，我看到月亮。月亮很漂亮。這種感覺很奇怪，接著，我的身子逐漸變輕。

遠方傳來女孩的尖叫。

逐漸遠離的神志又恢復過來。我死命地掙扎。扭動著雙腳，揮舞著雙手。男子卻四平八穩。我右手碰到某種東西。我用力抓住那東西，狠狠甩向男子的臉頰。

手中有擊中對方的感覺。勒住我脖子的力量突然放鬆。男子的軀體傾倒在我身上。我猛烈咳嗽地自男子軀體下抽出身。

氣喘吁吁地尋求空氣，再扔掉握在右手中的石頭。

「他死了？」女孩驚嚇地問。

我伸手到男子鼻孔探看氣息。

「沒死，還活著。」

我挨近女孩，女孩膽怯地往後退。

「不要怕，美江。」我盡量柔和地一字一句對她說。

「你是誰？你怎麼知道我的名字？」

我想起白天三房美江曾說過的話，思考了一下，然後對她說：「我是妖精。」

「你的翅膀折斷了。」

她指的是勉強還纏在我脖子，垂在我背部的獵裝夾克。對視力已經減弱的她來說，夾克看上去像是一對翅膀吧。

「妳的事我都知道，也知道妳爸爸的事。那隻絨布狗狗是妳爸爸給妳的吧？」

女孩的臉突然扭成一團，她擠著五官，雙眼溢出眼淚。

「我爸爸，我爸爸……」她邊哭邊撲向我。我彎下腰用力摟住她。

她的身子既小又溫暖，而且顫抖得像隻小鳥。

「我一直都是單獨一個人，現在真的變成單獨一個人了……」

她不停地抽噎，我聽不清她接下去到底說些什麼。

她的熱淚以及每抽噎一次就會自她壓在我毛衣的臉、嘴巴傳至我腹部的嗚咽聲，比任何雄辯都足以傳達她的悲傷。

我真是何等無力的存在啊。我只能摟住她，不斷輕撫她的背部。

過一會兒，我對她說：「妳給我看那隻狗狗好不好？」

她在我的腹部點頭。

我藉著月光在微弱白光中查看那個白色布製玩偶，尋找藏有東西的痕跡。仔細觀看後，我發現狗狗脖子接縫處有點鬆開。

我用手指硬塞入鬆開處，拆掉縫線，裡面果然藏有東西。取出一看，是一粒堅果和一張摺得很小張的信紙。

信紙上寫著文字。

我讀著文字，之後明白了一切。

這兒果然是三十五年前的世界。是昭和十九年，戰爭結束前一年。

「是什麼？」

「是妳爸爸寫給妳的信。」

她接過信紙，然後悲哀地抬臉望著我。「我看不懂……」

我輕輕地從她手中取回信紙。

用不著的東西。」

「這封信寫著美江……不，寫著這世上任何人目前都無須知道的事。這粒蘇摩果也是這世上

我懷著悲痛心情將信紙和堅果再度塞入絨布狗狗。

「不，把信還給我。」

「妳聽著，好好聽著，我求妳……妳千萬要記住我以下說的話。」

「我不要，我不要。」

「我一定會回來還妳這些東西，我向妳保證。三十五年後的十月，妳要在這兒等我，到時候我一定會回來還妳這些東西……」

遠方傳來人聲。

有人正在往這邊挨近。看來時間已剩不多。

「美江，妳離我遠一點，讓我專心思考妳爸爸的事，思考三十五年後的事。我會對著絨布狗狗專心思考。」

我對著絨布狗狗拚命思考三十五年後的事。

假如她父親三房矢一郎說的話無誤，那麼，任何人應該都可以藉助這粒蘇摩果的力量超越時空。

亮光急速增強光輝。

好，繼續增強下去。

她的幼小身子和四周的景色逐漸模糊不清。她對著我，口中不知在喊些什麼。

——到底在說什麼？

「我喜歡你！」

在所有亮光熄滅之前，我聽到她好像這樣說。

7

我站在她房間前，輕輕敲門。裡面沒應聲。

此刻仍是深夜。我轉動門把，門悄聲開了。我迅速滑入門內，再悄聲關上門。

透過窗簾，月光隱約射進房內。

我站在她枕邊。

「誰？」她在淡薄黑暗中睜開雙眼。在微弱月光中，她的雙眼發亮得看似濕潤了。

「誰？是優志嗎？是你吧？」

她緩緩起身。

「是妖精……」我對著她悄聲道。

她瞬時屏住氣，再緩緩吐出氣息。呼吸微微發抖。

「我總算捉住妖精了，捉住妖精了……」

我在她手上擱下剛才自三十五年前帶回來的絨布狗狗，再輕輕吻了一下她那沒擦口紅的豐潤嘴唇。這是情不自禁自然做出的動作。

起初，她的手緩慢地撫摸著狗狗，接著急促撫摸起來。

「對，正是這個！正是這種觸感！」

眨眼間，表情變得歡天喜地。

雙眼不停溢出大顆眼淚。

原來我竟讓這位女性等待了三十五年之久。

「啊！」

她握住我的手拉近我，並迅速地以出人意表的力量摟住我。

「原來是你，果然是你。我早就知道，一定可以再見到你。」

她的嘴唇在搜尋我的嘴唇。

這位美麗的年長女性，就在剛才的三十五年前，一樣在我懷中顫抖著身子哭泣。但是，這回所流的眼淚意義完全不同。

「應該有我父親……有我父親的信。」

我點亮燈，從絨布狗狗體內取出信紙，讀給她聽。

——給親愛的美江——

美江啊，當妳找到這封信時，妳的眼睛很可能已經看不見東西了。或許，我這個爸爸也早已不在這個世上。

美江啊，跟這封信一起塞入狗狗體內的是一種已經絕種，名叫蘇摩的堅果。這是古代印度人用在宗教儀式的果核。他們用這果核製造蘇摩酒，司祭再用蘇摩酒和眾神交換神諭。

這粒堅果原本藏在佛像中。佛像是爸爸在中國得手的，我猜應該是自尼泊爾那一帶傳進中國的。其實那不是佛像，是印度教三大神之一的濕婆神。

這類神像通常在頭部藏著寶石或跟宗教關係密切的東西，爸爸知道這點，才設法得到這尊神像。

這粒堅果可以感應人心，賦予那人各種力量。爸爸的預言和占卜力量都是靠這粒堅果得來的。只要擁有這粒堅果，任何人都能擁有同樣力量。我想，這粒堅果也具有讓人活著超越時空的力量。爸爸自己雖然從沒試過，但爸爸相信這粒堅果可以連結三十五年左右的未來和現在。

爸爸自神像內取出這粒堅果，親眼看到了未來。美江啊，爸爸考慮到妳的眼睛，才忍不住這樣做了。

美江啊，日本會戰敗。到那時候，妳大概也會失去視力。我看到的是廢墟和滿街數不盡的屍體。日本大概會被一股巨大力量衝倒。

不過，日本應該會很快再度站起。日本會改頭換面，新面目或許可以稱之為和平。美江啊，為了妳，爸爸衷心期待那一天的到來。

但是爸爸可能無法目睹那一天的到來。爸爸因為說出日本會戰敗的事實，部隊已經開始行動。在部隊把我帶走之前，我必須寫下這件事。

部隊方面很可能想利用這粒堅果改變戰爭，但我絕不能讓他們這樣做。局勢已經進展到用這粒堅果再也改變不了事實的地步。倘若用了，可能會有反效果，那樣的結果比爸爸至今為止所下的渺小預言更令人恐懼。

美江啊，或者代我女兒閱讀這封信的貴人啊，我只能拜託你，拜託你以最適當的方式處理掉這粒堅果——

美江啊，爸爸從未為妳做過為人之父應做的事，爸爸對不起妳。請妳原諒爸爸。唯有妳是爸爸心中的遺憾。

即使爸爸不能回來，即使妳將盲目，爸爸仍衷心希望妳能堅強地活下去。

昭和十九年八月三十日　父親•矢一郎

讀完信時，有個男人站在我身後。是安田。

看到他臉頰的傷疤，我想起三十五年前遭我用石頭毆打的那個年輕男子的面貌。

「你那道踢腿真的很厲害。」安田抿嘴一笑。

「原來那男子是你？」我大喊。

8

好了，目前已回到東京的我，必須完整地結束這段故事。

先講述安田的事吧。

他的確是那時跟我打鬥的男子，而且跟那位美麗的年長女性三房美江是同一夥人。他雙親在往昔曾因矢一郎的占卜而得救，三十五年前當時，他主動成為矢一郎的弟子。

安田跟矢一郎同時被部隊抓走，在接受審問期間，矢一郎偷偷告訴他真相。身體衰弱的矢一郎明白自己的死期已逼近眼前，所以託安田處理蘇摩果並代他照顧女兒。

那時安田佯裝願意協助部隊，一起來到霧峰。

戰爭結束後，他盡所有力量找出離散的三房美江，並買回已轉讓給他人的這棟房子。我第一次在那棟房子聽到的那女孩的哭聲，是三十五年前年幼的她剛被帶到那棟洋房時的哭聲。

她懷中那個絨布狗狗體內的蘇摩果，感應了她一味思念父親的情感，偶然將她的哭聲帶到三十五年後的空間。

至於那則令我想不通的「請幫我尋找妖精」的廣告內容，也是安田一手策劃的。

三十五年前，他在跟我打鬥時，撕破我的口袋，結果那張我自餐廳帶回來的廣告掉在地面。

安田找到那張廣告，一直珍藏著，三十五年後，也就是今年，他託廣告公司製作了同樣內容刊登在報紙。

他在飯店第一次看到我時，顯得很驚訝，現在想來其實也是理所當然。而她也跟安田一樣，一開始就明白我是那個妖精。因為他們兩人在當年同時遇見了未來的我。

附帶一提，安田在飯店送出咖啡的行為，正是一種「這人就是那個妖精」的暗號。因為她已經盲目，認得出我的人只剩安田。

雖然她說過，她在聽到我的聲音時便明白我就是那個妖精——

至於蘇摩果，現在應該仍安眠在霧峰某處。我本來打算燒掉，卻辦不到。結果用透明膠帶綁在山雉腳上扔至天空。膠帶應該會立即脫落，所以蘇摩果也應該會落在某個山中。無論果核腐爛或發芽成長，均只有上天才知道答案。

目前的我正忙著準備應考。雖然有點遲，但我打算盡己所能。

另有一件讓我有點悲哀的事，是前幾天我收到婚禮喜帖。正如你們所推測的那般，是三房小姐和安田先生的婚禮。

此刻的我正在回憶年幼時她那小小身子的觸覺，以及她那優美柔軟的雙唇而嘆氣。

總之在最後關頭時，安田搶走了真正的妖精角色。

話又說回來，那粒蘇摩果似乎具有讓人保有青春的作用。由於有點嫉妒他們，在此我就揭穿她的秘密，她其實已經四十五歲了。

有一點令我很奇怪。

就是最初製作那張「請幫我尋找妖精」廣告的人，到底是誰？

搞不好妖精真的存在於時間的縫隙某處。

我當然會參加他們的婚禮。

二輪草谷

1

山谷仍有殘雪。

清晨溪谷一旁的森林內部，隱約飄蕩著深夜的冷氣餘韻，有些地方仍保有冬天的沉默，堆積著白雪。

缺乏色彩的森林內，只有積雪處白得令人訝異。

積雪上覆蓋著在冬季期間堆積的針葉樹枯葉和小樹枝。透過枯葉和樹枝，底下的白雪鮮明得刺眼。是透明靜謐且清澄妖豔的白。

山中小徑偶爾會穿過白雪，細長地往前延伸。

我聞著風中若有若無的雪味往前走著。

早春的森林已完全失去生物特有的味道和血汗體液的感覺。

我已經好久沒體驗堅硬登山鞋淺淺踏著白雪的觸感。鞋底下白雪的抽緊聲聽起來很痛快。

可以確實感覺到肉體的節奏逐漸鏤刻在山中。

這趟登山行不趕時間。可以慢慢地讓自己的呼吸與山中呼吸同化。

我讓自己的肉體細心咀嚼、消化般地往上爬——

每次一步一步跨出步伐時，我可以感覺出自己的身體逐漸在適應深山。

這是長滿二輪草❶的山谷。森林內有些地方甚至蓋滿了足以淹沒腳踝的白色小花。

雖說此地仍有殘雪，但春天已來臨。

二輪草的嫩綠和白花蓋住了小徑，幾乎看不到路。要往前走，必須踩著小花，否則寸步難行。

二輪草叢內埋著好幾棵長滿蘚苔躺在地面的古木。

比二輪草高兩個頭的是延齡草，也是開白花。
陽光自綻出嫩芽的日本山毛櫸樹枝間射進，在森林地面畫出亮光斑紋。
每逢起風時，亮光斑紋會在薄綠地毯上搖晃。
我輕輕踏著那些亮光斑紋和二輪草，逐步登上森林內的緩坡。
四周樹林零星可見石楠花。
昨天走了一整天的疲累已消失。
就一個好久沒登山的二十八歲上班族來說，狀況還算順利。
只要在進山後第一天多走一些，第二天腿就不會痠軟。
節奏很好。
全身肌肉微微發熱。
我壓抑著肉體的昂奮，緩慢地往上爬。我正自山谷往山脊前進。
斜坡變得很陡。積雪逐漸增多。二輪草草叢也隨之減少。
背包的重量仍不怎麼重。整體重量應該不到二十公斤。
現在的我已經無法像學生時代那般，揹著四十公斤重的背包拚命登山，不過二十公斤重的話，走起路來還輕巧。
這是條人跡罕至的登山道。沒有路標，也很難分辨山路。正因為如此，我才選了這條登山道。
背包內裝著足夠一人在山中過幾夜的食品和用具，我把學生時代用過的道具全帶來。
最近流行戶外活動，市面上出現很多迷你型的簡易炊具和燃料用具，只是學生時代用過的道

譯註❶：鵝掌草。

具仍可以用，我捨不得扔掉。

都是些曾經滲透我的汗水以及各座深山味的道具。

我的目的是盡量不與人接觸，單獨一人靜謐地在山中度過幾天。

背包內裝的也是只夠在山中過幾天的必需品而已。

五月末——按理說，在這個時期爬到這種高度，應該仍有大量殘雪。

但今年的積雪比往年少。

再往上爬的話，積雪量可能會增加，但應該還不到使用冰鎬的程度。

我已經路過幾處森林與森林間的崩塌處，是一部分山壁因大雨而崩塌露出岩石和泥土的斜坡。

這回不知是第幾次了，我又碰到大規模的崩塌處。

放眼望去，自右而左全是崩塌的陡坡。說是崩塌陡坡，不如說是懸崖。

小徑穿過懸崖陡坡往前延伸。

懸崖在五十公尺前中斷，再過去又是一片森林。

幾年前我仍是學生身分時，曾經走過這條山道，那時沒有眼前的懸崖。

眼前出現出乎意料的清澈藍空。明亮陽光射在褪色發白的陡坡。

右邊遠方上空可以望見岩石山巔。

只要再走四小時，樹林帶便會終止，可以登至偃松和積雪的岩石山脊。

我暫時駐足，刺眼地仰望那道岩石稜線。

風聲響起。

我陶醉地傾耳聆聽風聲。一股傷感情懷勒緊我的心臟。

只要在中午前登上山脊，應該可以提早抵達山頂肩頭的山小屋。

我慎重地往崩塌處跨出腳步。

來到崩塌處中央時，我看到奇怪的色彩。

邊前進邊抬眼望向右上方的山脊時，不知是第幾次，我望見紅色東西。

那是在這時期的山上不可能存在的色彩。

目前離花開時期還早，即使是花開時期，紅色系統的花在山中很罕見。

這一帶頂多只有橘紅色的輪葉百合，再說輪葉百合的盛開時期是夏季。

是人工紅色——

在人跡罕至的這種地方突然發現那顏色，令我覺得有點失望且困惑。

這世上再也沒有比在登山途中看到登山者丟棄的垃圾時更令人討厭的事。

我暗地希望那個紅色東西最好不是可樂罐，但立即理解那不是可樂罐。

是類似布料的東西。

那塊布半邊埋在右上方岩石一旁的泥土中。我不自覺地往那塊布橫向登上陡坡。

距離不遠。

我停住腳步，拾起那塊布。

是一條頭巾。

頭巾有印度風格花紋，但顏色褪色得厲害。

我一時不敢相信剛才那鮮明躍進我眼簾的顏色，是這條頭巾的顏色。

大概有人在這條登山道掉落了頭巾，之後被風吹到此處。

我看不出這條頭巾到底經歷了多少遭風吹雨打雪蓋的時日。

在我拾起這條頭巾那瞬間，我已經失去丟棄頭巾的念頭。

當然也沒打算要用這條頭巾。即便拾起的是個可樂罐，我大概也不會隨手丟棄。我想丟棄在山小屋的垃圾箱或其他地方。

我拍了拍頭巾上的泥土，再挽起襯衫袖子，把頭巾綁在左手腕。

2

崩塌處與森林的分界線，左邊懸崖上端有一塊突出如平台的岩棚。

陽光大量射在那塊灰色岩石上。

我不用趕路。有充分時間在那塊岩石上煮咖啡，喝過後再出發。

我爬到那塊岩石上，卸下背包。

從背包取出炊具和燃料用具煮了開水。

把咖啡倒入鋁製杯，再加很多糖。

這是我在山中的習慣。

我優閒地享受著咖啡香和熱氣同時融入深山大氣中，再滲入我肉體的感觸。

「喂——」

當我喝乾杯內最後一滴咖啡時，那聲音突然傳進我耳裡。

因是瞬間的事，我無法辨別聲音來自哪個方向。

嘴唇貼在鋁製杯邊緣，我環視四周。

沒有人影。

若要看成是幻聽，我根本不疲累，四周也過於明亮。

我把鋁製杯擱在岩石上時，再度聽到那聲音。

「──喂！」

確實是人聲。我站起身。

「這邊，這邊。」聲音傳自崩塌處上方。

我抬頭，看到七公尺左右上方的岩上站著一個男人。

不，要說是男人，站在岩上的那人太年輕。

是個年約十五歲的少年。

少年穿著棉襯衫，下半身是灰色燈籠褲。

他站在岩上看起來很危險，以一種看似為難又看似在哭的奇怪表情俯視我。

我和少年四眼相交。

少年舉起隻手，似乎微微一笑。

「嗨。」嘶啞的聲音近似女人。

「嗨。」我情不自禁跟著回應。

我想不通少年為何站在那種地方。他背上沒揹任何背包。

少年再度向我揮手，以令人難以置信的輕快腳步三步兩步跑下來。

少年站在我面前。

近距離一看，他的眼神毫無警戒神色。腳上穿著NORDICA牌登山鞋，跟我一樣。

少年似乎也察覺此事，這回明顯地露出微笑。

「啊，一樣牌子……」

我點頭，再問少年：「你一開始就在那兒？」

「嗯。」少年肯定得很乾脆。

「真的？」

「真的。」少年用力點頭，垂下眼，再抬起眼。他的五官接近中性，膚色白得像個女人。眼睛很大，濕潤黑眸表面映出我的臉。

「我想問你一件事……」少年畏畏縮縮地說。

「什麼事？」

「你來這兒之前，有沒有看到二輪草？」

「有……」

「很多嗎？」

「很多。目前大概是最漂亮的時期。」

「是嗎？山下已經盛開了？」少年似乎不是在回答我，而是自言自語。

他以帶著笑意亮晶晶的眼睛望著我。

「二輪草很漂亮。」少年說。

「嗯。」

「我很喜歡二輪草。」

「我也是。」

聽我這樣說，少年的雙眼亮得像個小孩。

「二輪草就是這樣伸出兩根莖，開兩朵花，所以叫二輪草。好像也有只開一朵的一輪草，還有開三朵的三輪草，不過我沒見過。」少年的口氣很自然，像是跟我認識很久那般。

連我都覺得——彷彿帶著朋友的弟弟來登山。差點被對方牽著鼻子走。

「你一個人？」我問。

「嗯。」少年老實點頭。

「行李呢？」

「行李放在前面。」

「你一個人能來到這兒，真厲害。」

「我小學時就常來，這兒不是第一次。」

少年雙眼望向我剛才拾到的綁在左手腕的頭巾。

「這頭巾怎麼了？」我問。

少年搖頭，小聲說：「那個，其實是我的……」

「這個是你的？」

「是我姊姊給我的，你看，頭巾還繡著姓名縮寫。」

少年用帶著成人口氣的說法報出自己的姓名。

我望向綁在手腕的頭巾。用手指隨意挑開頭巾，上面果然有少年說的姓名縮寫。

「好久以前就丟了，是你幫我找到的……」

「……」

「我跟我姊姊相依為命，是我姊姊教我登山，也是她第一次帶我來這兒。」

少年說出他姊姊的名字，並笑著說：很好聽吧。

那笑容很透明，毫無現實感。

彷彿只要掀開少年臉上的白皙皮膚，底下又會出現另一種表情的臉。

「你說你喜歡二輪草？」少年問。

我點頭。

「我知道有個地方開滿了二輪草。是個沒人知道的秘密場所，以前我在這條山道迷路時，偶然發現的。我帶你去那裡好不好……」

在我回答之前，少年已經擅自點頭。

「……我可以帶你去，但你能不能幫我做一件事？」

少年以年輕男孩不該有的悲哀表情仰望著我。

「幫你做一件事？」

「嗯，我在這前面掉了個很重要的東西，那兒很可怕，我一個人不敢去拿回來，你能不能幫我拿回來？」

「在哪裡？」

「就在比這崩塌處高一點的岩場……」

「可以啊，可是，我要先看看那岩場，才能知道能不能幫你……」

我邊說邊解開手腕的頭巾，少年阻止。

「不用了，你還是先綁著吧。」

少年的表情更透明了，看上去像是會融化在陽光中。

3

「那，走吧。」

我把炊具和燃料用具全收進背包，揹在背上站起身。

少年在前面帶路，我開始攀上崩塌處斜坡。

「從這兒逐漸往左邊攀。」少年回頭說。

他腳步很輕盈。

剛才位於前方的森林，現在變成自上方籠罩的形狀。不到十分鐘，少年停止腳步。

斜坡很陡，少年站著的位置前方更陡，缺乏攀岩技術的人恐怕無法繼續前進。

「你看得到那個嗎？」少年指著前方岩石斜坡。

「哪個？」

「你看，那兒有個突出的岩石，就在那岩石下面……」

岩石下有個綠色東西。

看似布製的東西。

「頭巾？」我問。

少年點頭。

「你要我幫你做的是這件事？」我有點掃興。

「嗯，被風吹走的……」少年的表情毫無歉意。

我卸下背包，開始攀登岩壁陡坡。雖然很危險，但只要有立足點和抓點，還是可以攀登。

懸崖自我攀登的地點一口氣往下陷落了二十公尺。

萬一掉下去，不僅會受傷，也有可能喪命，不過只要小心不去抓浮懸岩，應該沒問題。

過一會兒，我就抵達目的地。

挨近看清綠色頭巾時，我內心湧起一股困惑和輕微的怒意。

因為那條頭巾怎麼看都不像是最近被吹走的樣子。

一定有很長時日——大概跟我纏在左手腕的頭巾一樣，在深山任憑風吹雨打已很久了。不但顏色褪色，邊緣也都磨損，布面上黏著許多小岩塊和污垢。

「咦……」拾起那條頭巾時，我不禁低聲叫出。我看到右邊角落繡著姓名縮寫。正是剛才少年說的他姊姊的名字。

「這是不是你姊姊的頭巾？」回到少年身邊，我問。

「是的。」少年點頭。

「你在什麼時候掉的？」

「跟那條紅色頭巾一起掉的……」少年露出微笑說。

「你解開手腕的頭巾，攤開來跟這條綠色頭巾重疊一起好不好……」

「……」

「然後撿個小石頭，把重疊一起的兩條頭巾當作布包，包起那個石頭好不好？要綁得結實一點，不要再被風吹走……」

我感到莫名其妙，但還是照少年所說的做了。

少年似乎很滿足我的包法，笑著說：「我們走吧。」

「走？」

「我不是跟你約好了，要帶你到開滿二輪草的地方嗎？再說……」

少年臉上堆滿歉意地繼續說：「……再說，我還想請你幫我做一件事。」

少年說完，不等我回話，就擅自再度登上斜坡。

4

我開口問話，少年也不回頭。

看來他打算沉默到底。

他走得很快。

速度跟在他身後追趕他的我一樣，一個勁兒往上爬。

大約前進了兩倍距離，少年總算停住腳步。他站在岩壁上一塊突出的小岩棚俯視下方。

我走到他身邊，他無言地伸手指向下方。

下方是險峻的懸崖。懸崖下是一片森林。

「你看……」少年說。

三十公尺底下的森林和懸崖交接處，樹木稀落，形成一個小廣場。

當我看到那小廣場時，以為那兒還留著殘雪。不過那不是殘雪。

看似殘雪的白色，原來是密密麻麻盛開的二輪草草叢。

「嗯。」我點頭。

我想，我當時一定嘆出一口氣。那顏色白得直接闖入我心靈，令我不得不嘆氣。

耀眼陽光，冰冷的風，岩石，綠草以及草上的白花——

「是不是？是不是……」

少年很興奮。

「很壯觀吧？我第一次發現那些花時也嚇了一跳。所以那時很想爬下去看看……」

「這兩條頭巾和那些二輪草有關嗎？」我從口袋取出裹著石頭的頭巾問。

「有。你看，二輪草草叢中不是有塊圓石頭嗎？……」

確實可以看到圓石頭。

「我想請你代我把包裹石頭的頭巾帶到那兒。頭巾本來是在那兒的……」

我小心翼翼觀察懸崖。

這懸崖相當危險。剛才那懸崖是往橫移動，但這懸崖不是。下懸崖比攀登懸崖難多了。身上沒繩索的話，簡直是在玩命。

「這回我跟你一起下去。」

我在俯視下方時，少年這樣說，說完便攀住懸崖。

「太危險了，住手。」我勸阻，但少年不聽。

沒辦法，我也跟著攀住懸崖。

不一會兒就追上少年。

我在少年一旁往下攀，轉頭對他說：「你快爬上去。」

少年只是以那個透明表情笑著回望我。

我只得再度轉頭面向岩壁，陪著少年一起往下攀。

途中，有處岩石被刮掉一大塊的地方。

「小心點，這兒特別危險。」

我轉頭對少年說，之後深深地倒吞一口氣。

少年失去蹤影。

——難道掉下去了？我往下看。懸崖下不見少年的身影。

「是的。」耳邊傳來少年的聲音。

我嚇了一跳，全身寒毛都直豎起來。

因為少年的聲音傳自面向岩壁攀著岩石的我身後，也就是說，傳自半空。

我好不容易才回頭望向後方。少年的身體浮在我背後空無一物的半空陽光中。

他拉長粉紅雙唇正在微笑。

「我就是在這兒掉到底下死了……」

少年的身影突然消失。

5

我汗流浹背的好不容易才抵達懸崖下，站在埋在二輪草草叢中的石頭前。

那是墓碑。

石碑表面刻著少年的名字。

「深愛二輪草的弟弟，在此永眠」

石碑下方刻著上述文字，最後一行是女人名字。正是少年姊姊的名字。

「原來如此……」我低聲自言自語，從口袋中取出頭巾。

大概是少年的姊姊在這墳墓前擱下少年的遺物頭巾和自己的頭巾。

而這兩條頭巾不知何時被風吹走了。

我仰望天空。天空很藍。

我將裹著石頭的頭巾擱在墳墓碑前。

二輪草在我腳下沙沙作響地搖晃著。

歡喜月的孔雀舞

當我走在深藍色的修羅路時
難道你打算單獨一人前往
你自己的命運之路
我是你唯一的宗教伴侶
在明亮冰冷的修行道走得既悲哀又疲累
漂泊在充滿毒草與螢光菌的黑暗原野時
你單獨一人到底要前往何處

——摘自宮澤賢治《春與修羅・〈無聲慟哭〉》詩篇

序章　今夜異裝弦月下

那時的我過著每天都在思念一位女子的日子。

是我在遙遠異國邂逅的女子。

那天，我走在夜晚的山徑，腦子裡依舊在想著她。

那是條左右都被箮竹籠罩的森林小徑。

四周是黑暗的日本山毛欅原生林。

在那原生林的地面，有一條埋在箮竹下隱約可見的細長小徑。

頭上的山毛欅不時在沙沙作響。

森林地面沒有風，上方卻吹動著黑暗的風。

背上的背包開始加重。因為我已經疲憊不堪。

不停擦過我小腿的箮竹似乎已經凝結了露水，褲腳被露水沾濕得沉重不堪。

泥土露出樹根和石頭，腳尖有時會絆到這些樹根和石頭。

我頭上戴著頭燈，不過有時亮光照不到腳下的箮竹。

我明白自己迷路了。

我本來打算自荒澤林道直接越過大黑森南側山口，抵達岩手縣黑附馬牛村。可是在越過山口

不久，我似乎跨進了野獸之道。

好不容易找到看似有人踏過的小徑時，時刻已是夜晚。

我有帶食物，也有帶睡袋。其實在途中也可以露營，但我只是草草吃了飯便將炊具和煤氣爐收進背包，再度於山中前進。

雖然是海拔不到一千公尺的山徑，這樣做卻是極為危險的行為。

那小徑雖狹窄，至少是人走的路，不但令我鬆了一口氣，而且小徑有種奇妙誘惑在引誘我。

我想，我大概希望自己在黑暗深山中迷路。

我無法說明這種奇異慾望。不過，很可能是我的心靈一直失去目標而徘徊不前所致。或許我是想讓自己的軀體也踏進失去目的地的心靈迷路。

初秋。

山上的空氣清新冰冷，但揹著背包的背部已微微出汗。

月亮出現在森林夜空，蒼白月光從樹梢縫隙射進森林。

是滿月。

我踏著岩石和樹根繼續前進。樹葉還未染黃，森林中已開始堆積今年的落葉。

濕潤的森林味中明顯含著落葉味道。是落葉與森林泥土融合之前隱約仍含著植物血氣的味道。

透過堅硬鞋底，可以感覺到踏碎落葉時所發出的輕微沙沙聲。

這雙鞋子在去年秋天也曾踏過異國的泥土和岩石。

而此刻，同一雙鞋子的鞋底竟然在踏著北上山系的山中泥土。

這點令我感到很奇異。

這是她再也無法踩踏的泥土。

塞在我胸前口袋內的黑石螺旋溫暖得像在發熱。

宛如石頭內仍殘留著曾經握過這螺旋的她的手掌體溫。我甚至覺得石頭內部流著溫暖血液。

森林突然終止，我站在蒼白亮光中。眼前是覆滿箮竹的緩坡，像一片大海。
風在箮竹上吹過。
蒼白月光自上空落在翻轉的箮竹上。原來已抵達森林盡頭。
我停住腳步，深呼吸地癡癡望著眼前的光景。
頭燈突然熄滅。
熄滅瞬間，深山的靜寂立即埋沒了之前頭燈黃光照出的空間。
夜空有星眼。
不知是不是空氣清新所致，明明是滿月之夜，星眼多得令人吃驚。
我好像聽到輕微的響亮笛聲。
可是，當我傾耳靜聽時，卻聽不到笛聲，只聽到沙沙搖晃著箮竹順著緩坡升天的風聲。
我朝著森林右側高達膝蓋的箮竹林走去。
星空下可見北方黑黝黝的早池峰山頭。
——海拔一九一四公尺。是北上山系的最高峰。
小徑是緩坡。小徑有時又會繞進山毛櫸林再繞出來，細長地往前伸展。
我從將近一千公尺高的地方往下走了約四百公尺。
再度進入山毛櫸林中。每次進入森林中，我都會點亮頭燈。
在森林走著走著，四周的植物層開始變化。
森林內到處可見楓樹，樹下的草叢也自箮竹轉為雜草。
森林再度終止，我抵達樹木稀疏的山谷。
小徑沒有延伸至山谷，而是橫穿過山谷拐進草叢中。

我越過兩個山谷。疲累不增不減。

這時我早已失去找個地方露營的念頭。反正這回遠遊的目的，正是置身於她一定也曾走過的深山中。如此走著走著，我突然停住腳步。

起初，我不知道那到底是什麼。

我只看到蒼白月光照射的草叢斜坡中，有團黑漆漆的東西。我沒留心那黑漆漆的東西到底是什麼，繼續往前走，直至我明白那到底是什麼時，我才停住腳步。

那東西位於前方偏左之處，正是我打算橫穿的斜坡上方。

距離大約不到五公尺。是個老太婆。

在我走著的這條小徑前方，有塊兩人合抱的黑色大石塊，石上端坐個彎腰駝背的老太婆。

她置身於月光中。

老太婆抬臉仰望上空。望的是月亮。

類似玻璃的透明蒼白月光自上空落在老太婆身上。是個年約八十、身穿和服、銀髮綁在腦後的老太婆。老太婆雙手擱在膝上，瞇著雙眼端坐著，嘴邊浮出無法形容的微笑，正在望著月亮。

雖說是滿月，但此刻是深夜。

我卻能一清二楚地望見老太婆臉上的皺紋陰影以及一根一根白髮。

那微笑真不知該如何形容。是少女般的微笑。

人在笑的時候都有理由。有時是看著孩子的笑容而隨之微笑，跟人說話時也會笑出。即便什麼事都沒有，在想起有趣的事時，人也會笑。

然而，那個老太婆臉上所浮出的微笑，是至今為止我從未看過的笑容。

我不知該怎麼說明。那是個完全擺脫一切束縛——就是人在笑時的理由、原因——的微笑。

或許也可以這麼說，倘若有人能夠將觀音菩薩尊像嘴邊那個若有若無的微笑，不失其透明感而鮮明地再現出來，便很接近這個老太婆所浮出的微笑。

裹著石塊的草叢在沉默中搖晃。

風自斜坡底下緩緩吹來。在微風、月光中，老太婆端坐著仰望月亮。

我無言地注視著眼前的光景，不知過了多久。

然後，我覺得傳到耳邊的風聲突然變成祭典時的笛聲。不過那當然是我的錯覺。

老太婆突然動了。她在石塊上站起。是赤腳。老太婆在月光中伸出手，把手搭在額上。再伸出光腳咚一聲踏在石上。

她臉上掛著微笑在石上跳起舞來。是個彎腰駝背、身材嬌小的老太婆。

她邊舞邊從石上下來。接著邊舞邊爬上草叢斜坡。

我發不出聲音，呆立在草叢中注視著老太婆爬上斜坡。

直至老太婆消失蹤影約五分鐘後，我才跨出腳步。走了幾步，便踩到小徑。

這也是一條埋在草叢中的小徑，自右邊斜坡下方往左邊上方延伸。

老太婆似乎順著這條小徑登上山了。

我順著這條小徑往上走，不一會兒便來到黑石前。是個比我的膝蓋高一點的石塊。

也正是老太婆剛才端坐的石塊。伸手觸摸石塊，我才首次知道這是什麼石塊。

是螺旋。

跟我胸前口袋中那個石頭一樣，只是大小不同而已。

那是巨大的菊石化石。

第一章 一片碧綠顥氣深

1

風中隱約傳來鉦鼓與笛聲。越走下去，聲音越大。

這是雜樹林中的小徑。我在黑暗中順著右邊的小山澗下坡。

山澗的急湍水聲聽起來很舒服。

這急湍大概流至下方的猿石川，最後成為遠野市內的河川。

另有笛聲和鉦鼓聲。

此刻應該已過十二點。或許小徑下方有村落，我湊巧碰到村落祭典。

可是，真的有村落在夜半時間舉行祭典嗎？——

正當我心中浮出此疑問不久，笛聲和鉦鼓聲便歇止。

歇止後，我頓時感覺好像單獨一人被拋棄在夜晚的深山中。

比剛才更強烈的靜寂籠罩著我的身體。

不知是不是又加入其他支流而增加了水量，山澗流水聲稍微增大，反倒強調出四周的靜寂。

之前我始終像順著浮在黑暗中的細繩往前走，此刻卻感覺那條細繩突然被割斷似的。

坡道越往下，小徑也跟著加寬。

我聞到稻子的味道。樹木也逐漸稀疏。

我把頭燈照向左方，看到沙沙搖晃的稻子。

原來是引進山澗流水開墾出的山溝稻田。是塊小稻田。

雖然已失去夏季的濃綠，也還未成為可以稱之為金黃的顏色。稻子的顏色剛好在這兩種顏色之間。

——是黑附馬牛村吧。

我內心這樣想。

這附近如果有村落，一定是黑附馬牛村。除非我在山中完全迷失了方向。

沒走多久，我走來的小徑便與大道交叉。

說是大道，寬度也只夠一輛小卡車通過，而且是未鋪修的泥土路。

黑暗某處傳來大河川的水聲。

比之前我所聽到的任何水聲都浩大。

來到大道一看，右邊有座小橋。

看來剛才跟我一起下坡的山澗似乎穿過橋下，在不遠的前方與其他水量多的河川匯合。

我打算繼續往前走，剛跨出腳步又收回。

因為我在頭燈亮光中看到某個東西。

比我的膝蓋還低的橋頭柱子上，寫著平假名「KUSHIKATA」❷。

「原來是這兒……」我小聲叫出。

此處果然是黑附馬牛村。

——黑附馬牛村。只住著十五戶人家。

死在尼泊爾的櫛形小夜子的故鄉正是黑附馬牛村。

譯註❷：「櫛形」的發音。

「我故鄉那個村落只有四個姓氏。」我想起小夜子曾經這樣說過。

櫛形。

千千岩。

田加部。

宇之戶。

她說，黑附馬牛村只有這四個姓氏。

兩家櫛形。五家千千岩。五家田加部。三家宇之戶。總計十五戶人家。

在遠野市內也算是最偏僻的小村落。

是個咒村。

「村落內的橋名都是村落人家姓氏。」小夜子曾這樣說過。

所以這座以小夜子家姓氏為名的「KUSHIKATA」橋，理所當然也屬於村落。

我到現在仍清晰記得，以遙遠眼神望著安娜布爾納峰❸的白色山頂，說這話時的小夜子的表情與聲調。

一股令心臟逐漸萎縮的悲哀罩住我。

小夜子已不在這世上的事實，緊緊勒住我的身體。

我嘴唇重新浮現一度碰觸過的小夜子的唇感。

體內突然湧起一股激情。類似熱水的激情自我體內流出，裹住我全身。

我忍不住地打了個冷顫。

我暗忖——我來這裡做什麼？

我完全沒想到光站在小夜子的故鄉之地，竟能令我如此鮮明強烈地想起小夜子——

至今為止存在我記憶中的小夜子的表情、聲音、小動作，以及側向我時不經意地轉動黑眸瞄我一眼時的視線，所有有關小夜子的一切都在瞬間重現在我眼前。

連我自身肉體所記憶的觸覺也一起復甦。小夜子握住我的手時的手指握力，以及一根根頭髮觸碰我臉頰時的感覺，全鮮明得像是剛碰觸不久那般。

我緩緩地跨出腳步。

2

前方有亮光。

在前方左邊的黑暗中。

不是日光燈的亮光，而是燈泡亮光。是夾雜紅色的黃色亮光。距離近得令人有點意外。

亮光本來隱沒在樹林內，由於我移動位置，才看到亮光。

亮光位在上方。

大道左邊前方正是我下山時的斜坡，亮光就在那斜坡半山腰。

我往亮光處前進，剛才明晃晃照著道路的月光已消失。

全被頭上重重疊疊的樹梢遮住了。

眼前出現石階。石階稜角都磨平。石階上沒人踩踏的地方長滿了蘚苔。

仰頭一看，石階上方盡頭有一盞亮光。

譯註❸：位於喜馬拉雅山脈中段尼泊爾境內，世界第十高峰。

看來上方有神社或其他建築物。我遲疑了一下，終究仍踏上石階。

我決定在這座神社或建築物的某處過夜。

等天亮後，我打算去造訪櫛形源治。

櫛形源治是小夜子的伯父。

我在尼泊爾首都加德滿都曾見過櫛形源治一次。

櫛形源治是個沉默寡言、穩重的男人。

當時我沒問清楚他的年齡，不過應該五十過半了。

我和櫛形源治兩人曾親眼看著成為骨灰的小夜子的肉體順著河川流走。

是在加德滿都的火葬場。

那天很晴朗。

曾是小夜子的肉體的骨灰，眨眼間便消失在映著青空的水面，回歸至大地、流水、狗、牛、空氣與其他所有一切東西的根源的大自然彼方。

我和櫛形源治沒有流淚，只是一直無言地注視著那光景。

回到日本後，也只在自己租房內讀過櫛形源治寄來的一封短信，內容是感謝他在尼泊爾所受的照顧。我跟櫛形源治的交情不過如此而已。

這回心血來潮地決定前往黑附馬牛村一事，也沒通知櫛形源治。

因為我在離開租房時，還沒決定到底要不要去造訪櫛形源治。

還未爬到石階盡頭時，我就在途中駐足。

石階上方突然出現個人影。看上去像是個男人。

只是亮光在男人背後，我無法馬上猜測出對方的年齡。

我歪著頭望著對方。頭上戴著的頭燈亮光直接照在男人臉上。是個年輕男子。看上去年齡跟我差不多。大概二十過半，或者剛過半。

「太刺眼了……」那男子在眼睛周圍聚起皺紋地低聲自語。

我慌忙關上頭燈開關。

「晚安。」我提心吊膽地說。

「晚安。」男子答。

我再度看不清男子的表情。

橡樹葉子在頭上沙沙作響。

說了一句晚安後，我便說不出話。我不知道該怎麼辦。我一腳踏在途中的石階上，無言地呆立在原處。男子的視線似乎在我身上緩慢移動。

「看來你不是本地人。」男子說。

「是的。」我答。

總算又登上一階。

「我從大黑森下山，途中似乎迷路了……」

「是嗎？」

「這兒是黑附馬牛村吧？」

「是的。」男子答，他望著我又問：「你來這裡有事嗎？」

「這上面是神社吧？能不能借個地方讓我攤開睡袋睡一晚……」

「今天不知道行不行。」

「不能借地方嗎？」

「不是不能，我是擔心你會害怕。」

「害怕？」

「裡面有阿婆的屍體。」

「阿婆？」我腦中浮出那個坐在石上微笑著仰望月亮的老太婆。

我緩慢地登至石階盡頭，站在男子身旁。是個穿著牛仔褲的瘦削男子。

男子以望著遙遠之處的眼神看了我一眼，再將視線移至神社境內。

境內有座神殿。是座小神殿。裡面點著燈光，門敞開著。

男子朝神殿方向走去。我揹著背包跟在男子身後。

「有客人。」男子在神殿前止步，向裡面的人說。

「你還沒回去？」裡面傳出聲音，有個身穿黑色和服的男人慢條斯理地出來。

那男人在高一階的神殿入口俯視我。

「你……」穿和服的男人說了一句便頓口。

我的反應跟他一樣。

我也張著嘴說不出話，與他彼此對視。因為我認識站在眼前的男人。

「你是木之原先生吧……」他問。

「是，我是木之原草平。」我答。

「那時承蒙你多處關照。」

穿和服的男人——櫛形源治對我這樣說。

「源先生，你們認識？」站在石階的男子開口問。

「我不是跟你說過了？就是這人在尼泊爾為小夜子送終的。」

聽櫛形源治如此說，男子以刺人的眼神望向我。

那眼神跟剛才把焦點對準在遠方的眼神完全不同。

「小夜子過世時，在她身邊的人就是你？」男子問。

「哦，是的。」我望著男子，微微點了個頭。

「你怎麼來到這兒？」櫛形源治——源先生問。

「我突然想到這一帶登山……」我說。

我放棄無心整理的論文，咬著牙關在深山內漫無目的地徘徊，終究還是來到小夜子的故鄉。

我是東京某私立研究所的研究生。

專修文化人類學，前往尼泊爾的目的也是為了蒐集當地的民間傳說，打算跟日本神話與傳說做比較後寫成論文。

尼泊爾是咒術名都。

那兒有現役咒術、信仰以及隨時準備獻給眾神的鮮血。

喇嘛教、印度教和各式各樣的民間信仰混在一起，渾然成為一體。

在那兒，牛味、人的汗味、狗味、糞味、尿味、火味、水味、植物味、泥土味、鮮血味等等等，所有一切的味道都渾然一體。

走在加德滿都街上，連空氣中都夾雜著聚集在遠方喜馬拉雅山脈接近平流層之處的雪味。

我在十多歲時，曾參加過徒步周遊喜馬拉雅山腳之旅，那時聽聞別人說過雪男故事以及跟印度教眾神有關的民間傳說，之後便對世界各國的神話與傳說深感興趣。

在尼泊爾，我跟小夜子邂逅，經歷了一段小小戀愛。

尼泊爾的諺語「火焰旁的奶油會融化」也是小夜子教我的。

是我跟小夜子第一次睡在同一個帳篷內那晚，她告訴我的。

諺語的意思是，當男人睡在女人身旁時，身為男人這種動物到底會有什麼反應。

只是，那時的我早已成為融化的奶油了。

透過T恤摸觸小夜子那隆起胸部時的觸感，乳頭的觸感——

「他好像在找睡覺地方。」男子對源先生說。

「睡覺地方？」

「我打算在這神社屋簷下借宿一晚而爬上來，結果遇到這人。」我說。

「既然這樣，你到我家睡吧。」

「可是……」

「如你看到的，今晚就是這情況。」

「……」

「是葬禮。看來我好像注定跟你在葬禮時見面。」

「有人過世了嗎？」

「母親在傍晚死了。」

「母親？」

「是我母親。」

「這兒是櫛形先生家嗎？」

「不是，我家在那邊。這村落所有葬禮都在這神社進行。村人會聚集在這兒……」

「村人……」

「剛才都回去了。」

「我剛才聽到笛聲和鉦鼓聲。」

「在這兒，人死時都要吹笛敲鉦鼓……」

「吹笛敲鉦鼓？」

「這兒缺乏娛樂，所以葬禮也跟祭典一樣辦得熱熱鬧鬧。」源先生說：「上來吧。」

他轉過身側向著我。

我脫鞋跟男子一起進入神殿。

沒想到裡面鋪著榻榻米，盡頭還鋪著被子。有人仰躺在被子上。臉上蓋著白布。

我卸下背包，坐在屍體旁閉眼合掌。

睜開眼睛時，我發現剛才那男子和源先生坐在我身旁。我轉身面對兩人。

眼前擱著一杯熱茶和盛著醬菜的盤子。

「小夜子死了，我母親也死了，這樣一來，櫛形家就只剩我一個。」源先生說。

「一個？」

「嗯。」

「我聽說這村落有兩家姓櫛形的……」

「一家。」

「……」

「那邊的櫛形家已經沒了。」

「沒了？」

「小夜子的雙親兩年前過世，那邊只剩小夜子一個人，如今小夜子也死了。」源先生低聲說。

「死了就輕鬆了，對不對？千代阿婆……」一直默默無言的男子突然開口。

男子正在望著我。我察覺到男子自剛才起就一直在望著我。

「她臥病五年。」源先生說。

據說這三年來連大小便也無法自力解決。

「長了褥瘡，無論讓她怎樣躺，都會馬上叫痛。」

臀部、腰部、背部都因長年臥病不起而長了雞眼，雞眼破了又化膿，腫成紫色。

源先生低聲淡然地講述。

「不過，幸好是滿月之夜。」男子依舊望著我開口。

「嗯。」源先生答。

「滿月之夜？」我問。

源先生只是微微點頭。

「什麼意思？」

「算了，說了你也不懂……」

源先生自言自語地說，我腦中突然閃了一下。

「對不起，能不能讓我看一下你母親的臉？」

源先生以莫名其妙的眼神望了我一眼。

「好。」他點頭後，伸手取掉蓋在千代婆臉上的白布。

白布下出現我見過的臉龐。

正是我看到的那個端坐在菊石化石上的老太婆。我一直望著老太婆的臉。

「怎麼了？」源先生問。

「剛才我在山上遇見了這人。」我剛說完，源先生馬上微微揚起雙眼。

「你遇見她？」源先生的聲音有點僵硬。

「嗯，神社後面那一帶山腰不是有個黑色的大菊石化石嗎？我看到這位千代婆坐在那上面。」

「然後呢……」源先生的口吻很認真，我有點畏縮。

「千代婆笑得很開心，邊舞邊爬到山上……」

「你該不會開口對她說話還是跟在她身後吧？」源先生嚴肅地問。

「千代婆沒注意到我，她看起來很高興……」

「真的？」源先生問。

「嗯。」看我點頭，源先生望著我一會兒，接著吐出一口氣。

「原來你看到那個……」一直沉默不語的男子突然開口。

「那到底是什麼意思？」我問。

男子瞄了源先生一眼。眼神似乎在問：可以說出嗎？

「聰……」源先生答，再無言地搖頭。

「是。」

被源先生喚為「聰」的男子點頭。

源先生是在回答聰的詢問眼神，表示不能說出。

男子——聰又望著我。

「聰是你的名字……」

「我是千千岩聰。」聰回答。

這名字敲擊著我的耳朵。我知道這名字。

將近一年來的時間，三番兩次每逢想起小夜子時，我同時也想起一個名字，正是千千岩聰。

小夜子在臨死前好不容易才說出的男人名字，正是這個千千岩聰。

那時，小夜子還說了一句話。此刻，那句話在我腦中重現。

——要是不做魂月法的話那多好。

是的，小夜子正是這樣說的。

我不禁脫口而出。

「你們知道魂月法嗎……」我問。

第二章 蛇紋山地懸篝火

1

——杜爾嘎女神❹祭。

第一次在異國經歷的祭典充滿原色的紅、鮮血的紅。

被稱為大節的這個祭典，是獻給印度教女神之一杜爾嘎的慶典。神話記述杜爾嘎女神擊敗了化為水牛的惡魔。

我是在偶然的機會巧遇這個於十月舉行的祭典。

那時我為了避開季風帶來的雨季，特地選在十月前往尼泊爾。

尼泊爾的夏季季風來自孟加拉灣的東南風，六月開始吹起。直至九月下旬，大約三個月都是雨季。

飽含大海濕氣的風撞上喜馬拉雅山脈，會在其南側降下大量的雨。以日本人觀點來說，該時期應該也有該時期特有的風情，只是一個多月都必須在雨季生活的話，太浪費時間。

我的目的是蒐集在印度教來襲之前的神話與民間傳說。

尼泊爾的神話很複雜，目前的印度教根源是紀元前進入印度的征服民族雅利安人的神話系統。但以另一個角度來看，倒不如說是誕生了釋迦牟尼的達羅毗荼族等無數的原住民族群神話，改變了征服者雅利安人的神話。

譯註❹：印度神話中提毗的化身之一，勝利之神。

具體說來，我打算在尼泊爾蒐集不屬於雅利安人的印度神話原型。

我認為，比起印度平原，喜馬拉雅高原應該較有可能保留這類神話。

據說，在雅利安人進來之前，印度原住民是住在喜馬拉雅山腳的塌鼻民族，類似目前的藏族人。

遭征服民族雅利安人逐出的大多數原住民種族，很可能曾遷移至喜馬拉雅高原地區住過一段時期。即便喜馬拉雅高原地區本來就住著藏族人，但遷移至高山地區的印度原住民很有可能與藏族人混有濃厚血緣。

混合的當然不只血緣，應該也包含各民族具有的神話。

那是在佛教——也就是目前藏族人的宗教喇嘛教成立之前的神話。那些神話對喇嘛教應該也影響很深。

就算沒法蒐集到原型神話，我想也可以蒐集到幾個與喇嘛教混合的神話。

將這類神話與印度神話做比較，應該可以探索出原住民本來具有的神話原型。

有關印度神話，至今為止有很多人以不同角度讓其大放光彩。

至於濕婆的原型樓陀羅神❺以及印度神話中的眾神，也可以拿來與希臘神話做比較。

最後再將這些我蒐集來的神話與日本記紀❻中的神話做比較，這正是我當時夢想的計劃。

當然實際撰述時，可能會展開雜技式的理論與牽強附會的說法，但仍有少部分未必盡是如此。

有學者主張，日語的一部分原型來自印度和喜馬拉雅山腳。

南太平洋群島也有類似記紀神話中的伊邪那岐❼、伊邪那美❽神話，已是眾所皆知的事實。

而且也有學者主張記紀神話與希臘神話的類似性。

總之是一個夢想。

我並非懷著非實現不可的目的而來到尼泊爾。

當時我處於即便是接近異想天開的論說，也不得不交出幾篇論文的立場，否則對不起研究生這個身分。

我雖然在大學研究室做一些有名無實的助教工作，但事實上，我是因沒地方可去才留在大學當研究生。

我也並非心急著想當副教授或教授，我沒那種野心。

以我的立場來說，我當然要做點類似田野調查的工作，不過，也並非完全心不甘情不願地埋頭鑽進自己討厭的領域。

老實說，我在學生時代來此做周遊徒步之旅時，便喜歡上這兒，會選擇這個論文主題，有一部分也是基於想重遊舊地。

倘若有人說我為了想前往尼泊爾喜馬拉雅山中的藏族村，才選了這個論文主題，那我也不否認。對我來說，喜馬拉雅的白色山峰和山腳的尼泊爾這個國家，確實具有無限魅力。

我在學生時代便很喜歡登山，憧憬喜馬拉雅山脈，實際踏上這兒之後就成為尼泊爾的俘虜。話雖這麼說，我也不打算在雨季進行田野調查。

因此才選在十月。

譯註❺：印度神話司風暴、打獵、死亡和自然界之神，是破壞神。
譯註❻：《古事記》與《日本書紀》的總稱。
譯註❼：在《日本書紀》中的名字是伊奘諾尊，是日本神話開天闢地神祇。
譯註❽：在《日本書紀》中的名字是伊奘冉尊，是伊邪那岐的妻子。

另外再坦白說一件事，當時我正在談一段沒有結果的戀愛，戀愛被打上終止符，我也順勢來到這個國家。

在此，我遭遇了充滿原色鮮血顏色的祭典大鄗節。

2

對我來說，尼泊爾是個魔法國家。

首都是加德滿都。

我覺得在這兒無論發生任何奇蹟或任何事都不足為奇。

甚至認為，前些日子失去的那段戀愛或許仍完整地殘留在此地某處。

只因為我愛上的女性是個有婦之夫，就令我過了將近一年手忙腳亂的日子。最後，對方那女性大概認為自己的孩子比我或丈夫更重要，做出聰明的決斷，才結束了我將近一年手忙腳亂的日子。

所幸對方的丈夫不知道此事，簡直是一種奇蹟，但也可以說，她既然能做出這種聰明的決斷，表示她並沒有沉溺在這段戀愛中。

男人在失去戀情時，通常會按那段戀愛的深度而出門遠遊或專心工作，我的例子是把工作和遠遊湊合一起。

這也算是一種機緣。

我搭乘的皇家尼泊爾航空公司飛機抵達加德滿都上空時，已是夜晚。

我把鼻頭貼在窗上，俯望下方遼闊的深邃黑暗。

那黑暗類似漆黑深海。海底可見零星燈火。

是加德滿都的燈光。

跟東京那種聚在一起喊喊喳喳的燈光不同。

燈光和燈光之間保持著適當距離。是那種令人懷念的距離。幾乎全是燈泡亮光。明明是一國首都，卻沒有大都會特有的五彩霓虹燈。

不知為何，燈光與燈光之間的黑暗令我感到很溫暖。

那是具有人性溫暖的黑暗。

這國家大部分人都在燈光與燈光之間的黑暗中生活呼吸著，而非在燈光底下。

零星燈光前方看不到其他城市的燈光。

只有黑暗。

抵達加德滿都時，我嗅了風的味道。

是令人懷念的味道。

我內心想，啊，正是這個味道。

我認為我不是第二次來這個國家，而是總算回來了。

煙火的味道、動物的味道，以及人的味道。

加上人的汗味、動物的汗味。

人的糞便和動物的糞便，鮮血的味道和泥土的味道——甚至連古代眾神與冰河的味道都融合在此地的大氣中。

人、狗、牛、雞，甚至連眾神也是同一個城市的居民。

我嗅著風的味道，首次理解這雜亂城市的記憶到底滲入我體內有多深。

我住進城市中央附近的因陀羅廣場招待所。

以日本標準來說，可以用在咖啡廳喝咖啡並吃一盤最便宜的三明治的價格，在這兒住一晚。

當然也有比此處昂貴的飯店，還有更多廉價飯店。

當天晚上，我興奮得輾轉反側。

我躺在床上望著在天花板爬動的壁虎，細心體味著終於來到尼泊爾的奇異感動。

第二天早上，我到街上閒晃。

加德滿都街上比起四年前——我二十歲冬天那年來的時候更熱鬧。

汽車數量增多。

汽車隨時會駛進聚集很多人的狹窄巷子，不停響起吵人的喇叭聲。

只是即便汽車駛進，當地人也無所謂。

跟牛、狗一樣悠然自得。

人力車在汽車旁穿過，自行車也在汽車旁穿過。身穿原色紗麗服的女子或只披著骯髒布料的女子走在街上。也有穿裙子、涼鞋、洋裝的女子。

有高鼻子、大眼睛、異國風貌的男人，也有酷似日本人的塌鼻、鳳眼的人。

有倖存下來的嬉皮白人。

男人，女人。

老人，兒童。

幾乎所有種族的人都聚集在此城市。

有與人同等的牛。

有山羊。

有狗。

有木造古寺，古寺旁或許有傾斜的紅磚房，而紅磚房一旁或許有水泥建築物。

行駛的汽車旁有裝貨的牛車，或是頂著盛有山羊頭、肢體、四肢等原色血肉籠子的老人，不知要前往哪裡。有人在路邊攤開草蓆賣水果，附近建築物的玻璃櫃內則排列著照相機和電器。

雜亂且具有活氣。

過來推銷印度大麻的商販裡甚至夾雜著小孩。

我在寺院屋簷下花了很長時間望著一隻閉著雙眼，文風不動，風貌長得比人類老人更老的山羊。

有時誤闖入一條巷子，在巷子盡頭的林伽❾看到上面沾滿山羊鮮血，四周飄落許多花。

走在喧鬧擁擠的異國街上，我似乎陷於半醉狀態。

不久，我發現一件怪事。

就是走在街上的人群中，有不少人牽著山羊。山羊脖子繫著繩索，人們握著繩索前進。

之後，我在某巷口遇見那光景。

那店鋪位於一棟傾斜紅磚小房的角落。

泥地上擱著大小不一的臉盆。

原色的血肉和內臟在臉盆內堆積如山。有個臉盆內盛滿了類似水彩的稠糊鮮紅液體。紅色液

譯註❾：男性生殖器像。

體表面咕嘟咕嘟地冒泡。

是鮮血。

店鋪前有火爐，爐上擱著鍋子，鍋裡是開水。開水冒著熱騰騰的熱氣。

兩個男人蹲在店鋪前。兩人都穿著拖鞋。

其中之一在火堆內添柴，另一人只是呆呆地抽著煙。

那男人一旁躺著兩顆山羊頭。

地面沾滿了濕潤的紅色液體。

店鋪前有椿子，椿子綁著三隻山羊。

繫著山羊的繩索筆直地拉長至男人們的反方向。

原來是三隻山羊想盡量遠離男人，往後退到繩索盡頭。

山羊屁股退到盡頭，但頭被綁住，所以臉面向兩個男人。山羊雙眼緊張地凝視半空一點。

山羊的肢體像石頭一樣文風不動。

原來已呈僵硬狀態。

而且仔細觀看，可以發現山羊渾身都在發抖。

山羊鼻頭流出不知是鼻涕還是什麼的液體，可以令人領悟這三隻山羊正在害怕。

不久，我便理解山羊為何會害怕的理由。

有個穿紗麗服的女子過來，向抽煙的男人說了幾句。

男人站起。

三隻山羊用力蹬著四肢。

男人對著女子笑，隨手拉起綁住一隻山羊的繩索。

被選中的山羊明顯抖了一下地縮起全身。

之後山羊亂蹦亂跳。

男人抓住山羊角，摁住山羊。

另一個男人不知何時已站起，手中握著一把大刀。

是一種彎成く形類似柴刀的銳利刀刃，通稱尼泊爾軍刀。

男人雙手握住軍刀。

另一個男人摁住山羊站在一旁。

山羊細長的脖子被水平地拉長。

山羊亂蹦得更厲害。

男人揮下軍刀。

喀一聲，傳出刀刃擊中骨頭的聲音，軍刀反彈回來。

光這一刀，山羊脖子的體毛已染紅。

男人再度揮下軍刀。

這回傳出一刀斬斷大型蔬菜或什麼的聲音，咚一聲，山羊頭毫不費力地往前落地。

咻！

我看到斬斷脖子的地方噴出一束大拇指粗的鮮血。

摁住山羊的男人用臉盆接住鮮血。

臉盆內傳出流水聲，逐漸積滿鮮紅血液。

對我來說這是一種新鮮的驚奇。

因為我一直認為鮮血是暗紅色。

橫躺在地面的山羊四肢痙攣般地向半空踢了幾次。

男人用膝蓋壓住山羊四肢。

不一會兒，山羊即一動不動。

兩個並排一起的山羊頭一旁又多了一個新的山羊頭。

難怪被綁住的山羊會害怕得發抖。牠們不可能不知道眼前到底發生了什麼事。

我望著山羊被解剖的過程。

他們的技巧很熟練。

乾淨俐落地剝開山羊皮，再取出內臟。

我無法觀看到最後，正打算離開時，剛好發現站在現場的櫛形小夜子。

她有一頭長髮，一雙大眼睛。

穿著牛仔褲，上半身是洗得褪色的襯衫。

她手中沒有任何行李，只是呆立在現場，用黑眸望著我剛才望著的過程。

她察覺到我的視線。抬頭望向我。

「好可怕。」我開口。

我挨近她半步，再望向山羊被解剖的光景。

「是大鄀節。」她低語。

聽她這樣說，我才明白過來。

她說的是大鄀節祭典。

我知道這個祭典，當然是從書籍得知的知識。

大鄯節是殺水牛獻給杜爾嘎女神的祭典。
是尼泊爾舉國的祭典。
有錢人家殺水牛，沒錢人家殺山羊，斬下頭後再獻給杜爾嘎女神。
然後吃水牛或山羊肉。
從眼珠到大腦、內臟，全吃得乾乾淨淨。
我當時完全忘了此祭典是在十月舉行。
「原來是大鄯節……」
我恍然大悟地自語。
聽到我這句話，她望向我。
用她那雙黑眸微微歪著頭地望著我。
她眼睛不但很黑，還隱約帶著綠色。
是一雙像月光那般具有滲透力的眼睛。
剎那間，我覺得我體內以及靈魂內部全被那雙眼睛看穿似地。
而且那雙眼睛似乎穿透我的肉體和靈魂，望向更遙遠的地方。
我的心臟跳了一下。
那是一雙駭人的眼睛。
我從未看過有人可以用這種神秘的黑眸望著別人。
她的臉頰和露在襯衫外的手臂肌膚白皙得像個病人。
我和櫛形小夜子正是在遙遠異國的咒術城市如此相識，而這瞬間恐怕也是我單戀的開始。

第三章 讓肌膚踢散腐殖與泥土

1

我為何沒將這個交給千千岩聰——

回到東京後二十多天來，我不時在想著這個問題。

我在租房望著桌上的螺旋，想著聰和小夜子兩人。

那應該是小夜子留給我的遺言。小夜子在臨死前把螺旋交給我，交代我要轉交給千千岩聰。

——這是菊石化石。

她說過是在博克拉街上買的。

我也在博克拉街⑩上的各家土產店看過幾次同樣的螺旋。說是土產店，其實是路邊攤，只在地上鋪著布料排列著土產品而已。

這種路邊攤時常可見菊石化石。

是喜馬拉雅山中的產品。

全球海拔最高的喜馬拉雅山峰，往昔位於海底。如今那海底露出海面成為最接近天空的場所。菊石化石正是安眠在這種海拔超越五千公尺的岩石中。大約安眠了五億年。

菊石化石的歷史比喜馬拉雅山脈還悠久。

自非洲分離出的印度次大陸，每年以數公分的速度在海洋北上，於六千萬年前撞上歐亞大陸，撞上時所產生的無可計數的能量，正是往天空隆起的喜馬拉雅山。

那時所產生的能量和對我們來說是近乎永遠的時間，正是安眠在菊石化石的螺旋中。

有人在山中撿拾這類螺旋再賣給上述的路邊攤。

如今，我總算可以理解小夜子為何那麼珍惜這個螺旋的理由。因為我在黑附馬牛村親眼看到千代婆端坐的那個螺旋。

——月之森。

這是那個螺旋所在的山名。

是一座海拔九八七公尺的山。

在東北地方，「森」指的就是山。毒之森、毛無森、貓森、狼森——各式各樣的山名都被冠上「森」字。

早池峰山的北上山地是古生代二疊紀⓫地質的隆起準平原。早池峰山的主體正是貫穿這個古生層，寬十公里左右的蛇紋岩層。

古生代指的是五億七千萬年前至兩億四千萬年前之間的時期。

菊石亞綱和鸚鵡螺都在這時期的初期出現在地球上。

北上山地的地質和喜馬拉雅山脈地質具有同樣悠久的歷史。

菊石亞綱和鸚鵡螺均於五億年至四億年前生於海中，吃著月亮時間而成長的生物。

兩者均每隔一個月在自己體內鏤刻著類似年輪的月亮循環時間而成長。在看不見月亮的海底，牠們如何知道月亮循環的時間呢——

可是，我並非想主張菊石亞綱的學說而講述這個故事。

譯註⓾：尼泊爾第二大都市，位於中西部。
譯註⓫：三億至兩億五千萬年前古生代的最後一個地質時代。

不過我想再說明一點，菊石亞綱已經絕種，目前只剩幾個種群的鸚鵡螺生存在南方海洋中。

在地球歷史的同一時期，以同樣方式誕生，生活形態和體型也酷似的兩種螺旋，為何其中之一會絕種，其中之一則仍倖存下來呢？

菊石亞綱現在只剩下化石，但某些神智學者主張菊石亞綱這種生物所製造的螺旋，在神秘學上是一種閉鎖螺旋。

鸚鵡螺的螺旋每成長一次就往外開放（而且其螺旋是順著黃金分割的中心點而成長），但菊石亞綱的螺旋則是在同心圓上成長的螺旋——簡單說來，就是類似一條同樣粗的繩索捲成圓圈的螺旋。

鸚鵡螺把時間開放於外，菊石亞綱卻將時間關閉在自己體內。

螺旋是一種力量。

可以稱之為神秘力，也可以說是進化力。無論怎麼稱呼，我們都不能否定這世上的所有一切物體內部都具有螺旋力。

遺傳基因的構造是二重螺旋。

在原子核四周轉動的電子也是螺旋。我們的地球是一種圍著太陽環繞的螺旋運動體，而太陽也是名為銀河系的巨大螺旋的一部分。

螺旋是個成長的圓。順著時間運動的力量正是螺旋。

而重複月圓月缺的月亮正是所有螺旋力的象徵。

在此我必須回到小夜子的故事。

總之，我以前就知道小夜子非常珍惜我眼前這個螺旋。

她在臨死前，託我親手把螺旋交給名叫千千岩聰的男子，說完後就斷氣了。

可是，我為何沒將這個螺旋交給千千岩聰呢？

對我來說，我至少有兩次交給他的機會。

一次是在尼泊爾見到櫛形源治那時。另一次是二十多天前我造訪小夜子的故鄉村落，在東北地方的黑附馬牛村遇見本人時。

——為何沒交給他？

我明白理由。因為我內心燃燒著一道灰暗的碧綠火焰。是嫉妒之火。那道灰暗火焰正在燃燒著我的肉體。

我在嫉妒千千岩聰。

小夜子內心始終忘不了的男人正是千千岩聰。

她縮在我懷中圍著火堆對我講述我們所在的異國神話與傳說時，內心想的人也是千千岩聰。

無論我如何緊緊摟著她，她始終身在遙遠之處。無論我再怎麼用力摟住她，我都會感到有某種東西正在自我懷中逃離。

我以各種藉口在兩年內前往尼泊爾五次。

只要到尼泊爾，就可以見到小夜子。

論文對我來說早已不是那麼重要。

我只要前往山中那個村落，便可以見到在那間規模很小的小學兼診療所工作的小夜子。

能在遙遠異國見到小夜子是一種奇蹟。

實際上，她確實是我的最佳工作夥伴。

我寫的幾篇跟咒術、民間傳說、神話有關的稿件，都是她蒐集給我的資料。

小夜子在這方面具有令人吃驚的敏銳感。

某次在村落某個地方發現幾個碎石時，她撿起碎石時曾低聲說過：「這是魔魅……」

基於工作，有關這方面的文化正是我研究的對象，所以我知道魔魅是什麼。

在稻草人寫上你想詛咒的對方名字，於深夜用五吋釘釘打——也就是俗稱的丑時參拜咒術正是魔魅。

小夜子說她撿拾的那個石頭正是使用在魔魅的道具。

「怎麼可能？」

我當時這樣想，幾天後才知道她說的是事實。

我從親手施行魔魅咒術的男人口中聽到這事。

對方說，在被詛咒的人家裡擱一個石頭，至少要擱三天。之後再收回石頭，寫上被詛咒的人的名字，於滿月夜晚，在月光下用其他石頭敲碎寫上名字的石頭。

這種咒術稱為奴嘛爾。

我聽了男人說的話後，馬上去找小夜子。

「妳說的是事實。」

聽我這樣說，她只是無言地點頭。

「可是，妳怎麼光看石頭就知道那是咒術道具？」

「不光是石頭。」

「啊？」

「看到那石頭的前一天晚上，不正是滿月之夜嗎？」

「滿月？」

「是的，所以我想這一定是用在咒術上……」

「那妳怎麼知道那種咒術？」

「日本也有在滿月之夜施行的咒術。」

「妳知道做法？」

「在滿月的夜晚，爬到村落最高的樹上，朝月亮射箭就可以。」小夜子說。

我當時想，原來竟有形象如此美的咒術。

她那雙黑眸變得很遙遠，逐漸積滿悲哀神色。

那以後，無論我再怎麼追問，小夜子都閉口不提那個咒術。

看來，我那時觸到她內心最不想讓人知道的部分。

小夜子為何不回日本，而在這種地方工作呢？

我覺得她內心的秘密跟那個咒術一定有關。

我想，那咒術正是她臨死前說的魂月法。

她一定在某處曾看過魂月法。不，也許她曾親自試過那咒術。

因此那天晚上我才問了源先生。可是源先生和聰都不回答我的問題。

「你在哪裡聽到魂月法這個詞……」源先生當時這樣問我。

「小夜子告訴我的。」

「小夜子告訴你的？」

「是的，她說做法是爬到村落最高的樹上，朝滿月射箭……」

我把自己的猜測告訴源先生。

遠野這地方正如《遠野物語》中所描述那般，自古以來便有許多傳說與奇異故事。而且根據記錄，東北地方往昔住著無數妖鬼，這族群名為「荒霸土」——正是日本原住民。

因此在遠野有存留這種咒術的村落，其實一點都不奇怪。事實上，四國某村落現今仍在施行魘魅法，現代日本仍存在著伊邪那岐流派陰陽師。

「不知道。」

源先生只是低聲回了一句，之後不再提起有關這話題的任何一句話。

到底是什麼咒術？

到底曾發生過什麼事？

躺在我眼前的這個螺旋到底隱含著什麼意義？

有關小夜子的事，如今只剩下多得令人悲傷的回憶和眼前這個螺旋而已。

小夜子是在跟我一起登山時遭滾石擊中而喪生。

這個螺旋充滿了小夜子的體溫與回憶。

我望著菊石化石的黑色螺旋，呆呆望了很久。

突然，我興起把螺旋交給聽也無所謂的念頭。

但是，我必須知道某件事……

2

寄出菊石螺旋後，過了兩天，我接到聽打來的電話。

「收到了。」聽說。

他的聲音很沉穩，但我感覺出他的聲音中有一股隱藏不住地興奮——夾雜著類似喜悅的感情。

不明所以的嫉妒在燃燒我的心。

我明白，小夜子肯定透過我的手將某種我不知道的秘密交給聽了。

小夜子於死後仍在跟聽交流。

「你會守約嗎？」我問。

「當然會。」聽答。

我在三天前的夜晚打電話給聽。我告訴他，小夜子在臨死之前託我一個東西，並交代我一定要把這個東西交給聽。聽回答說，他想領回那東西，於是我向他提出條件。雖然本來就是應該交給聽的東西，但我不能失去這個機會。

我的條件是，我願意交出小夜子託給我的菊石化石，但聽必須告訴我有關魂月法的事。聽答應了，所以我才寄出那個螺旋。

「但是，我現在不能在電話中告訴你。」聽低聲對我說。

「那要在什麼時候？」

「四天後，怎麼樣？」

「四天後？」

「是的。」

「為什麼？」我問。

聽輕聲笑道：「因為四天後是滿月。」

「滿月？」

「而且剛好是小夜子死後第十二次的滿月……」

「……」

「你能不能再來一次黑附馬牛村？我想，在這兒的話，我可以在四天後的夜晚告訴你所有的一切……」

第四章 招聘四方夜之鬼神

1

櫛形小夜子最初遇見我時，她已經在尼泊爾住了將近半年。

她住在博克拉順著莫斯坦街道往西徒步兩天路程的小村落。

說是街道，卻不通行汽車，人只能徒步。

這是一條自古以來印度與西藏之間的交易道路，有些地方鋪著石板。有時順著河川，有時是山道。

從這條街道拐進北邊的安納布爾納峰山腳，往前走一會兒，便是小夜子住的布爾帕尼村。用尼泊爾語來解釋，布爾是橋，帕尼是水之意，合起來稱為布爾帕尼。顧名思義，是個有很多河川和橋的村落。

有對英國人醫生夫婦打算自費在村裡建設小規模的水力發電設備，小夜子正是在那位醫生家工作。

那對英國人夫婦大約每隔兩個月會前往加德滿都購物，小夜子遇見我那天正是購物日。

「其實應該留一人看家。」小夜子說。

山村診療所當然沒有必須住院的患者，問題不在人，而是發電機。

只要一天不在家，利用河川水力的發電機便會發生故障。

據說是村裡人會偷走發電機中可以換取金錢的零件。

最近總算比較少發生這種事。

因此小夜子才跟英國人夫婦一起來到加德滿都。

我問了村落位置，提早一星期結束山野調查的工作，沒帶口譯者就前往那個村落。

我在加德滿都得不到預期中的調查成績，沒想到前往那個村落後，碰到的不是神話而是留存至今的咒術。

前面也說過，小夜子發現那個利用在魔魅咒術上的石頭時，正是我第一次逗留在那村落時。

小夜子知道我在蒐集有關神話和民間傳說的傳聞，因此偶然發現那個石頭時特意告訴我此事。

也正是在那時，小夜子告訴我「魂月法」這個咒術名。

如此，我開始自日本頻繁地前往那個咒術村落——正確說來應該是前往小夜子的住處。

比那村落高一點的村落——卻也要徒步一個小時才能抵達——是藏人村，正適合我的工作。

「這村落跟我故鄉的村落很類似。」有天，小夜子這樣說。

「我們村落也有很多橋。」

小夜子望著我的眼睛有一句沒一句地告訴我有關她故鄉的事，雖然資訊量非常少。

提到故鄉時，她的眼神會變得很遙遠。

小夜子身上總是帶著螺旋。

是個黑菊石化石，約幼兒拳頭那般大。

只要到博克拉街上的路邊攤，那種石頭隨處可見。

我第二次前往布爾帕尼村時便已知道此事。

她總是把那個螺旋藏在身上的口袋。

「妳總是帶著那石頭。」有天，我這樣說。

「身上有這個，我會覺得很安心。」

那時，她以寂寞的聲音如此回答我。

2

山很龐大。

宛如是塊可以望見宇宙的躺在地面的岩塊。

我和小夜子像兩隻小蟲似地走在那岩塊的縫隙。

空氣很稀。

我們走在比富士山還高的地方。明明走在比富士山還高的地方，但那地方仍是地球，天空在遙遠的頭上。

頭上是青空。

望著那青空，我覺得自己是個盲人。

明明是清一色的青空，卻可以看成任何顏色。

青得可以看到彼方宇宙的顏色。

走著走著，偶爾可以自左右岩壁縫隙中望見安納布爾納南峰的白色岩石山脊。

刺眼的白令人陶醉。

我們望著山峰的白，望著腳下的岩石、流水以及即將枯萎的高山植物，踏著岩塊前進。

我們走得很慢。

氧氣量大約是山下的三分之二。

加快速度會接不上氣。

肌膚上微微滲出的汗馬上會因乾燥空氣而蒸發。

我有點頭痛。

是高山症的初期症狀，但不嚴重。

我的心情反而處於高峰狀態。

心臟的鼓動、呼吸以及往前跨出腳步的節奏都渾然一體。

連疲勞也令人心情愉快。

我覺得自己的節奏正在一步一步與山同化。我與山融化，肉體逐漸與宇宙重疊——

後方傳來小夜子的呼吸聲。

這一切都令我陷於酩酊狀態。

山，終究是山。

只是如此巨大的山，內部便包含著宇宙。

山，早已脫離人類口中所謂的粗暴、清淨等形容詞範圍。不，不是脫離，而是山本來就是這種存在。

是個巨大的無垢存在。

地球透過山，向宇宙坦露自己。

與山比起，我們的存在相當於蟲。只是個生物。

化為單純生物，我們才能跨進宇宙同山共有的時間。逐漸融化，也逐漸被填滿。

——這是第五次的尼泊爾之旅。

我於事前下了一個決定才踏上第五次的尼泊爾大地。

論文工作幾乎還未著手。

我只是將蒐集來的尼泊爾神話和傳說雜亂無章地記在筆記簿上任其增加而已。盤踞在我腦中不是尼泊爾的眾神傳說或民間故事，而是一位女子。

小夜子應該也察覺到我這種心意。

不，一定察覺到了。

雖然她察覺到了，但我還未親口表達我的心意。

如果有個男子三番兩次從日本迢迢來找自己，任何一個女子都會理解那男子對自己懷著什麼心意。

那我到底在等待什麼？

在等待小夜子主動對我告白她喜歡我嗎？

或許，當時的我甚至期望小夜子拒絕我吧。

我確實感覺到她對我的好意——類似好意的感情。否則，再怎麼說，我也不可能三番兩次跑到這麼遙遠的異國來。

我想知道的是，她的好意是不是超過好意範圍的感情。或者，我是在期望她的好意能變成超過好意範圍的感情。

然而，我心裡明白，小夜子喜歡的是另一個男人。

我當然明白，因為我喜歡小夜子。

我從未忽略小夜子的任何表情，也從未忽略她的任何小動作。

我是第二次前往尼泊爾時察覺到這事。

我察覺到無論我們在交談什麼，小夜子的心總是飛到別處。

無論交談得再熱心，她的眼神總是透過我望向遙遠的方向。

正是第一次見到她時的那種眼神。

那眼神望著的是比白色山頂更遙遠的地方。

「所謂咒，是為心靈軟弱的人而存在的……」有一天，她這樣說。

「看似利用咒術束縛別人，其實，真正被束縛的是自己。」

她微笑著這樣說，但那微笑看起來極為寂寞。

「妳這樣說，好像妳自己曾經給別人施過咒術……」我說。

她沒回答。只是沉默地掛著同樣微笑望著我。

那時，不知為何，我突然明白了一件事。

——小夜子喜歡別的男人。

她人雖然在我身邊，其實存在於遙遠的地方——我理解了這種距離感以及其他一切。

她那嬌小的身子內部懷有一種需要距離的感情——遠得如日本和尼泊爾之間的距離。

那時起，我的尼泊爾之旅就變成瘋狂痛苦的遠行。

我在她身上看到一道無形的牆壁。每逢我想鑽進她的內部時總是會碰壁。

只是，我跟小夜子之間從未提過有關此事的任何話題。

我很怕碰觸此事。

當然她也從未主動提起這事。

第四次前往尼泊爾時，我又察覺一件事。

我察覺她開始把我當成負荷。

這是當然的。

即便基於工作，一般男人不可能在短短期間內如此頻繁地到外國去見一個女人。除非對那個女人懷有特殊感情。

而我正是對她懷有這種特殊感情，特殊到什麼程度呢？不用我主動說明，她也可以從尼泊爾和日本之間的距離，每次去看她時所花的旅費以及次數得知答案。

我決定主動告白。這是當然的順序。如此，我這段還不能稱之為戀情的單戀結果就等於交給她解決了。

因此我才邀她一起做徒步旅行。

這是種狡猾的做法嗎？

徒步旅行——就是在尼泊爾山腳徒步環遊之意。

是三夜四天的小旅程。

我們打算深入安納布爾納峰，在將近五千公尺之處露營，然後回來。

是只有兩人同行的徒步旅行。

帳篷只有一個。

以前曾和小夜子的雇主英國人夫婦四人一起同行過。

我打算在這趟徒步旅行期間向她告白。倘若她拒絕這趟小旅行，我打算將她的拒絕當作一種答案。

當她答應跟我同行時，我內心顫抖得很。那應該是一種喜悅的顫抖。

因為我在事前就考慮過，如果她答應了，那也是一種答案。

假如我曾因小夜子而擁有過無上幸福的時刻，那麼應該是在那趟小小的徒步旅行中吧。

我們幾乎始終無言地走在狹窄山徑。彼此只交談了幾句。但我仍能感覺出我們之間首次同時擁有某種感情的氣氛。即便那種氣氛多少夾雜著不安。

直至今天，我仍不希望那其實是我的錯覺。

我們踏著偶爾可見即將枯萎的龍膽花的石路，聞著落葉味，一步一步地登上秋季深山。越往上攀登，秋意越深。

在布爾帕尼村仍留有夏季痕跡的風景，隨著我們累積的高度，逐漸變成秋季。跟日本的秋酷似得令人吃驚。

我們在染紅的岳樺森林中踏著濕潤落葉前進。岳樺落葉在結實的登山鞋底下破碎，落葉下的腐殖土飄出悠久歲月的山中泥土味，融化於空氣中。

這種味道和樹皮味、草味、偶爾落在路邊的氂牛糞味——形形色色的味道都隨著我們登高而逐漸變化。

偶爾後方會傳來小夜子的汗味和髮香。

我們穿過森林走在山谷中。是岳樺山谷。

也看到染成金黃色的岳樺樹葉隨風飄舞，聚成幾千幾萬的群體，被青空吸引般地在山谷上空的亮光中升天。

遙遠彼方可見喜馬拉雅的白峰。

有時我們會無言地止步，呆呆望著那光景。

我們在正面可以望見安納布爾納岩峰，四周是紅葉岳樺的山谷中設營。

山谷中央有條冰河融化而成的河川。

河水很冰冷。

冰冷得伸手進去會耐不住二十秒鐘。

風也變得很冷。

我們從背包中取出毛衣穿上。
在高聳懸崖下一棵高大岳樺樹根旁搭好帳篷時，眼前的安納布爾納白色岩峰已染成紅色。
早已照不進山谷中的陽光正照著將近平流層的山頂。
是帶著金黃色的深紅。
待山谷完全昏暗後，天空一隅的白色岩峰依舊發出紅光，彷彿獻給印度教眾神的某種燈光。
我們兩人變得更沉默。
那天晚上，我們在帳篷內鑽進睡袋後仍無法入睡。
在睡袋內交談了幾句便無話可談。
我在黑暗中睜著雙眼一直望著帳篷頂。
耳邊可聽見睡在一旁的小夜子的呼吸。
我耳內響著某種聲音。
是心臟的跳動聲。
黑暗中某高處傳來岩石聲。
是岩石撞擊岩石的聲音。
那聲音在黑暗中逐漸挨近。
然後，停止。
是帳篷後方的一部分懸崖崩塌了。掉落的岩石停在懸崖途中。
那岩石似乎落到我的胸中，然後停在其中。
接著，我脫口而出。
「妳還沒睡著吧？」我說。

黑暗中傳來點頭的動靜。

之後，又是一陣沉默。

她的呼吸聲。

我的心跳聲。

最終按捺不住的是我。

「妳有喜歡的人吧？」我問。

不過，那不是我打算要說的話。

——我到底在說什麼？

我為自己說出的話而咬牙切齒。

我根本沒打算問她這個。

我只是想說，我喜歡妳。

黑暗中傳來她點頭的動靜。

一股痛楚貫穿我內心。

是令人呼吸困難的痛楚——

我小心翼翼地吸著氣，又呼出，不想讓她察覺我的痛楚。

「對方呢？」我問。

我是想問，她喜歡的那個男人是不是也喜歡她。

但這也不是我打算問的話。

她沒回答。

我聽到她的低沉呼吸聲。

原來她在哭泣。

我再度說不出話。

很長一段時間，我一直在尋找該說的話。

其實根本不用尋找。該說的話就在我身邊。

我尋找的是說出那話的勇氣。

只是，對一個二十過半的男人來說，那勇氣未免太不足為道了。

接著是一陣很長的沉默。

沉默到最後，我總算說出那句話。

「我喜歡妳。」

我的聲音很低，有點嘶啞，也有點尖。

帳篷內又充滿一陣很長的沉默。

我不知道該怎麼辦。

我打算再說一遍同樣的話。

其實在開口之前，我幾乎想轉身面對著她，拉攏她再奪去她的嘴唇。

那時，有個東西輕輕碰觸我的右肩。是她的手指。

我轉動身子面對著她。

她的臉龐離我很近。眼前是她那雙黑漆漆的雙眸。

帳篷內突然明亮起來。

是隱約可見的白光。

看來月亮出現在山谷邊緣。

我再也忍不住了。一把拉攏她，內心如少年般地怦怦跳。

我摟住她，用盡全身力量摟住她。

再怎麼用力，我都覺得不夠。

兩人的嘴唇碰著了。

她穿著T恤。T恤下的甘甜肌膚正在我懷中。

我享受到無上幸福。

那瞬間正是我這段戀情的成果。

我的手伸向她的胸部，在T恤上捕捉到她的乳房。

是柔軟的胸部，胸部中央有堅硬的乳頭。

我們彼此碰觸舌尖，再分開。

「你知道嗎？」她問。

「知道什麼？」

「火焰一旁的奶油會融化這句話……」

「什麼意思？」

「是這個國家的諺語。」

我不知道她指的是我，還是她自己。

我們彼此凝視。之後她的眼睛突然望向上方。

「月亮……」她低語。

看來她也察覺到帳篷內突然明亮起來的亮光。

那瞬間起，我明白她又自我懷中遠去了。

應該在我懷中的小夜子自我懷中逃離了。
我們緩緩地分開彼此的身子。
兩人沉默了許久。
「我到外面一下。」她說。
「外面？」
「我想看月亮。」她答。
我們爬出帳篷。身上穿著毛衣和風衣。
兩人站在一塊小岩石上。
那兒曾經是湛藍海底。
遙遠的遠方可見安納比爾納白峰。
發白的月光自上空照在白峰上。
是滿月。
月光也大量射進我們的山谷。
岳樺樹梢彼方可以望見星眼。
明明是滿月，星眼多得驚人。
彷彿身在天空某處。
我們彷彿僅有兩人身在不屬於地球的某處。
走出岳樺樹，我們四周更瀰漫著滿月亮光。
我很驚訝這世上竟有這種光景。
耳邊似乎可以聽到玻璃質的清澄月亮聲。

我在離她數步之處，痛心地望著她的背影。

正是這時——我聽到那聲音。

聲音傳自右上方——懸崖上。

是岩石撞擊岩石的聲音。

是滾石。

聲音在頭頂上方突然歇止。

我以為滾石停止下落了。

然而不是。

原來是下落的滾石撞擊到懸崖岩石，飛到半空。

接著，小夜子突然倒地。一聲不響的像木棒那般地倒地。

我最初無法理解到底發生了什麼事，低聲呼喚她。

她沒應聲。

我朝她跑去，抱起她。

一種滑溜溜暖的東西弄濕了我的手。

是鮮血。

原來是滾石擊中了小夜子。

我想，我當時應該發出尖叫。

那聲尖叫讓她睜開雙眼。她望著我說：「口袋……」

她挪動右手想去摸風衣的右口袋。

我伸手代她伸進口袋。口袋內有個堅硬東西。

我取出那東西。正是那個螺旋石頭。菊石化石。
我把石頭塞進她的右手。
自她頭髮中不斷湧出鮮血，逐漸弄濕了我的手腕、手肘、膝蓋。
我呼喚她的名字。她依舊睜著眼睛。
但她不是望著我，而是望著月亮。
雙手緊緊握著我塞給她的菊石螺旋。
「幸好是滿月。」她低聲說。唇角甚至浮出微笑。
我眼睜睜地望著生命不斷自她體內脫離，卻毫無辦法。
我甚至沒想到該用毛巾按住她的傷口，只是緊緊地摟住她。
「要是不做魂月法不多好……」她喃喃自語。
「什麼？」我問。我不想漏掉她說的任何一句話。
「求你……」她首次望向我，對我說：「我死後，把這個石頭，交給，一個叫千千岩聰的男人……」
「什麼？」
「交給，千千岩聰……」
我點頭。點頭後立即衝向帳篷。我想去拿毛巾和藥。
我想，那時的我一定發出尖叫。
之後，等我拿著毛巾和小得完全無法堵住她傷口的ＯＫ繃回到原處時，她已經在岩石上斷氣了。
她睜著雙眼，淋著自正上方射下的月光，雙手在胸前緊緊握著那個螺旋，望著月亮浮出微笑。

第五章　銀之箭頭直射月亮

1

這天是滿月。

蒼白的大月亮掛在東方上空。

我站在小丘上，剛才還可以清晰地望見黑附馬牛村。

但此刻村落已完全沉沒在黑暗中。

聽交代我不要讓任何人知道地在這兒等他。

所以連源先生也不知道我今天來到此地。

此地——聳立著黑附馬牛村內最高的樹木。

是棵高大杉樹。

聽說，這棵樹的樹齡有兩千年以上。

在我胸部高的樹幹粗得讓四個成人伸手環抱恐怕也不夠。

高約三十公尺以上。

最初看到這棵杉樹時，我被樹的量感鎮壓住。

說是樹，卻宛如自地面長出的一塊巨大意志。

我正站在樹下。

光是背對著樹也能感到背後傳來的量感。

起風了。

杉樹枝頭的樹葉不斷在頭上沙沙作響。

彷彿頭上有大海，我聽的是波浪聲。

「嗨，你來了。」一旁突然傳來呼喚。

「來了。」我說。

聽跟上次一樣穿著牛仔褲站在我眼前。

2

藉著月光和西方上空仍殘留的亮光，我隱約可以看清聽的身子和表情。

「很漂亮的滿月。」

聽走到我身旁，望向東方上空逐漸明亮的月亮。

他的雙眼濕潤得發出亮光。

看來他外表雖保持沉靜，體內似乎充滿興奮。

「你說好要告訴我一切。」我說。

「嗯，我會守約。」聽轉身望向我。

我們彼此凝望了一會兒。

「是這棵樹吧？」我問。

「是的。」聽掛著微笑答。

我想起第一次遇見他時的印象，今晚的他判若兩人。

「小夜子正是爬到這棵樹上做了魂月法。」

「果然有魂月法這種咒術……」

「嗯。」

「到底是什麼咒術？」

「就如你說過那般，在滿月夜晚獨自一人爬到這棵樹上，朝天空的滿月射箭。」

「……」

「但是，施法的人必須全裸。箭頭要塗自己的經血，箭尾要綁上對方的陰毛……」

「對方？」

「深愛的男人的陰毛。這是讓月亮和鮮血連結的咒術，只有女人才能施法……」

「這咒術到底有什麼效果？」

「是為了讓自己暗戀的男人也愛上自己的咒術。」聽說。

「那麼，小夜子她……」

「小夜子正是對我施了魂月法。」

「你說什麼？」

我心中浮起小夜子在蒼白月光下朝上空爬上這棵樹的白皙裸體。

她那樣做，只是為了獲得我眼前這個男人的心。

「是的，所以小夜子才離開了我。」聽淡然地說。

「為什麼？咒術有效嗎……」

「有效。在她射那種箭之前其實就有效了。我在很早之前就喜歡上小夜子……」

聽瞄了我一眼，再加一句。

「大概比你還喜歡她。」

「那為什麼小夜子會跑到尼泊爾……」

「她是逃走的。」

「什麼？」

「因為她明白了用咒術束縛人心的可怕……」

「那以後，無論我怎麼表白我喜歡小夜子，她也不敢相信。」

「……」

「為什麼？」

「因為她認為全是她的咒術在起作用。她撐不到半年就走了。每當我說我喜歡她時，小夜子總是會哭。之後她才坦白告訴我，她施了咒術。」

一般人聽了聽這段話，到底會怎樣想？

這是個仍存留著咒術的村落。

在這村落，實際上有個女子深信咒術的效用，並施行了咒術，而且另有一個男子被施了咒術。

「你不相信也無所謂。現今這個時代，怎麼可能有被咒術折騰得團團轉的人……」聽說。

我微微搖頭。

此刻，我總算稍微明白小夜子為何會到尼泊爾，為何不回日本的理由了。

「可是，你一開始就喜歡小夜子吧？那小夜子為什麼還特意對你施行咒術呢？」

「因為我故意冷淡小夜子。」

「故意？為什麼？」

「我已經活不久了……」

「活不久？」

「癌症。我最遲也會在三十歲之前死掉。這是生為千千岩家男子的命運，概率是七成。」

「我聽不懂。」

「我們啊，血太濃了。重複著近親結婚，就變成這樣了。」聰說完，伸手攏起自己的頭髮。

他右邊額頭上有個紫斑。

「你看得到嗎……」聰問。

他指的似乎是那個紫斑。

「嗯。」我點頭。

「我出生時還沒出現這個紫斑……」

「……」

「十七歲時才出現……」

「這紫斑表示什麼？」

「千千岩家的人每個都很長壽，只要不在三十歲之前死去，通常可以活到九十歲或一百歲……但是有這個紫斑的人例外。」

聰的聲音雖低沉，卻很清晰。

「至今為止，出現這個紫斑的人幾乎毫無例外都會患上癌症死去……」

「……」

「只有男子才會出現這個紫斑。沒人知道到底是什麼原因才會這樣。千千岩家有七成左右的男人，最遲會在二十歲之前出現這個紫斑，然後患上癌症死去……」

「怎麼可能……」

「我也不知道原因。不過，這是事實。癌症不是會遺傳嗎？額頭上的這個紫斑正是表示身上有這種遺傳因子的人……」

「可是，動手術不就……」

「統統不行。無論是早期發現還是動手術，統統沒用。就算動手術取出癌，也會馬上出現其他癌。這根本不是什麼癌擴散，是體內到處都會冒出癌的體質。動手術延長壽命也頂多只能撐半年……」

聽的聲音聽起來很淡然，卻句句擊痛我的心。

「小夜子喜歡上我這種男人，你認為會有什麼好處嗎？」

我答不出話。

但是，我還想問一件事。

「那千代婆的事呢？」

「在這村子裡，死人的靈魂都會爬到那個御靈石山上升天。不過，只限在滿月那天死去的人。死人的靈魂爬山時，都會在那個御靈石上休息……」

「御靈石？」

「就是那個大菊石化石。你知道嗎？無論什麼螺旋，每個螺旋必定具有某種神秘力。就是可以和月光調和的力量。因為月亮是一種螺旋。自古以來，月圓月缺的月亮便是陰陽螺旋的象徵，也是時間的象徵。時間也是一種螺旋。小夜子正是在螺旋內封住了自己的感情。」

聽說得像在唱歌。

「不過，一般人看不到。除非是這村裡的人，或是具有月亮神秘力的人，否則沒人可以看到升天的靈魂……」

「可是，我看到了。」

「那是因為你那時感應到月亮的神秘力。那時你身上有這個石頭……」

「……」

「如果你那時向靈魂搭話或跟在靈魂後面，升天的靈魂便會失去神秘力，無法升天。所以源先生那時才問你有沒有對千代婆搭話或跟在她後面。」

「這是真的嗎？」

「信不信隨你，我只是告訴我知道的一切而已。」

聽提高聲音，音調越接近在唱歌。

「這是小夜子，一定是小夜子。」

聽自口袋取出螺旋。是我寄給他的小夜子的螺旋。

我內心湧起一股激烈的嫉妒感情。

——還給我！

我很想這樣大喊。

「你想不想再見到小夜子？」聽突然問。

「什麼？」

「我在問你，你想不想再見到小夜子？」

「辦得到嗎？」

「辦得到，因為趕上時間了。我得到了凝結小夜子感情的這個螺旋。今天不正是滿月夜晚嗎？我知道小夜子對我的感情有多深，只要摸這個石頭便知道，這是小夜子。」

聽像在發高燒地說，他把我寄給他的螺旋貼在臉頰撫摸。

「怎麼做才能見到她？」

「從螺旋內呼喚小夜子出來。我辦得到。只有我才辦得到。我有資格去做。所以小夜子才在臨死之前交代你，要把這個螺旋轉交給我。太好了，你知道我有多感謝你嗎？幸好是你當時在小夜子身邊……」

聽的眼眸在月光下明顯浮出瘋狂的神色。

我想，我的眼眸大概也浮出跟聽一樣的瘋狂神色。

「可是，我已經失去那個螺旋了……」

「放心，你看得到，一定看得到。只要看過一次，在你的意識中就已經形成路了。道理跟螺旋的線路一樣。你看得到，看得到小夜子。你可以再見到她一次。你有資格，有見小夜子的資格，因為你愛上小夜子。你也可以從我身邊奪走小夜子，假如你辦得到的話。我不想連你擁有的這點資格都奪走……」

聽的聲音高得令人害怕，聲音很尖。雙眼發出異樣亮光。

「我絕對不會讓出小夜子。」

「聽！」我叫道。

「你去等，去那個御靈石旁等，你先去等待。小夜子會在今晚深夜爬到那個地方。我必須回去準備一些事，等我準備好了，我也會趕到御靈石那兒……」

聽說完，雙眼炯炯發光地用力背轉過身。

四周已是夜晚。

聽的身姿立即消失在月光的黑暗中。

杉樹在我頭上沙沙作響。

滿月發出異常亮光。

終章　橫渡者是夢與黑夜神

我蹲在草叢中等了好久。

夜氣很冷。只一個月，氣溫便低得令人不敢相信。

四周的草已全枯萎。

在草叢上橫渡的風聲也跟一個月前不同。

秋的紅葉籠罩著月之森。

我彷彿可以聽到黑暗森林盡頭那靜靜地離開樹枝而隨風飄舞的樹葉聲。

月亮在中天。

我繼續等待。

等待小夜子從山下爬上來。

聰也還未抵達這兒。

我的四肢已冰冷得不像話，但肉體中央似乎有一把類似通紅炭火的熱燙東西正在燃燒。

我等著。過了很長很長一段時間。我想，我大概會埋沒在深山冷氣和深山時間中。

冷不防，我好像聽到風中夾雜著笛聲。正是之前聽過的那笛聲。

笛聲中似乎還夾雜著輕微的鉦鼓聲。

我背上升起一股緊張，全身寒毛都直豎起來。

之後，我看到了。

在下方草叢水靈靈的蒼白月光中，小夜子正緩慢地邊舞邊爬上來——是全裸。

我看到了她的全部，包括嬌小的胸部、細長手臂、苗條腰部。

她的表情不再是我熟悉的那個經常堆滿寂寞的表情。

她臉上毫無任何悲哀神色，滿面笑容。

小夜子愉快地邊舞邊挨近。

當我望向她後方時，不禁停止呼吸。我想，我的表情在那瞬間一定跟厲鬼一樣。

我雙眼燃起一道蒼白火焰。因為我看到小夜子後方跟著一個也是全裸邊舞邊爬上來的男子。是聰。

聰也是滿面笑容。

笛聲響起。

鉦鼓聲響起。

小夜子的白皙手臂在月光中翩然翻轉，聰的雙腳咚咚地踩著大地。

「從螺旋內呼喚小夜子出來。我辦得到。只有我才辦得到……」

我總算明白剛才聽在山下所說的話的意思。

聰自己了斷自己的性命，跟小夜子一起爬上來了。

「我也會趕到御靈石那兒……」

我終於明白這句話的意思。

「你也可以從我身邊奪走小夜子，假如你辦得到的話……」

兩人臉上掛著笑容，坐在那塊大御靈石上休息。

聽似乎已經忘記我在這兒看著他們。兩人臉上都浮出透明的歡欣表情。是那種解決了塵土一切瑣事的表情。

只有我被拋在後面。我不知道該怎麼辦。

小夜子——

小夜子就在我眼前。

我很想呼喚她。很想讓她轉頭再看我一次。很想跟她一起升天。

一股激烈的衝動襲向我。

小夜子即將走了。

我全身籠罩著令人難耐的恐懼。然而，我忍住了。

我邊哭邊咬牙切齒地忍住。

因為小夜子的表情太幸福了。

至少，我絕對無法做出自己了斷自己性命的事。

兩人休息了一會兒後，我依舊躲在草叢中目送他們緩慢地邊舞邊升至中天的滿月。

直至兩人消失蹤影後，我仍舊痛心地呆呆望著掛在中天的滿月。

＊本文中各章的標題，全摘自宮澤賢治的詩〈原體劍舞連〉⓬詩句。

譯註⓬：宮澤賢治於一九二二年在岩手縣奧州市觀看該地自古以來的民俗藝能之一「原體劍舞」後，所寫的詩。類似岩手縣北上市那一帶的傳統藝能「鬼劍舞」，是日本國家無形民俗文化財之一。

骷髏盃

1

我真的是在無意中買到那東西。

長年以來我基於喜歡寫了些暴力情色小說，所以很早以前便透過資料得知有關那東西的知識。而且實際在小說中也寫過不少次。

那東西正是骷髏盃。

我詳細說明好了。

前年，我去過一趟尼泊爾和喜馬拉雅山。

目的是去看鶴。

尼泊爾這個國家因季風關係，有個每天都在下雨的雨季。以日本說法來說，類似梅雨，但規模比梅雨大。

夏天季風期大約在六月上旬至九月下旬之間三個月，這時期下的雨量將近年降雨量的百分之八十。這是因為飽含太平洋濕氣的空氣北上時，會撞上喜馬拉雅山脈，在山脈南側降下大量的雨，之後變輕的空氣再越過山脈。

降在地面的是雨，但降在海拔七、八千公尺高的喜馬拉雅高峰的就全部是雪。

正是最惡劣的登山時期。

雨季結束後便是晴天。一旦放晴，藍天碧空會持續一段日子。

登山者會在這段晴天攀登喜馬拉雅山。

等待晴天的並非只有人類，棲息在蒙古或西伯利亞的鶴也在等待晴天。正確說來是白鶴。

白鶴從西伯利亞乘著高速氣流越過將近八千公尺的高峰，在風中飛往印度。

我曾看過十幾年前日本登山隊拍攝的白鶴影片，美得令人嘆息。柔軟如絲綢、銳利如刀刃的白鶴，成群結隊在高空中紛紛飛過白色岩峰，一隊隊飛過藍色高空。

看過影片後，我很想親眼看看那光景。

我擠出工作時間，出發那天寫稿寫到凌晨四點半，在機場也繼續寫，抵達加德滿都後也每天寫，這才總算把工作解決，進入山中。

那時日本有遠征隊正準備前往日本人熟悉的八千公尺高的馬納斯魯峰，我以有名無實的學術隊名義加入了遠征隊。

白鶴飛越喜馬拉雅山的路線有幾道，其中之一正是馬納斯魯峰。

學術隊員除了我，另有一位出版社編輯。

在這趟旅程中，我經歷了幾件有生以來首次體驗的事。

我不但患上高山症，而且還每天在冰河與積雪奮鬥。

因為那時我們遭遇了反季節的大雪。

當時各處山中都出現登山遇難者。那是尼泊爾氣象觀測史上首次出現的大雪。

下山後才知道有兩個氣旋盤坐在孟加拉灣，最後越過喜馬拉雅山。

在大雪中的帳篷內，我聽到收音機斷斷續續傳出印度隊在聖母峰遭大雪困住的新聞報導，三天後，收音機又傳出印度隊失去聯絡的消息。

收聽這類在各處山中跟我們一樣困在大雪中的登山隊，因雪崩或糧食不足而陸續喪生的新聞，是相當恐怖的經驗。

我有生以來首次嘗到在大本營帳篷中睡袋內，穿著登山鞋、握著小刀睡覺的滋味。這是為了遭遇雪崩時，萬一沒死，可以用小刀劈開帳篷逃生。

就規模來說，喜馬拉雅的雪崩本質上與日本山脈的雪崩完全不同。在將近八千公尺高的山頂一直線下瀉的雪崩，可以一口氣奔馳數千公尺，倒山傾海地流入山谷或冰河湖。

那種雪，如同冰塊。

體積跟一棟大廈差不多的部分冰河倒塌時，冰河會成為無數冰塊，順著斜坡一路往下滾，不但會削掉岩石，有時甚至會連根拔掉整個山谷。而那些無數冰塊，光一塊就差不多有一棟房子那麼大。

碰上這種雪崩，通常只有死路一條。

不過，萬一偶然只是被捲入雪崩一隅時，有時可以得救。而且僥倖臉龐四周有積雪縫隙，那麼據說可以呼吸縫隙中的空氣，勉強維持二十分鐘性命。此外，如果覆蓋在身上的積雪厚度不超過二十公分，就有可能自力脫離險境。但是，即使在遭遇雪崩僥倖沒死，身體勉強可以動，空氣也有二十分鐘餘裕時，手中若沒有小刀也無法自力脫離險境。

首先，帳篷會被壓扁，緊緊黏在臉上和身上。光靠雙手是無法撕裂帳篷的。

因此小刀是必需品。

而且小刀不能收在口袋，必須握在手中。既然被雪埋住，你當然無法運用雙手自口袋取出小刀。不過，只要手中握著小刀，就可以用小刀挖掘手邊的積雪，在雪上穿洞，然後設法脫離險境。

但是，就算脫離了險境，腳上若沒穿鞋，等於延長了死亡時刻而已。所謂大本營，再怎麼說也是位在海拔五千公尺左右的地方。那是攝氏零下二十度以上的世界。腳上沒穿鞋會立即凍傷，寸步難行地死去。

只要有穿鞋，至少在挖掘積雪下的帳篷和糧食那段時間內勉強可以活著。

不過，在那種大自然環境中，無論小刀或鞋子都只能算是微不足道的自我安慰罷了。
只是，就算是微不足道的自我安慰，總比沒有要好。
雪崩在腳底轟隆作響。
夜晚，我在睡袋中聽著背後傳來的雪崩聲。
頭上再度轟隆一聲。
那聲音一直不歇止，在黑暗中快速挨近。
要來了。
我睜著眼睛瞪著帳篷頂，咬著牙根握緊小刀。
聲音停止。
鬆了一口氣後，只聽到不停降至帳篷的颯颯雪聲。不久，帳篷上積滿了雪，雪聲也隨之停止。點亮頭燈，我發現帳篷往內大大凹下，內部變得很小。趁帳篷被壓扁之前，我起身自內部敲打帳篷，讓防雨罩上的積雪滑落。
結果耳邊再度傳來降在帳篷上的颯颯積雪聲。
那是令人心驚膽跳的聲音。
雪自昏暗上空無休無歇地降落。
第七天，雪崩終於來了。在夜晚。
雪塊毫無預兆地咚一聲擊打在帳篷上。
帳篷被強風搖晃得幾乎破裂。是暴風。
我醒來。
「快頂住帳篷！」

睡在一旁的編輯神色驚恐地頂住帳篷上方。

我趴在睡袋內咬著牙根用手臂護著頭。

暴風和擊打的雪塊立即歇止。看來是中等程度的雪崩在我們頭頂上方的冰磧轉向，之後在帳篷旁崩瀉滑下。

而雪崩前端的凝縮空氣沒有轉向，跟隨大量雪塊一起越過冰磧擊中了帳篷。雪崩本身則歪向一旁。

類似的事件發生了好幾次。

我在帳篷中嚇得牙齒嘎吱嘎吱作響，有生以來首次具體地思考死亡，並想到還未完成的工作。我不想留著幾部還未寫完的小說就這樣死去。

接著想到陪我一起來的編輯，此刻他內心正在想些什麼？

我是基於個人興趣而來，但編輯只是湊巧身為我的責編才來此地，理由僅此而已。

他肯定比我更不想死。

在這種狀況中，人會變得很單純。我腦中只浮出留在日本的妻子和孩子以及工作。本來還在帳篷內跟編輯商討，既然歸途因轉機問題必須在泰國過夜，那麼在泰國當晚該怎麼玩等等不可告人之悄悄話，但這些話和其他一切事都因雪崩而全部化為烏有。

夜晚，我在睡袋中點著頭燈寫稿。

這時，一旁的睡袋中傳來聲音。

「是不是那東西不吉利才會……」

原來是睡不著覺的編輯在問我。

「是那個嗎……」我說。

我知道編輯指的那東西到底是什麼。

那是在登上大本營五天前，在撒瑪藏人村露營三天時買的。

是骷髏盃。

2

我和編輯比遠征隊晚一個月才進山。

因為我的工作太忙了。按理來說，為了適應高度，我們應該跟隨駝隊徒步，花將近一個月的日子抵達大本營，這也是喜馬拉雅的做法。但我們兩人無法完成那步驟，只在富士山適應了高度，便利用尼泊爾軍用直升機直接飛至撒瑪村。撒瑪村的海拔高度跟富士山差不多。

村落正值秋天。四周群山楓紅似火。

紅葉上是白雪岩峰，岩峰上是青空。

露營期間負責照料我們的是一位嚮導，名為杜魯奇。

有勞杜魯奇的幫忙，我們不用睡在帳篷，而是住在村落盡頭的Karka。Karka是用石頭堆積成的小石屋。雖然會吹進賊風，但比帳篷大，睡起來很舒服。

那男人在我們住進小石屋第三天傍晚出現。

每當我們生火時，都會圍攏一堆居民。有小孩啃著剛烤熟的馬鈴薯過來，也有格外親切的老頭子和老太婆。孩子都光著腳。

他們每個都穿得破破爛爛，髒得不知何時洗過澡。也有人因汗水和污垢使得頭髮黏成一條一條。

他們圍在我們的火堆旁一起喝當地濁酒，有時會大聲唱歌給我們聽。

第三天傍晚，出現一個陌生男人。

那人揹著竹籠，來到火堆旁把竹籠擱在地面。說是地面，其實半徑兩公尺以內都是牛糞或氂牛糞。

若以日本人的視點來看，那男人年約六十，但尼泊爾人老得快，或許實際上更年輕。

嚮導杜魯奇向那男人說了幾句土話，並望向那男人的籠子，搖頭表示不行。

男人不知向杜魯奇說了什麼，但杜魯奇不理他。雖然聽不懂他們之間在交談什麼，但從男人偶爾拋向我們的視線看來，話題似乎跟我們有關。

男人看似死心地坐在籠子旁抽起煙來。

過一會兒，杜魯奇來到我們身邊，說前面有一家釀製酒很好喝，他要去買酒。因為我們說好在前往大本營時要帶酒去，杜魯奇說要到那家買幾公升酒回來。

杜魯奇提著五公升容量的塑料桶匆匆離去。

待我們看不見杜魯奇時，剛才在抽煙的那男人起身，提著籠子來到我們面前。之後，男人開始做起買賣。

他在地面鋪了一塊布，從籠子內接二連三取出各種物品擱在布上。這時我們才理解那男人來此的目的。

我以前參加過尼泊爾徒步旅行，看過做這種買賣的男人。是賣土產品的商販。

每當徒步旅行隊休息或露營時，總會出現這種不知來自何方的商販。他們賣酒、賣雞、賣民藝品、賣音樂、賣歌聲。

那男人正是這種商販之一。

「喔……」編輯深感興趣地望著逐一擱在布上的物品。

獨鈷杵。

類似寶石的石頭。

刀鞘有裝飾的尼泊爾軍刀。

古舊佛像。

銅製酒杯。

項鍊。

戒指。

菊石化石。

籠子內出現形形色色的物品並列在布上。

這類商販展示的物品幾乎全是贗品。只有菊石化石是真貨，菊石化石在喜馬拉雅山中很常見，但其他看似歷史悠久刻有經文的木片、木板和銅製獨鈷杵，都是針對這類商販而偽造的東西。尼泊爾有專門製作這類物品的工匠，他們製作後再故意浸在水中或埋在土中，讓其看起來像有文化價值，最後再轉到這類商販手中。

編輯對這點也心知肚明。

只是，明知是贗品，但看著自籠子內出現五花八門的物品也很有趣。

「難得他居然跑到這種山中來。」

「在登山遠征隊經常來往的路線，應該有很多這類商販。」

我們用日語如此聊著。

「咦，這個……」

那男人最後取出的東西吸引了我的注意。

是個白色容器。

容器邊緣鑲上一圈金屬，金屬上嵌著一粒石頭。

我取起那東西。

「這不是嘎巴拉嗎？」我問編輯。

「什麼是嘎巴拉？」編輯反問。

「是用人的頭蓋骨製成的容器。」我說明。

嘎巴拉是左道密教法器。

在人的頭蓋骨額頭處切成水平狀製成容器，用在密教儀式，有時還會在容器內盛滿人的鮮血。

「是真貨？」編輯小聲問。

我用手指摸那容器，仔細觀看。那確實是骨頭。只是，看起來還很新，而且很小。用手指摸，不知是不是多心，指尖內側有種濕潤黏糊的感覺。

「是真貨，但看起來像贗品。」我說。

骨頭確實是真貨，不過倘若是用在密教儀式的嘎巴拉，這容器太新，而且既淺又小。

「不知是狗還是馬、熊，我想很可能是用動物頭蓋骨製成嘎巴拉形狀……」

我說出後，感覺這可能是正確答案。畢竟尼泊爾有專門製作土產贗品這種職業。

「嘎巴拉？」我指著自己的頭問。

「嘎巴拉。」男人笑著回答。

「The Man（是人的）？」

男人不知聽懂了我的問題沒有，不斷嗯嗯點頭。

「多少錢？」我用尼泊爾語問。

「Forty dollars.」男人的英語發音非常正確。

這時我已經打算買下這個嘎巴拉。至少骨頭是真貨。

十幾年前我來尼泊爾時，嚮導帶我去過一家商店，我在那家商店看過真正的嘎巴拉。那家商店位於加德滿都某條彎彎曲曲的後巷盡頭二樓，外觀破破舊舊，但裡面都是真貨。

那時看到的嘎巴拉既黃又髒，價格是一二〇美元。

所以聽到男人開出的價格，我有點安心，也打算買下這個嘎巴拉。價格既然是四十美元，表示這果然是贗品。男人開的價格雖是四十美元，但在這國家可以殺到半價以下。

土產品商販看買客是外國人時，起初通常會開出將近三倍的價格。

如果這個嘎巴拉是真貨，對方不可能開四十美元這麼便宜的價格。

因為是用真正骨頭製成的贗品，所以我才會買。倘若是真貨，畢竟會令人睡不著覺。但如果是塑膠製贗品，我也不想買。這個嘎巴拉雖是贗品，不過骨頭是真貨，剛好適合我的條件。

殺了幾次價，我最終以十五美元買下。

男人離去後，過一會兒，嚮導回來。

四周已天黑。

我們圍著火堆開始吃晚飯。

當天的晚飯是用羊脂肪炒熟的馬鈴薯和羊肉、尼泊爾黃豆湯、用尼泊爾細長米煮成的白飯，以及洋蔥與白蘿蔔沙拉。

我們圍著火堆吃飯喝酒。酒，以日本式來說是濁酒。

在富士山高度的地方喝酒，即便喝得很少也會馬上喝醉。

我心情很愉快。眼睛望著在異國小村落生起的火堆，心裡想著即將前往的遙遠高度的白峰。

「我們用剛才那個喝酒怎樣？」一直用登山炊具喝酒的編輯問。

「嘎巴拉？」

「嗯，這樣不是比較有氣氛……」

聽編輯這樣說，我動心了。

雖然我也不知道他說的氣氛到底是什麼氣氛，不過我覺得他說得有道理。

我從帳篷內取出嘎巴拉，再倒出塑料桶內的酒盛於嘎巴拉。

我和編輯兩人輪流喝著嘎巴拉酒，陷於一種奇異氣氛。

「杜魯奇要不要也來一杯？」

我將手中的嘎巴拉遞給杜魯奇。

杜魯奇接過盛著酒的嘎巴拉，眼神變得很硬。他仔細觀看手中的嘎巴拉。

我望著杜魯奇的眼神，大腦內的醉意突然消失。

「這是嘎巴拉吧？」我問。

「是嘎巴拉。」杜魯奇答，聲音也變得很硬。

「是真貨？」我小聲問。

我感覺背部某處有一條大蟲在爬似的。

「應該是真貨……」

「真貨？是人的？」

「是的。」

「可是，這個不是很小嗎？應該不是人，是動物的吧？」我問。

按日本常情來說，土產品商販不可能賣人的頭蓋骨。

「是小孩子。」杜魯奇說。

「啊？」

「西藏那邊和這一帶，小孩子死亡率很高……」

杜魯奇望著我們低聲說。

3

那個嘎巴拉還在我的背包內。

睡不著覺的編輯在昏暗帳篷內問的意思是，這場大雪的原因是不是那個嘎巴拉在作怪。

我頭下的枕頭正是裡面有嘎巴拉的背包。

「我也不知道。」我說。

總之，或許真的有人在某處以廉價收購過世兒童的屍體，再用屍體的頭蓋骨製成嘎巴拉。

如果這個嘎巴拉真是兒童的頭蓋骨……

不過，這個嘎巴拉不可能是大雪的原因。我內心雖如此想，卻覺得擱在背包上的頭怎麼擱也不安定。

不管我們怎麼想，有關這場大雪的原因，尼泊爾人的看法或許跟我們不一樣。

我想起這幾天來的事。

在山上設營的所有營地登山隊員都下山回到大本營時，白天他們都聚在集會帳篷內聊東聊西。

有人提起女孩子的屁股，有人聊著神祇傳說。除了必須打落帳篷上的積雪和吃飯時，大家都無所事事，只能聊天。有人說他在春季前滯留的婆羅洲島原始森林內吃過鸚鵡，有人聊著去年開吉普車橫渡非洲的事，更有人說他在阿富汗地雷區摟著照相機被蘇聯軍追趕的事。也有人聊起在南美雪山頂著暴風拉屎的事。

有人在睡覺時遭妻子的同性朋友強暴，也有人在深夜積雪中扶著原本跟其他男人正在同居的女人私奔。

我們在帳篷內聊著只有男人之間才會聊起的所有話題。

聽膩了時，就到帳篷外撒一泡尿，然後各自以哲學性表情望著灰色天空不斷落下的雪片。

「你們不怕雪崩嗎？」有一次，我問在信州經營山小屋的隊長。

「反正我們是來摘取禁果的……」隊長以一副男子漢氣派的表情答。

接著，我們聊起死在山中的那些男人的事。

帳篷內每個男人都曾遭遇登山夥伴死在山中的經驗。只要聊到這類話題，話就說不完。

而在各式各樣的話題中，也提到有關這場大雪的原因。

「嚮導們說，是進入對面冰河的英國隊吃了氂牛才會這樣。」隊長說。

「他們真的這樣認為？」

「我也不知道。」隊長答。

我在帳篷內想起當時無意中聽來的這段話。

「我想，不可能是嘎巴拉在作怪吧。」

「話雖這麼說……」

我和編輯兩人在深夜帳篷內低聲地再三重複此話題，度過輾轉不寐的一晚。

第二天早上，我向大家說出昨晚跟編輯討論的話題。那時大家都聚集在集會小石屋內準備吃早餐。

小石屋內也有幾個嚮導，其中之一正是杜魯奇。

「你如果不放心，我代你保管。」杜魯奇說。

於是我就把嘎巴拉交給杜魯奇保管。

4

結果，我和編輯沒見到白鶴就下山了。

基於工作，我沒法抽出一個月以上的空閒繼續留在尼泊爾，只在海拔五千公尺的深雪中住了兩個星期，待大雪稍微停息時，便奄奄一息地順著冰河下山。

其他隊員仍留在大本營，打算繼續登頂。

回到日本過了一個月，我才得知嘎巴拉的後續消息。

「實在很遺憾……」隊長臉上仍留著在喜馬拉雅蓄的鬍子。

我們在新宿一家小酒館碰面。

隊長說他昨夜才抵達成田機場。其他隊員都先各自回家，只有隊長必須向各財東打招呼，預計留在東京三天。

隊長跑了幾處財東，打電話給在新宿某飯店工作的我。他先打電話到我家，問出我在新宿的工作地點。而直至他打電話給我時，我始終不知道隊員在昨夜自尼泊爾抵達日本的消息。

之前，尼泊爾登頂活動失敗的報告傳進財東之一的某報社，再傳進我耳裡，但那時我還不知道他們的回國日期。

我跟隊長兩人在酒館內感慨地喝著日本酒。

「能夠這樣在新宿見面喝酒，簡直跟作夢一樣。」我說。

「說得也是。」

瞬間，我腦裡浮出白雪顏色，耳邊似乎聽到低沉的雪崩轟隆聲。

我暗忖——那沒法見到的白鶴，也是白色。

隊長喝著酒向我詳細說明那之後的事。

他說，我跟編輯下山後第四天，天空放晴，他們再度進行登頂。

登頂途中遇見飛翔的白鶴。

將近百隻的白鶴編隊飛舞在馬納斯魯峰山肩附近的青空。

「我們看得連連嘆氣。」隊長喝光杯內的酒，沉靜地低聲說。

三號營地的隊員之一拍下白鶴照片。

就在當天，雪崩襲擊了三號營地。一名嚮導死亡，大半隊員也被雪崩流走而負傷。

據說是傍晚大家正在準備晚餐時，剎那間發生的事。

隊長聽到上方響起類似物品破裂的轟隆一聲，抬頭仰望時，一陣白煙正從上方默默無聲順著山坡往下滑。

「那情景真美。」隊長說。

全體隊員都往一旁斜坡跑。幸好那時大家都在帳篷外準備晚餐。

那是個中等程度的雪崩，而且是雪崩邊緣，要不然全體隊員應該都會遇難。

死去的嚮導湊巧打算交換新的瓦斯罐，人在帳篷內。

那是非常倒楣的事件。結果遠征以失敗告終。

「那個死去的嚮導……」

我聽了被雪崩流走而死亡的嚮導名字後大吃一驚。

因為那人正是杜魯奇。

看來杜魯奇是背包內裝著那個嘎巴拉而死去。

據說突如其來的雪崩邊緣捲走了所有隊員的帳篷，而在中央附近搭了帳篷的杜魯奇來不及逃走，隨著帳篷一直線流走，最後跟帳篷一起掉進冰隙。

攝影器材和其他所有東西幾乎都埋在雪中，無法回收。

所以杜魯奇和嘎巴拉以及拍下飛翔白鶴的底片，現今仍埋在那遠在天邊的冰河中。

他們很可能就那樣埋在山中的時間，度過悠久時刻，等兩萬年以後，會一起流到冰河盡頭吧。

霧幻徬徨記

1

那是奇妙的霧。

冰冷的黏液質霧黏黏糊糊地纏在肌膚，宛如爬蟲類的細長舌頭在舔全身皮膚。

是濃霧。

明明身在樹林區，竟看不見數公尺前的樹木。樹木影子在不到十公尺前融入白色世界中。梶尾第一次在樹林區遇見這種濃霧。

今天早晨進入姉不遣澤時，天空還很晴朗，此刻卻什麼也看不到。他在一小時前自山谷途中往不遣山脊攀登，預計再過一小時便可以登至山脊。

時刻還不到中午，即便因濃霧而浪費點時間，也應該可以在中午前抵達山脊。他不怕誤了時間，怕的是雨。

六月初在這種不到一五○○公尺高的地方，不用擔心會下雪。但比雪更可怕的是雨。

雨會淋濕身體。就算準備了雨具，萬一真的下起大雨，不可能不會淋濕。這時期的雨冷得驚人。

梶尾加快腳步。裹在梶尾身上的霧看似整體隱約發出燐光。水滴在襯衫表面凝固。

目前登的是緩坡。再往上或許有殘雪。大概遲早都要取出背包內的冰鎬。也許是因為加快了腳步，梶尾背部微微出汗。當他輕微搖晃著背包時，突然察覺到了。

是一種動靜，一種若有若無的動靜。那動靜極為輕微，卻始終跟在梶尾身後。

回頭時，那動靜會消失；但轉頭往前看時，那動靜又會出現。似乎在背後什麼也看不見的濃霧中，有人以同樣呼吸緊跟在梶尾身後。這種感覺並非第一次。

單獨一人在山中徒步時，經常會萌生這種感覺。只是這回的那種感覺一直執拗地纏住梶尾，彷彿背後黏住隱形的蜘蛛絲。

「你要小心濃霧。」

梶尾想起昨晚姉澤山莊主人說的話。

「那座山總是想吃人……」

梶尾去付帳篷費時，山莊主人如此說。

「吃人？」梶尾問。

「有時會出現遇難者。說是遇難者，不如說是行蹤不明者比較恰當……」

「在這種季節？」

「不，不是現在這種季節，冬季比較多，次數也是每隔幾年發生一次而已……據說這一帶的地名也是因此而取的。」

「是姉不遣澤或姉呼岳嗎？」

「是的。這一帶有個民間傳說，說有個女孩被迫結婚，逃到山中，結果失蹤了……」

女孩逃進的山正是這座姉澤，而來找女孩的村人則站在姉呼岳呼喚女孩的名字。

當時聽山莊主人這樣說時，梶尾根本沒放在心上，但此刻身在濃霧中想起山莊主人說的話，那些話便沉重起來。

濃霧層層裹著梶尾。他已經路過幾處因山路崩塌而露出岩石的斜坡。

加快腳步後已過了兩小時，梶尾還沒抵達山脊。算來應該早已抵達才對。

但他仍身在樹林區。

梶尾覺得很奇怪。像他這樣一直往上爬，就算迷路了，四周的植物層也應該會變化才對。按理說來，他應該已脫離森林範圍，堅硬的登山鞋底踏著的是偃松山脊稜線。肉刺般的不安逐漸侵蝕梶尾的心。

又過了十分鐘，梶尾停止腳步。他發現鞋底踏著的岩石形狀似乎很眼熟。連岩石旁的樹根形狀也很相似。

崩塌斜坡起點右前方那塊在濃霧中往山路突出的岩石也很眼熟。

梶尾心想，這怎麼可能呢？他始終在往上爬啊。既然一直在往上爬，就算迷路了，也不可能回到原處。

他緩緩地穿過崩塌處。斜坡左下方被濃霧裹住，根本看不清這斜坡到底有多陡。

跨進樹林區，過一陣子，眼前再度看到崩塌斜坡時，梶尾背部傳來輕微的恐懼。又回到原處了。他覺得始終無言纏著自己的濃霧似乎突然化為駭人的東西。

梶尾用登山鞋底在腳邊寫了個「梶」字。

是他自己的姓氏第一個字。寫著字時，梶尾覺得自己在做一件極為無聊的事。不過是偶然的錯覺而已，竟令他害怕得如幼兒。

在地面寫字是為了確認自己的錯覺，不料這行為反倒令他更加不安害怕。

他很氣憤自己想仰賴「梶」這個字，並認為這一切都是濃霧的錯。

梶尾懼怕的事終於發生了。

他跨出腳步十五分鐘後，再度站在「梶」字前。

「要冷靜……」梶尾自言自語。

他從口袋掏出指南針。

「這……」望著指南針的梶尾低聲叫出。

指南針的針正在飛快地不停旋轉。

2

梶尾束手無措。

他思考著自己身上到底發生了什麼事。無論前進或後退都會發生同樣現象，再度回到原地。他想，這一定是在作夢。而且是設計得非常精緻的惡夢。可是梶尾也知道這不是夢。他可以清晰感覺到鼻孔吸進的濕潤霧氣以及霧氣中夾雜的針葉樹淡薄香味。那是寫實的感覺。

他四肢無力，覺得全身僅剩的體力都脫落了。

目前只剩下兩種方法可以試。一是上山，另一是下山。大概兩者都徒勞無益，只是不試白不試，只能先試過後再想其他辦法。

有人在身後追趕的感覺已消失，但並非完全失去那人的動靜。

梶尾感覺到的是視線。

在梶尾身後追趕的那人此刻也和梶尾一樣，隱藏著身子蹲在濃霧中某處窺視梶尾。那感覺步步迫近。

梶尾起初以為是自己多心，現在卻覺得真的有人在跟蹤。梶尾決定先下山。假如這奇異現象不再發生，那麼他應該可以抵達姉不遣澤。

他在霧中小心翼翼地下山。

登山鞋底踏在斜坡沙礫很容易滑倒。正當梶尾打算繞過左方一塊突出的大岩石往下走時，腦中突然響起聲音。

「不能往那邊走。」

梶尾不自覺地想縮回伸出的右腳，但眨眼間右腳踝已踏了個空。

失去平衡的梶尾身體一轉，背上的背包撞上岩石，他感覺一陣昏眩，身體已拋向半空。瞬間，梶尾已猜出接下來應該是高速落下的衝擊。然而，不是。他只是有種輕微的飄浮感和嘔吐感，身子像掛在蜘蛛網般地停住了。

梶尾睜開眼睛環視四周，發覺眼前的世界毫無色彩。類似亮色調的黑白照片。

登山鞋底響起某種折斷東西的聲音。梶尾望向鞋底，情不自禁大叫。

「骨頭……」

原來傳自登山鞋底的是骨頭折斷的聲音，而且是一具屍骸。

梶尾踩斷了屍骸的左手指骨頭。不過仔細一看，那屍骸近似木乃伊。骨頭四周薄薄裹著一層乾癟的肉。按理說來，那層肉應該是茶褐色，但此刻看上去是白色，所以梶尾起初才會看成是骨頭。

那層白色令屍骸的陰慘氣氛減半，卻也令人更害怕。

屍骸彷彿睜著已成為圓洞的眼窩，哭喪著臉自底下仰望梶尾。

大概很早之前就死去了。梶尾卸下背包環視四周一圈。

四處都是木乃伊——屍骸。數量非常多。不僅有屍骸，還有看似小鳥或動物的骨頭，也有猜不出是什麼的巨大骨頭。可能是遙遠太古時代曾經棲息在日本群島的某種巨獸。

看來梶尾不小心闖進了不該踏進的地方。

在這群屍骸中，不知有沒有那個據說在山中失蹤的女孩？

風景失去遠近距離感，遠方和近處看上去都一樣。

天地都是清一色的白，連地平線彼方也是堆積如山的生物屍骸。若是讓古生物學者撞見這種光景，應該會樂不可支。

倘若這是正常世界，也許會充滿腐臭或屍臭，但這兒只是一片清澄的白。

梶尾已失去剛才的焦躁感。看到不是人類智慧所能及的景觀時，反倒令他因震驚而趨於冷靜。

——我會在這兒死去嗎？

梶尾冷靜地想。

他帶來三天份的糧食，兩升水，也有炊具。如果什麼都不做只求生存的話，這些東西可以令他撐持十天或十五天。他有自信。只是，就算能多活十幾天，又能怎樣呢？

這跟在冬季山中露營不同，即便等多久都不會有人來營救。他不願意待在屍骸群中靠著少量糧食逐漸衰弱地等死。

那該怎麼辦？

梶尾已下定決心，他打算盡己所能。首先他必須掌握這個困住自己的世界到底是什麼地方。

當他再度揹起背包時，他想起剛才直接在腦中呼喚他的聲音。這時，那聲音又響起了。不是傳至梶尾耳裡，而是直接在腦中響起。

「不要動……」

聲音比剛才更虛弱。

「是誰？」梶尾緩緩環視四周地問。

「現在沒時間說明，你聽好，不要動，按我說的去做。」

那聲音斷斷續續如波長不合的收音機廣播。

「你到底是誰？」

「我曾經自你那個地方脫逃出來。聽著，出口就在你身邊。雖然你看不到，但出口一定在你身邊。只要按照我說的，你便可以脫離那地方……」聲音很緊迫。

「好。」梶尾答。

「你先取出指南針。」聲音立即說。

梶尾從左口袋取出指南針。

「取出了。」

「看著針。」

「針在旋轉。」

「往哪個方向轉動？」

「往右，跟時針同樣方向。」

「好，你慢慢跨出腳步，動作要慢。以你現在站著的地方為圓心，繞圓圈地走。然後邊走邊擴大圓圈。」

「為什麼？」

「你按照我說的去做。走動時，手中要拿著指南針，注意看針的轉動方向。如果針改變轉動方向，你要馬上告訴我。」

梶尾按照對方說的去做。他緩緩地畫圓圈，再逐漸擴大圈子。針改變方向了，本來往右旋轉，此刻變成往左旋轉。他告訴對方，對方似乎鬆了一口氣。

「好，很好。」

「接下來該怎麼辦？」

「往回走幾步，不要轉身，要倒著走。等針又恢復右旋轉時再通知我。」

梶尾倒退了幾步，針又往右轉。

「針往右轉了。」

「從這兒開始比較難一點，你千萬不能做錯。接下來慢慢往前走，針應該會馬上變成左旋轉，同時你自己要轉向反方向，就是右轉，讓身體轉圈子。邊轉邊注意聽我的聲音，我會一直呼喚你的名字，在我呼喚得最大聲時，你要馬上往前跨出一步……」

聲音不容分說地下令。

梶尾小心翼翼按對方說的做了。待針向左旋轉時，他立即右轉過身讓身子轉圈子。

「梶尾，這邊……」

聲音呼喚著梶尾。梶尾心想，對方怎麼知道自己的名字？這時，彷彿波長突然對上了，聲音清晰起來。

梶尾閉著眼往前跨出一步。他感到一陣輕微的暈眩和嘔吐感。

身子似乎浮在半空。他睜開眼，發現自己再度站在那個崩塌斜坡。

眼前是剛才打算要繞過的那塊突出岩石。濃霧淡了，可以看見比剛才更清晰的景色。上方有條穿過斜坡的路，正是梶尾走過的那條山路。

「得救了……」

梶尾低聲如此說時，比剛才清晰好幾倍的聲音又響起。

「還沒得救，你看上方。」

梶尾仰望天空。十幾公尺的上空籠罩著白色濃霧。

「目前只是回到原處而已，接下來必須脫離這個封閉世界……」

「脫離？」

「嗯，這磁場好像比剛才安定一點，所以濃霧才淡了。霧增強濃度時，這空間某處好像會出現縫隙，要是剛好有生物在這兒，一不小心就會闖入那個縫隙。你剛才所在的那個地方正是這個封閉世界的出入口。我也不太清楚箇中道理，反正很可能是這樣。我剛才是順著出入口指引你出來，但能不能完全脫離這個世界就很難說了……」

3

梶尾回到斜坡後，聲音再度響起。

「這地方似乎不僅是空間，連時間也被封住。在這兒，過去、現在、未來的時間有點錯開地重疊在一起，所以我才能跟你交談。那個出入口是闖進這世界的生物的墳場。在這世界轉來轉去的生物一不小心就會闖進那兒。我之所以能夠脫離那兒，是基於偶然發現了指南針的轉動邏輯。雖然花了九天才明白針的轉動邏輯。但我可能是第一個脫離那地方的人……」

「你剛才說，這兒也封閉了時間？」

「嗯，是的。我現在處於比你晚十五天的時間中。」

「真的？」

「真的。我沒必要對自己說謊。」

「什麼？」

「我就是你。」

梶尾說不出話。一陣沉默過後，聲音再度響起。

「你在霧中走著時，有沒有覺得怪怪的？」

「有，總覺得好像有人在跟蹤我。」

「那個人正是我，我就在你身後走著。當然我走的時間是你幾天後的未來時間。我在嘗試各種方法，想設法脫離這兒……」

「可以成功嗎？」

「不知道。我試了好幾次，才知道只要跟過去的我重疊，或許可以脫離這兒。」

「什麼意思？」

「只要我跟你重疊，就可以在這世界成為不自然的存在……我也說不清，反正就是成為沉重的存在，那麼，我想，或許這世界會主動排斥我們這種存在。」

「你有把握？」

「沒有，完全瞎猜的。但我認為值得嘗試。只是實際要跟過去的我重疊是一件很難辦到的事。我也不知道該怎麼說明，每次在我認為可以跟你重疊時，我的肉體都會穿過你的肉體。簡單說來，我們的時間雖然重疊了，但肉體畢竟是不同次元的存在。」

「行不通嗎？」

「先別緊張。我剛才想到，要是有個可以卡住這世界的東西，或許可以成功。」

「卡住這世界的東西？」

「嗯，我已經不行了，但你跟另一個剛跨入這個世界的你，也許能成功。大概只有這個辦法才能讓現在的你跟過去的你重疊，並能卡住這個世界。」

「什麼辦法？」

「我現在把那東西傳給你，你再往前走幾步。對，就是那兒，那兒就是了。你看看眼前的地面有沒有什麼東西……」

「什麼都看不到。」

「不要用眼睛看，要用心看，專心想著我。」

梶尾拚命瞪著腳邊的地面。他隱約看到有個類似影子的東西躺在地面。透過那個影子可以看到底下的地面。

「我看到了。」梶尾興奮地說。

「把手伸進去看看。」

梶尾伸手去摸那影子，突然有個溫暖東西裹住他的手。原來是另一個世界的梶尾握住這個世界的梶尾的手。

對方手中出現某種堅硬感覺的東西。梶尾用力抓住那東西。張開手時，梶尾發現手中的東西跟口袋內的東西一樣，是指南針。

「我傳過去了。」聲音聽起來很虛弱。

「嗯，我收到了，確實收到了。」

「把指南針放入口袋，再設法跟剛闖入這世界的你重疊。你知道做法嗎……」

「怎麼做？」

「等霧增強濃度時就要開始做。這世界出現縫隙時，霧會增強濃度。到時候你只要留心看，應該可以看到幾個鐘頭前的你正在往你這邊走來。之後你再配合對方的呼吸，從對方身後挨近他……」

聲音在此中斷。梶尾明白未來的另一個自己斷氣了。

4

那是奇妙的霧。

冰冷的黏液質霧黏黏糊糊地纏在肌膚，宛如爬蟲類的細長舌頭在舔全身皮膚。

梶尾感到一種奇異的動靜，好像有個隱形人在背後的濃霧中一直跟蹤他。那個隱形人動作很緩慢，卻也很準確地配合著梶尾的呼吸和步伐，步步逼近。當隱形人逼近背後時，梶尾回頭看。

他覺得當他回頭時似乎看到自己的臉逼近眼前，不過，終究是錯覺，背後只有不停流動的濃霧。

梶尾再度跨出腳步。

他發現自己的左口袋好像比剛才更重。伸手去摸，摸到兩個堅硬的東西。他取出來看。

梶尾張開手，輕微地叫了一聲。他手掌上躺著兩個一模一樣的指南針。

霧已經快散了，梶尾仍毫無知覺，依舊呆立在原處望著手中那兩個指南針。

深山幻想譚

1

一到夜晚，風就變了。
風中夾雜著偃松和山脊稜線的雪味。
頭上樹枝在黑暗中搖晃得更厲害。
漆黑谷底傳來重重疊疊的樹葉摩擦聲，低沉又鼎沸。那應該稱之為山鳴吧。睡覺時聽著那聲音，宛如在聽海潮聲。山在夜晚底下呼吸著。
火堆的火苗微微搖晃，爆出黃色火星。
這是個可以清晰聽到山鳴的夜晚。
望著紅色火焰，抱著膝蓋傾耳靜聽，可以感到自己的肉體逐漸融化於山的呼吸中。宛如躺在一個睡著的巨人懷中安靜地焚燒火堆，聽著巨人的心臟跳動聲。胎兒在羊水中聽著母親的心音時，是不是也是這樣……
用完餐，我沒收拾炊具就喝起咖啡。
是藍山咖啡。
不是速溶咖啡，而是真正的咖啡。是我這回帶進山中的唯一奢侈品。
咖啡香融於夜氣中。加上新綠味。
我閉上眼，眼皮內還留著火焰顏色。白天在山腳亂走時的肉體興奮逐漸在血液中擴散。
我真不敢相信自己竟可以這麼舒暢。
我記得往昔——學生時代時，每次登山都很激烈。仗著有體力，單獨一人毫無計畫地登過好幾次山。目的在於摧殘肉體使其疲累出汗。不想睡時就徹夜一直在山中走，想睡時，只要是夏季，便隨地躺在地面窩成一團睡去。

那時候真的很亂來。

那段日子到底代表什麼——

永遠無法滿足的饑餓感。無處發洩的盲目激情。類似暴風雨突然襲來的性慾。隱藏在自己肉體深處那個可怕的黑色生物。對女人肉體的強烈渴望。不安。

以及夢想——

我用肉體三番兩次地與山搏鬥，仍無法滿足。

「肉體真可悲，唉，萬卷書也讀累……」⑬

這句話也是在當時學來的。

那時的我，有時淋著冰冷的雨，在新綠落葉松林中咬著牙默不作聲不停地走了好幾個鐘頭。有時曬著陽光，整天呆呆望著數千數萬片的黃色岳樺落葉在山谷中隨風飛舞。

不知何時，在我體內耍脾氣的那頭兇暴野獸已消失。

倘若那時的我是夏季，那麼我的夏季已逝世。

我喝著快要涼掉的咖啡。

這地方令人格外舒暢。

我覺得自己似乎已成為山的一部分，即將與山同化。

記得很久很久以前，我好像也曾體味過這種氣氛。總覺得以前也曾經歷過這種偶然掉落在日常生活縫隙中的事——

譯註⑬：摘自法國象徵主義詩人、散文家，斯特芳・馬拉美的詩〈海風〉。

就在我喝光咖啡時，我首次發現站在眼前的男人。
那男人站在離火堆數公尺前的地面，揹著登山包眯起雙眼，以奇妙的眼神一直望著我。
那眼神很奇怪，宛如在望著非常遙遠的東西，或在霧中想看清某物那般。
眼神隱藏著令人情不自禁想打哆嗦的可怕感情。

2

「晚安。」男人點頭。
「晚安。」我答。
男人表情失去可怕感情，浮出親切笑容。
「我完全沒想到會在這種地方遇見人。」
男人朝火堆走來，卸下登山包，坐在地面盤起腿。那登山包很舊，跟現在流行的與背部同樣大小的背包不同，我好久沒看到這種登山包。原本的顏色已褪為乾燥的泥土色。
也難怪男人會說他沒想到會在這種地方遇見人。這座山並非很有名，再說，根本沒有正式的山路能抵達此地。
「我可以坐在這兒嗎？」
「請坐。」
男人以充滿好奇的眼神望著我和四周。
我背後搭著帳篷，身邊散落著這幾天來用過的各種炊具。
這兒是比森林區更低的樹林區。有些石楠已開花。我跟男人正處於這山谷途中較為平坦的斜坡，隔著火堆相對而坐。

這地方就算出現灰熊也不奇怪。

「你已經來幾天了？」男人問。

我本來打算回答，卻突然答不出來。總覺得好像待在這兒很久了。

「應該是第三天……」

「三天都在這兒？」

「嗯。」

我模稜兩可地點頭，接著自言自語又加了一句。

「我很喜歡這兒。」

「原來如此。」男人點頭。

男人的聲調有點模糊。記得高中時的校醫講話時也是這樣。

那男人很奇怪。完全猜不出他的年齡。

笑時像個二十多歲的鄉下青年，但眼睛四周浮起的皺紋至少有四十多歲。正經時的表情融合兩者的年齡，成為年齡不詳的五官。

「三天來都在這兒做什麼？」男人問。

「那個……」

「我問得太唐突了？」

「不。我只是在這附近隨便逛逛。」

「散步嗎？」

「差不多。」

來到此地的這三天，我只是毫無目的隨意在附近山腳閒逛而已。我已經好幾年沒登山了。對一個遠離登山活動好幾年的四十多歲的肉體來說，揹著帳篷和糧食登頂是一件苦差事。我只想找個自己中意而且人跡罕至的地方搭帳篷，讓全身沉浸在山中氛圍就心滿意足。

而且，這回應該是我最後一次登山。

我是拋掉塵世的一切逃到這山中來。

這兒聽不到債權人的怒罵聲，也看不到妻子那歇斯底里的臉。

我經營一家小廣告公司，撐到最後終究撐不住而倒閉。那是用雙親遺產設立的公司，不到一年便走投無路。但我仍嘔心瀝血撐持了將近十年，兩個月前，終於開出空頭支票。

之後的兩個月宛如在作惡夢。所有交易公司突然都翻臉不認人。承包美工來我家大喊大罵要我付清賒帳那天，當晚我邊哭邊撒出血尿。

某天，我因過度疲勞而失去疲累感時，腦中突然浮出往昔曾爬過的山中風景。高聳在蒼天的殘雪山峰如一場清冽的夢在我腦中擴散。

我再也忍不住。待我回過神來時，我已經在收拾行李。

我甚至沒對妻子交代任何話，捨棄一切來到此地，我想山下那邊應該鬧得很。唯一值得慶幸的是我跟妻子之間沒有孩子。

3

「我能不能問你一件事？」年齡不詳的男人問。

火焰不大，但足以看清對方表情。

男人的聲音和眼神都黏乎乎的，像在舔我的肌膚。

「你為什麼選擇這兒？你剛才說，你看中這兒，但你不可能一開始就知道這個場所吧……」

「嗯，我明白你的意思。」

男人的意思是，我為什麼來到這種一般登山者絕對不會來的地方。

其實我是偶然發現這地方。只是，即便是偶然，一般登山者也不會遭遇這種偶然。

我是在搜尋不會遇見登山者的地方時湊巧找到這兒。

只是，就這點來說，男人也跟我一樣。他為什麼會來到這兒？

如果是敏感的人，應該會察覺我臉上已浮出警戒神色。

我緩緩地向男人說：

「我年輕時仗著有體力，什麼山都爬過。但到了這個年齡，就想找個別人不會來的地方，我是偶然找到這兒，在這種地方閒閒待著很舒適。」

「原來如此。那麼，你認為你來此完全是偶然，沒有其他理由？」

「是的。」

「真的？」男人眼裡燃燒著火焰。

有幾秒鐘，他猜疑地望著我的眼睛。

「那就好。我以為你的興趣跟我一樣。假如你的目的跟我一樣，我就必須按照先來的順序把這地方讓給你。畢竟我找了三年才找到這地方……」

男人眼中閃著可疑亮光。

「……」

「你不要用那種表情看我，我會向你說明。本來我是不會輕易向別人說明這種事，因為說了別人也不會相信，只是你既然在這兒，我就應該向你說明。再說，對方是你的話，應該可以理解我說的話。」

「我想，山中或許有種不為人知的作用。」男人說。
我重新倒了一杯咖啡喝。
男人婉拒了我的咖啡，從自己的登山包口袋中取出一小瓶威士忌邊說邊喝。
「這也許只是我個人的感覺，但你不覺得山中有種類似人格的存在嗎？」
「……」
「不是具體性的物質，是一種氛圍……這樣說，你明白嗎？」
「嗯。」
「每座山的氛圍都不一樣。例如南阿爾卑斯山北岳和北阿爾卑斯山槍岳，在同一季節的同一個晴天去攀登，感覺完全不一樣。這跟人有點類似。你既然來到這兒，應該有你喜歡的山吧？」
我點頭。
「每個人都有自己喜歡的山。或許有人會說什麼山都喜歡，但那人也一定有經常去的山和不常去的山。說是口味問題，不如說是投緣不投緣的問題吧……」
男人喝了一口威士忌，再觀看酒瓶，然後似乎感覺喝多了而拴上蓋子擱在地面，再用手背擦嘴。
「像穗高山和明神山那種山脊連在一起的毗鄰山也不一樣。例如水味、植物區系的特徵等等都有微妙差異。穗高山的深山金鳳花和白山一華花通常在同一個地方混合盛開，但在明神山，這兩種高山植物卻這邊一叢、那邊一叢地分別開著。沒人知道為什麼會這樣。只能說每座山都具有其與眾不同的個性。當然也許山自有山的理由，只是我不知道是什麼理由……」

男人以試探的眼神望著我。

「沒關係，請繼續講下去。」我說。

男人點頭。

「人的五官和外表都不一樣，山的形狀和高度也不一樣。就算是人的雙胞胎，彼此性情也不同，山也一樣，每座山的個性都不同。如果用個性來形容有點怪，那麼換成我剛才說的氛圍也可以。」

男人再度取起威士忌瓶，打開蓋子，喝了一口，把瓶子握在右手中。

他沉默了一會兒，似乎在觀察我到底理解多少他說的內容。

「為什麼呢？」男人問。

「啊？」

「為什麼會這樣呢？你說，為什麼每座山的個性都有微妙差異呢？」

「不知道。」

「你認為這只是基於山的形狀、高度、岩質不同所致嗎？」

「難道不是嗎？」我模稜兩可地答。

「當然山的個性是基於山的形狀、岩質、土質、植物等等而形成，但這些條件並非一切。另有一項條件，這項條件可以說是山的個性本質。」

男人在說「個性本質」這句話時加強了語氣。

他又喝了一口威士忌，臉已經泛紅。

風比剛才更大。樹枝在頭上的黑暗中沙沙作響。

我發現火堆內忘了加柴。火焰雖不大，卻仍維持著火勢。

性本質。」

「實在很奇怪。」男人深深嘆一口氣地說：「無論什麼山，每座山都有一處或更多的聖域。該怎麼說呢？有點類似地球的排氣孔。當然不只山中才有，任何地方都有這類排氣孔，只是在地球往宇宙突出的地方，也就是高山，地球的『氣』特別重。這個『氣』，正是我剛才說的山的個性本質。」

男人又在觀察我的臉色。

「我這樣說並不是牽強附會，是事實。說實話，我可以給你看證據，我真的實際看過那個『氣』。而且我還可以捉住它給你看。我啊，在山中亂跑的目的正是為了蒐集那個『氣』。」

「蒐集？」

「是的。但這不是任何人都辦得到的事。首先，一般人不知道『氣』從哪裡出來，就算知道，也不知道該怎麼捉住它。再說呢，通常人都不相信『氣』這種存在。」

男人仰頭喝威士忌。他的臉比剛才更紅，眼中發出接近偏執狂的小小亮光。

「你知道嗎？」

男人的口氣逐漸產生變化。一股輕微瘋狂似乎黏在他身上。

「山的聖域……就是地球的排氣孔，有一種與宇宙同質的『氣』。雖然我不知道到底是多久以前的事，總之很久很久以前，地球形成那時，宇宙的『氣』就跟其他各種東西存在於這個大地。以下要說的當然只是我的想像而已，簡單說來，就是和這種『氣』投緣的人待在排氣孔一段時間後，會覺得很舒暢，覺得想永遠待在那兒，覺得好像跟山同化。然後，就跟我起初說的那樣，對某人來說，他內心自然而然會區分特別喜歡的山或不喜歡的山。」

男人起身，雙眼微微上揚。

「嘿嘿，你不相信是吧？好，我給你看證據，給你看我在三年前抓住的『氣』。」

男人解開登山包繩子，伸手從中取出一個看似本來裝著威士忌或其他東西的瓶子。玻璃是透明的，只是內側似乎貼著一層半透明的薄膜。

「這個就是『氣』。」男人的口氣完全變了。

看來男人體內的瘋狂終於咬破肉體出現在皮膚表面。

「你看！」

男人高舉著瓶子。瓶內空無一物。

5

男人繞過火堆來到我身邊。

「你以為裡面什麼都沒有吧？」

「……」

「你注意看。」

男人遞出瓶子，以可怕的表情瞪著瓶子，瓶子剛好位於我跟他之間。

他那種聚精會神的精神力似乎會發出聲響。額上在冒汗，臉上的筋肉也在微微顫抖。

瓶子內部出現個看似白霧的東西。那東西逐漸成形。隔著一層薄膜，我看不清到底是什麼形狀，但好像是人。

是個綠色的女人裸體。綠色表面閃爍著無數燐光又消失。綠色本身也時濃時淡地不停變化色彩。偶爾出現珍珠質的粉紅亮光，亮光與綠色融為一體，看上去彷彿被封在瓶內的妖精正在搖晃身子。那光景很夢幻。

大概有三分鐘左右，我忘了說話一直盯著那瓶子。

女人形體突然變淡，消失得比出現時更快。

「看到了？」

「……」我無言地點頭。

「剛才那個就是『氣』。三年前這個時期，我在赤石岳北側山谷途中抓住這個『氣』。那地方的地形跟這兒非常相似。谷底有幾處積存『氣』渣滓的地方，不過那種谷底渣滓不行，要在跟這兒差不多的高度才行。我花了七年才抓住那個『氣』。你聽到了嗎？整整七年。我第一次在北岳抓住的『氣』已經消失。第二次在立山抓住的也消失了。兩個都裝在瓶子裡，卻都不知何時就消失。嘿嘿，我想了好長一段日子，想得都快瘋了，最後才想通一個道理。它們啊，無論我怎麼牢牢封住蓋子也能穿過無機體的東西。不過，我終於成功了，我發現了可以封住『氣』的方法，正是這個方法。」

男人將手中的瓶子遞到我眼前。

「你看，瓶子內是不是有一層薄膜？你看到了嗎？」

「嗯，看到了。」

「嘿嘿，是嗎？看到了嗎？」男人笑道。

他的笑容已非先前那種可親笑容，是一種會令人背部發冷的笑容。

「這個啊，是我屁股的皮膚。」

「……」

「哈哈，我的點子不錯吧？因為它們無法穿過人的皮膚。」

「可是，剛才那個是人的形狀。」

「哼哼。」

男人又回到火堆對面，拾起威士忌瓶仰臉對著瓶嘴大口地喝。

他左手握著『氣』瓶，右手握著威士忌瓶。

「所謂『氣』，可以隨觀看者的想法而變化多端。可以變成男人、女人、金錢、汽車、鮮花，變成任何東西。『氣』可以隨四周氛圍而變化，但是『氣』本身只是『氣』而已。例如所謂的靈魂，也是一種人在臨死前所積存的感情的『氣』……」

男人喝光威士忌，拋出空瓶。他背後的黑暗傳出瓶子落地的聲音。

他伸手在登山包內摸索，又取出一個裝『氣』的瓶子。

「我啊，花了一年半才找到這地方。這兒是這座山的聖域。在這兒出現的『氣』正是這座山的本質。我來這兒的目的是要抓住這座山的『氣』。」

男人把裝著『氣』的瓶子塞入登山包，握著新瓶子起身。

「這瓶子還是空的……」

他晃了一下身子，手中卻仍握著瓶子。

「這瓶子裡貼著另一邊屁股的皮膚。」

「這附近到底哪裡有你說的那個『氣』？」

我擱下手中的咖啡杯，環視黑漆漆的四周。

這兒是山谷斜坡的樹林區。難道這兒有自地底湧出的「氣」？

谷底傳來若有若無的水聲。

是積雪剛融化為流水的清涼水聲。

黑暗中隱約可見零星的白石楠花。

「你要看嗎？看我怎樣抓住『氣』嗎？」

男人的口氣回復到剛遇見時的口氣。

「嗯，我想看。」我答。

剛說完，男人便大聲笑出。

「對不起，我好像喝多了。」男人的臉仍很紅，表情卻很正經。

「好，我抓給你看。」他說完後一直盯著我。我也情不自禁站起身。

男人筆直朝我走來。

「啊……」我大叫。

男人和我之間的直線上有火堆。

聽我大叫，男人止步。

「那兒是……」我再度大叫。

男人止步的地方正是火堆上方。

「這兒怎麼了？」男人若無其事地問。

「你正站在火堆上！」

男人笑著從裹住他小腿的火焰中走出。

「我剛才不是說過了？『氣』會變化……」男人的臉近在我眼前。

「不但可以變成人也可以變成火堆。」男人笑嘻嘻地說。

「所以為了不讓『氣』逃走，我必須設法讓變成人的『氣』上當。例如假裝喝醉了等等……」

我脖子感受到一股低沉的衝擊力。

男人的身體跳回到火堆對面。他手中握著我的頭。

我望著火堆對面失去頭的我的軀體。

男人靈巧地把我的頭塞進他手中的瓶內。

瞬間，火堆、帳篷、炊具等等，所有我身邊的東西都急速失去了存在感。

我的手足變成透明物體，眼睛看到下方的地面。

「原來如此。」我低語，但已發不出聲音。

我終於想起一件事。

兩年前的這個時期，我正好死在這兒——

【附錄】

夢枕獏談妖說鬼

皇冠：您的小說，除了交織怪談與哲學要素而吸引眾多讀者的《陰陽師》、《幻獸少年》、〈餓狼傳〉系列外，也有長期獲得廣大讀者支持的山岳小說、冒險小說、科幻與幻想小說等。另外在《皇冠》雜誌上刊載的小說，又與這些大異其趣，經常出現握有故事關鍵的妖怪角色。想請問您選擇鬼怪當作創作題材的原因為何？

夢枕獏（以下簡稱夢枕）：關於這個問題，我想，用《陰陽師》這部作品來打比方，應該比較容易懂。《陰陽師》書中所謂的「鬼」，當然包括有具體身形的鬼，但基本上，《陰陽師》作品中所說的「鬼」，指的是人類擺平不了自己心中產生的悲傷或憤怒，讓它們展現於外，而變成的妖怪。

皇冠：如同《絢爛之鷺》⑭中提到：「鬼，棲宿在人心裡，不論任何人，心中都住著鬼，不論任何人，都有可能變成鬼」？

夢枕：沒錯。

皇冠：您相信鬼的存在嗎？如果相信，為什麼？

夢枕：假如是剛剛前面講到的「鬼」，我相信它們存在於人類心中。但如果你問我，現實空間中是否存在著實體的「鬼」，我認為日本所謂的「魑魅魍魎」並不存在。至於中國人說的「鬼」，日本人稱作「鬼魂」，也就是人類死後的魂魄，這我倒認為，也許存在。

皇冠：您見過鬼嗎？或者是否體驗過什麼非常理的靈異事件呢？

夢枕：沒有。

皇冠：也就是說，您的作品《奇譚草子》⓯中提到的故事，全都僅止於傳聞嗎？

夢枕：是的，那些不是我的親身經歷，幾乎都是聽來的。我沒遇過什麼靈異事件，倒是遇過不曉得算不算得上「靈異」的事情，應該算不上吧？

我見過人稱「飛碟」的不明飛行物，但那搞不好只是飛機或直升機。就像從前人們看到許多事物，譬如「雷」——「打雷」是正負離子相互吸引碰撞後，瞬間產生電流的自然現象——過去的人們不知情，因而自我滿足於「雷神打雷」的假設。

「打雷」在日本的解釋是「菅原道真⓰生氣了，從天上降下怒火」。於是在那個還無法用科學解釋自然現象的時代，誕生出形形色色的妖怪、幽靈、飛碟。時至今日，靈異事件有了新的解釋、新的科學分析，也不再神秘。

皇冠：您剛剛說過「鬼存在於人心」，〈陰陽師〉中也出現這樣的內容：「人心中的鬼，如何處置才好？」

那麼，「鬼」是以什麼形式處於人心？我換個方式問，怎樣的情況下，人的心中會出現「鬼」？

夢枕：應該是悲傷失控之時吧？比如說殺人或復仇——殺人，或者殺不了痛恨的人也要想辦法報仇——做出這些行為那一剎那，「鬼」就現身人心了。

譯註⓮：《絢爛たる鷺》：一九九五年波書房發行。

譯註⓯：《奇譚草子》：一九八八年講談社發行。二〇〇四年文藝春秋復刊。

譯註⓰：菅原道真（西元八四五~九〇三年）：日本平安時期學者與政治家，左遷後逝世，朝廷害怕遭報復，故視之為天神祭祀之。後代稱『學問之神』。

皇冠：在您心中，鬼與人類的差別在哪？

夢枕：如果照前面所說，鬼存在於人心，那麼這兩者根本無從分別，我想幾乎是一樣的。有時候，即使是同一種情感，譬如喜歡一個人的心情，幸福的時候當然幸福，但也會因為某些狀況而變調，瞬間化身為厲鬼，只是現在看不出來罷了。因此「鬼」無法從人類身上切割開。

皇冠：在〈古董店〉⓱一作中，店老闆提到：「這是每個人終生都會來一次的店鋪。每個人都可以在這兒再度買回往昔失去的東西，但只限一樣東西。」您最想買回的東西，是什麼？

夢枕：應該是時間吧，不用返老還童，只要能多買個五十年的時間。和現在的差別，說精確點，就是希望自己二十歲時就能夠寫出好作品（笑）。

皇冠：您讀過《聊齋誌異》嗎？

夢枕：讀過。

皇冠：您覺得這類中國古典小說如何？又，其中是否有哪位欣賞的角色？

夢枕：我覺得很有趣呢，可謂「玉石不分」——有非常有意思的故事，也有很無趣的內容，就是這樣的組合，成就出《聊齋誌異》這部作品，我覺得很棒。

皇冠：讀過眾多文學作品，您覺得中國、日本與西方的「鬼」是否不同？又，人們對於「鬼」的

夢枕：態度是否不同呢？

的確不同。正確說來，應該只能比較日本與中國，畢竟只有這些地方用「鬼」這個詞，當然台灣也是，或許韓國也可包含在內。

雖然同為漢語文化圈，但日本和中國的「鬼」不盡相同；中國的「鬼」基本上是形容「靈魂（亡靈、魂魄）」，日本的「鬼」則是「妖怪」。

雖然中國有時候也採用「妖怪」的意思，但畢竟是少數，因此在中國，只要一說到「鬼」，大多是指「靈魂」；而日本的「鬼」，本質上並非「靈魂」，而是「妖怪」。

另外，人心產生的邪惡也可稱「鬼」。西方所說的「鬼」則是指「惡魔」或「撒旦」，這點與日本的「鬼」比較類似。不過西方不說「鬼」這個漢字，拿來比較就有點奇怪了。

皇冠：當然這也與「鬼」是源自儒家說法，而「惡魔」是基督教說法有關吧？

夢枕：沒錯。台灣與中國所稱的「神」，大多是道教的神，也就是「人」。說得精確點，比起「神」，更常使用「仙」、「帝」等各式各樣的字眼，代表著由人類修練而成的神明。

數千年或在更早之前，這種說法也傳進日本，因此日本也有不少「人死後成為神」的例子，譬如菅原道真，譬如德川家康⓲，大家都在死後成為神仙。

「妖怪」的說法，日本、西方皆相同。

講到「鬼」就比較複雜，其中又屬日本與中國的定義各有不同，而西方則不使用「鬼」這個詞。

譯註⓱：〈古董屋〉：收錄於短篇集《雨晴れて月は朦朧の夜》（角川ホラー文庫）中，一九九九年發行。

譯註⓲：德川家康（西元一五四三~一六一六年）：日本戰國時代諸侯（大名），成立江戶幕府。

皇冠：那麼，您認為人們對於中國、日本、西方所謂的「鬼」或者「惡魔」的對應方式，有何不同呢？

夢枕：中國所謂的「鬼」，是指「靈魂」，家人的「靈魂」與非家人的「靈魂」，對應方式就不同。中國與日本的情況，實在很難簡單一句話說清楚。

有很多例子，譬如日本的《今昔物語》⑲中，油紙會變鬼，門板會變鬼，女人會變鬼，各式各樣的例子有各式各樣不同的對應方式。

有時遇上地獄閻羅王的手下，就讓對方喝酒，好延長自己的壽命；也有人遇上油紙鬼，沒有反擊就死掉了。

不論日本或中國都有各種不同的對應方式。

在中國，只要一講到鬼，就少不了「沒有鬼」這故事——雙方爭吵著到底有沒有鬼，這時候說「有鬼」的一方一定會輸，而說「沒有鬼」的一方一定會贏，結果最後輸的那方會說：「其實我就是鬼。」

著名的中國古典作品中也會出現「鬼現出真面目，說自己就是鬼」的場面。不過中國並非很久以前就有這類妖魔鬼怪之說。

孔子的時代，也就是距今二千多年前，孔子就說了：「子不語怪力亂神」也就是說，他不談有沒有鬼、有沒有妖力，這點讓我體認到中國文化的博大精深。兩千五百年前就已經有人這麼會說話，孔子真是第一人；他不說「沒有鬼」，而說「我不談鬼」，這就是中國這國家的深度。

皇冠：一神教的基督教與道教相比，兩者間的差異十分鮮明，道教認為其他異教徒信奉的神明，也在自己的神明系統圖中佔了一個位置。

夢枕：道教真的是心胸寬大的宗教呢。《西遊記》中事實上也巧妙運用了佛教與道教，只要讀懂《西遊記》，就能搞懂道教的整體脈絡。故事整體雖是道教背景，故事重心卻是去取佛經。

皇冠：如果能選擇當人、當鬼、當神，您想當哪一個？

夢枕：神吧，雖說如果真成了神，八成會覺得無趣，但以現在的心情來說，我想要神的能力，所以選擇神。但這裡講的「神」實在有點籠統，到底是日本的神？還是中國的神？或是基督教的神・耶和華？

我想當日本所謂的「無所不能、沒有固定名稱的神」，個性還是現在的我，不過當了神，就不能保有現在的模樣了，有點可惜。

皇冠：您的意思是，想獲得神的力量嗎？

夢枕：沒錯。簡單說來，我想知道自己不知道的事物。

當了神的第一件事情，就是滿足我的求知慾，去弄懂宇宙如何產生？如何毀滅？何謂時間？粒子細分到什麼地步？……諸如此類。

神會知道這些也是理所當然，所以我必須保有我的個性。

譯註⑲：《今昔物語》：日本平安時代末期的民間故事集，共三十一卷，收錄各地一千多則故事，分『天竺（印度）』、『震旦（中國）』、『本朝（日本）』三部分。

皇冠：如果您變成鬼，您想變成怎樣的鬼？

夢枕：呃，那就麻煩了。你還真愛談鬼啊（笑）。

皇冠：您相信魔法嗎？如果您能擁有魔法，您想要什麼樣的能力？

夢枕：首先，我不認為有魔法。如果我真有魔法的話，恐怕只是我們把某個自己不知道的能力稱做「魔法」罷了。稱我們不知道的力量為「魔法」——若是站在這角度上，那麼「魔法」或許存在，只是因為我們無知、對它不了解。

皇冠：這和您前面提到的「雷神」情況相同吧？

夢枕：是的。問我最想得到什麼「魔法」的話……更快速寫完小說的力量吧，比現在快五倍（笑）。

皇冠：對您來說，妖怪鬼最大的魅力為何？

夢枕：我想談談為什麼選擇平安時代⑳為故事舞台。聽完我說的，你會更明白妖怪的魅力。我是個想法很科學的人，所以反而不太相信妖怪這種東西，只不過情感上會害怕夜晚跑到墳場去。這是我個人的情感。

但是要把幽靈的故事、妖怪的故事寫在現代，可是相當費事。必須安排某個妖怪要在哪裡登場外，還得站在科學的角度上檢驗出現的妖怪，證明人類的眼睛看得見這種東西，或者說明為什麼看得見這種東西等等。回想看看哪個時期不用這些繁瑣手續就能讓妖怪登場？我所能想到的就是平安時代。

在平安時代，一聽到「昨天有妖怪出現」，接上的回答一定是「咦？好恐怖喔！」而不是「咦？騙人吧！」也就是說，基本上這就是這個時代的社會文化，也可說是這社會的風格。以這點來看，選擇平安時代剛剛好。再加上安倍晴明㉑的加持，讓妖怪能夠出現得更加自由自在，也能夠寫寫鬼，我也能夠安排類似安倍晴明的角色登場。

如果時代背景設在現代，可就麻煩了。

某處有妖怪出現的話，像安倍晴明一樣簡單處置即可，問題是，這時候勢必得安排一位質疑者登場，問：「咦？為什麼？為什麼這樣解決妖怪？」還得安排個解說者出場說明：「這是量子處於如何的狀態，所以怎樣又怎樣……」單行本的話還能夠混過去，如果是一系列作品，就必須交代清楚原因、回答問題才行。要準備與之對峙的角色，還得安排「這是量子這樣的關係」或者「與量子無關，現實中偶爾有這種情況」諸如此類的答案。

處理得當，當然可以寫出九十九個系列，但如果直接把《陰陽師》的舞台設定為平安時代，就不需要在乎這些規矩了。因此我才會選擇平安時代做為《陰陽師》的舞台，免除這些繁瑣的設定，讓妖怪與鬼能夠更生動。

譯註⑳：平安時代：西元七九四～一一九二年，日本古代文學發展之頂峰期。

譯註㉑：安倍晴明（西元九二一～一〇〇五年）：平安時代有名的陰陽師，擅長『天文道』與『陰陽道』，深獲當時貴族信任。生平事蹟被神秘化，而留下不少傳說。

國家圖書館出版品預行編目資料

奇夢錄——夢枕獏奇幻傑作選 / 夢枕獏 著；茂呂美耶編譯.
-- 初版. -- 臺北市：皇冠, 2009.04
面；公分. --（皇冠叢書；第3846種）
（奇・怪；05）

ISBN 978-957-33-2531-4（平裝）

861.57　　98004155

皇冠叢書第3846種
奇・怪 5

奇夢錄
——夢枕獏奇幻傑作選

作　者—夢枕獏
編 譯 者—茂呂美耶
發 行 人—平雲
出版發行—皇冠文化出版有限公司
台北市敦化北路120巷50號
電話◎02-27168888
郵撥帳號◎15261516號
皇冠出版社(香港)有限公司
香港灣仔駱克道93-107號利臨大廈1樓
電話◎2529-1778　傳真◎2527-0904
出版統籌—盧春旭
編務統籌—孟繁珍
版權負責—莊靜君
外文編輯—許秀英
美術設計—陳韋宏
行銷企劃—李育慧
印　務—林佳燕
校　對—鮑秀珍・邱薇靜・孟繁珍
著作完成日期—2008年
初版一刷日期—2009年4月

法律顧問—王惠光律師

讀者服務傳真專線◎02-27150507
電腦編號◎512005
ISBN◎978-957-33-2531-4
Printed in Taiwan
本書特價◎新台幣299元/港幣100元